Prix du
des lecteurs de POINTS

Les éditions POINTS organisent chaque année
le Prix du Meilleur Polar des lecteurs de Points.

Pour connaître les lauréats passés
et les candidats à venir, rendez-vous sur

www.prixdumeilleurpolar.com

Née en 1956 à Cannes, Brigitte Aubert a développé son goût pour le polar et le thriller dans la pénombre du cinéma familial. Auteur de plusieurs scénarios, elle est aussi productrice de courts métrages. Parmi ses nombreux romans (traduits dans plus de vingt pays), on retiendra *Les Quatre Fils du Dr March*, *La Mort des bois* (Grand Prix de littérature policière 1996), *Transfixions* (adapté au cinéma sous le titre *Mauvais Genres*), *Funérarium*…

Brigitte Aubert

LA VILLE
DES SERPENTS
D'EAU

ROMAN

Éditions du Seuil

TEXTE INTÉGRAL

ISBN 978-2-7578-3607-1
(ISBN 978-2-02-107538-0, 1re édition)

© Éditions du Seuil, 2012

Le Code de la propriété intellectuelle interdit les copies ou reproductions destinées à une utilisation
collective. Toute représentation ou reproduction intégrale ou partielle faite par quelque procédé
que ce soit, sans le consentement de l'auteur ou de ses ayants cause, est illicite et constitue une
contrefaçon sanctionnée par les articles L. 335-2 et suivants du Code de la propriété intellectuelle.

Oh, que les cloches tintent, tintent,
Tintent tout le long du trajet !
Oh, quel plaisir de se promener
Dans un traîneau attelé !

Jingle Bells

1

Susan

Je suis morte il y a treize ans.

J'avais 6 ans.

On m'a retrouvée noyée dans le lac, sous la glace, pas très loin de la maison. Les poches de ma robe étaient bourrées de pierres.

Les poissons avaient dévoré mes doigts et mon visage. On m'a identifiée à ma taille et à mes vêtements.

Mon joli anorak rose. Mon sac à dos Scooby-Doo.

On m'a enterrée un après-midi de janvier. Il neigeait.

Sur ma tombe, il y a gravé « Susan Lawson 1992-1998 À notre cher petit ange ».

Quand le cercueil est descendu dans le trou, ma mère s'est mise à hurler. Mon père s'est évanoui.

Moi, j'ai essayé de me boucher les oreilles pour ne plus entendre rire Daddy.

Mais la chaîne était trop courte. Je n'ai pu que crier, les poignets entravés.

Je suis morte il y a treize ans.

Vera Miles avait 6 ans, elle aussi. Elle avait disparu un mois plus tôt. Elle, on ne l'a jamais retrouvée.

Moi, je croupis dans ce trou noir.

Au début, il n'allumait que quand il venait.

Le reste du temps, c'était la nuit. Et toujours la peur.
La douleur.
La folie.

Après, il a installé le néon. Il a rallongé la chaîne.
Il a dit que j'étais à lui. Que je serais toujours à lui.
Tout le reste de ma vie.
Rien qu'à lui.
Qu'il me brosse les cheveux.
Ou qu'il me brise les côtes.
Qu'il m'embrasse.
Ou qu'il me roue de coups.
Je suis à lui.
Pour toujours.

Je n'ai plus de larmes.
Je n'ai plus beaucoup de dents non plus.
À cause du porridge et des croquettes pour chiens.
Je perds mes cheveux par poignées.
Il n'aime pas ça.
Il les arrache pour me montrer que je les perds.
« Tu ne veux pas devenir laide, Susan, hein ? Toi
qui étais une si jolie petite fille. Ma si jolie petite
fille. Hein, Susan, hein hein hein, que tu m'aimes ?
Dis-le ! DIS-LE ! »

Je le dis. Je dis toujours oui. Mais je suis fatiguée.
Tellement fatiguée.
Et puis il y a Amy.
Oh, mon Dieu ! Amy.
Oh ! Mon Dieu-en-qui-je-ne-crois-plus, protégez Amy.
Protégez ma fille.
Sa fille.
Notre fille.

J'ai eu Amy à l'âge où les autres jouent encore avec leur Barbie.

Ici, c'est moi Barbie.

Amy. Elle est née là, sur ce matelas, « tu peux crier, tu le sais, allez, vas-y, te gêne pas, c'est insonorisé », elle est née là, minuscule, fripée, il a coupé le cordon, il a dit : « C'est une fille. Elle me ressemble. » Il l'a reposée près de moi, « elle te tiendra compagnie ». Elle a bu mon lait, elle a mis ses tout petits doigts dans ma main. Amy.

Elle a grandi là, comme une larve. Comme un chaton efflanqué. Elle a tout vu. Tout entendu. Mais elle ne peut rien dire. Amy ne parle pas. Elle n'est pas sourde. Elle entend, elle répond aux ordres. Mais elle est muette.

Pour elle, j'ai obtenu qu'il apporte de vieux trucs récupérés dans les vide-greniers. Un abécédaire. Des livres pour enfants. Des albums de coloriage, des bandes dessinées. Avant, il n'y avait que la Bible et les revues pornographiques, « pour ton instruction ».

Je vais mourir. Je le sais.

Mais pas elle. Pas mon bébé. Il faut qu'elle sorte d'ici.

Elle est assise à la petite table en plastique. Elle crayonne avec les crayons de couleur que lui a donnés Daddy.

C'est lui qui a voulu qu'elle l'appelle comme ça.

« Viens voir Daddy. Dis bonjour à Daddy. Tu m'aimes comme ta maman m'aime, n'est-ce pas que tu m'aimes ? Tu es une gentille petite fille, Daddy aime les gentilles petites filles. »

Il lui tend les bras, elle accourt.

Parfois il la repousse d'un coup de pied. « Fous-moi la paix. »

Elle pleure en silence.

Nous pleurons toutes les deux en silence.

Dans le silence de cette tombe.

Insonorisée. Porte blindée. Cachée derrière un faux mur d'étagères. Il m'a tout expliqué. Il en est très fier. « Les flics ne trouveront jamais rien. Ils ne trouveront jamais la cachette de ma petite chérie. On est bien tranquilles. »

Treize ans de tranquillité. C'est long, l'enfer.

Quand j'étais petite, quand je suis morte, je voulais être chanteuse. Comme Madonna. Parfois je chante des berceuses à Amy. Celles que me chantait ma maman. Ma voix est si bizarre. Enrouée. Fragile. Une voix de vieille. Je vais avoir 19 ans. Je suis vieille.

Vieille, laide et sale. Un déchet.

Amy crayonne. Elle aime bien les crayons de couleur. Elle pose le doigt sur les images et je dis les mots. « Camion. » « Vache. » « Maison. » Elle me regarde avec ses grands yeux bruns. Ses cheveux noirs tombent sur ses épaules. Ils sont raides et épais. Ça vient de ma maman. Ma maman à moi. Mon papa a les cheveux blonds, comme moi.

Papa, maman. Où êtes-vous ?

S'il vous plaît. S'il vous plaît !

Je me calme. Je me calme tout de suite.

Je ne veux pas qu'il me casse encore le bras.

Je regarde Amy. Je respire lentement. Elle a la tête penchée sur le côté, elle s'applique à former ses lettres.

Je lui ai appris à lire. Ma petite fille si intelligente. Tu ne lui appartiendras jamais. Je te tuerai s'il le faut. Mais tu ne lui appartiendras pas.

Je glisse ma main sous le matelas, dans la déchirure. Je serre la barrette à cheveux bleu et rose qu'il lui a donnée un jour. J'ai raclé la pince en fer contre le mur jusqu'à ce qu'elle soit tranchante. Une arme. Mon arme.

Amy a écrit « Maman chérie », elle me tend la feuille, elle me sourit, elle se remet à écrire. La seule issue c'est l'aération. La porte ne s'entrouvre que de quelques centimètres, elle donne sur le faux mur. Il se faufile dans l'ouverture en se léchant les lèvres de sa langue pointue. Au début, j'ai essayé de crier quand la porte s'ouvrait. Il rigolait. Il me jetait par terre. Ténèbres.

« Tu peux crier tant que tu veux. Vas-y, essaie. Vas-y, ça m'amuse. Essaie, je te dis. Je te dis, je t'ordonne, vas-y avant que je me mette en colère, crie, appelle au secours… Allez, encore, encore !… C'est bien, c'est bien. »

Au secours ! J'ai envie de vomir. J'ai tout le temps envie de vomir. Les cachets n'arrangent rien. J'en prends depuis tellement longtemps. Il m'oblige à les avaler. Je dors pendant des heures. J'ai soif. Il apporte de l'eau, jamais assez. Je rampe pour boire. Depuis qu'il y a Amy, il y a plus d'eau. Et il fait moins froid. 18 °C hiver comme été.

Hiver. Été. Il n'y a pas de fenêtre dans ma cellule. Je n'ai pas vu la lumière du jour depuis treize ans. Amy n'a jamais vu le soleil. Je me souviens de la pluie. De la neige. Les boules de neige. Noël.

Je raye Noël dans ma tête. Les souvenirs, c'est trop dur.

Pour Noël, l'an dernier nous avons eu des papillotes. Un paquet offert par une entreprise et qu'il a rapporté. J'avais oublié le goût.

Cette année… après-demain… mon cadeau de Noël, ce sera ta liberté, Amy.

Il ne frappe pas trop souvent Amy. Parfois il la soulève du sol et il la plaque contre le mur. Il la regarde.

Elle ne cille pas. Il la repose. Il y a une marque rouge autour de sa petite gorge. Mais elle ne dit rien.

Comment mon bébé mon amour peut-il être *sa* fille ? Non, il n'y a rien de lui en elle. Rien. Le fruit de mes entrailles pourries.

Je pourrais le tuer avec la barrette. Mais la porte resterait fermée. Il n'y a que lui qui connaît le code sur la télécommande. Il s'abrite derrière sa grosse main pour le composer. Peut-être que je tomberais assez vite sur la bonne combinaison. Peut-être pas. Alors on mourrait de faim et de soif, Amy et moi. Deux cancrelats sur du béton.

L'aération. Un conduit de trente centimètres de large. J'ai dévissé les vis, jour après jour, avec le capuchon en plastique d'un feutre. Je peux enlever la grille. Faire monter Amy sur mes épaules. La pousser dans le conduit. Il doit bien aboutir quelque part. Dans un jardin ? Je peux encore le faire. Je perds mes forces de jour en jour mais je peux encore le faire. Si j'agis vite.

Est-ce qu'il me tuera tout de suite ? Ou est-ce qu'il se contentera de me massacrer un peu plus ? Il n'a pas d'autre jouet. Il se tient à carreau depuis qu'il m'a enlevée. Cinq petites filles disparues en deux ans dans une ville comme la nôtre, ça faisait beaucoup.

Mais je suis trop vieille pour lui. Même si je n'ai pas beaucoup grandi, même si je n'ai pas beaucoup de poitrine, je suis trop vieille. Je ne suis plus sa jolie poupée d'amour.

Il commence à regarder Amy avec ses yeux fixes de serpent. Elle a 5 ans. L'année prochaine, elle sera parfaite pour lui.

Mon ange à moi, ma toute petite fille.

Est-ce qu'il l'a élevée pour me remplacer ?

Il n'a plus besoin d'aller à la chasse. Il a sa réserve à domicile. Du bétail docile.

Il m'a expliqué pourquoi il avait tué les autres. Il n'avait pas encore pensé à aménager le sous-sol. Il les gardait enfermées quelques jours dans une vieille grange, mais c'était risqué. Il ne savait pas quoi en faire après les avoir utilisées. Alors il les jetait.

Moi, j'ai eu les honneurs de sa nouvelle stratégie. Le prédateur s'est perfectionné. Il berne tout le monde depuis treize ans. Il sourit aux gens, il leur parle, dîne avec eux, caresse leurs chiens et leurs gosses et rentre me torturer pendant que sa femme regarde la télé. Elle ne sait rien. Elle n'imagine certainement pas ce qui se passe là en dessous. Deux prisonnières. Elle parle au téléphone avec ses amies, elle arrange des bouquets de fleurs, elle essaie des chaussures pendant que je meurs.

Respirer calmement. Ne pas vomir. Le vomi, c'est froid, et puis des fois il m'oblige à le manger. Je ne veux pas qu'Amy voie ça.

Je regarde la grille. Il faut le faire. Il le faut.

2

Vince Limonta ouvrit un œil, puis l'autre. Quelle heure était-il ? La lumière était trop vive. Il enfouit son visage dans l'oreiller. Sa bouche lui faisait l'effet d'une bouche d'égout. La bouteille vide qui avait roulé par terre lui rappela la fin de la nuit. Trop bu. De la vodka dégueulasse achetée au supermarché.

Il se tourna entre les draps. Il faisait froid. Il avait oublié d'allumer le radiateur électrique. Il rampa à moitié hors du lit, cherchant son pull jeté sur le plancher.

Il lui fallait du café. Des litres de café. Comme autrefois, à la brigade. New York, le petit matin glacial, les beignets, le café. Un vrai cliché de polar. Et lui, le lieutenant Vince Limonta, de la brigade criminelle. Un autre cliché. Le bagarreur basané et alcoolo. Le flic au caractère bien trempé. Le *lonesome cow-boy*, clope au coin des lèvres, barbe mal rasée. Il y croyait, pourtant. Il y croyait, à ce personnage qu'il jouait avec tant de conviction. Comme un vieil acteur ridicule qui ne voit pas que le public a changé et qu'il commence à se prendre des gamelles.

Les avertissements. De plus en plus nombreux. L'ivresse, de plus en plus fréquente. Et pour finir, la bavure. Ce jour-là, le ténébreux lieutenant Vince

16

Limonta coursait un dealer soupçonné d'avoir cramé vif un clochard. Le type était recherché pour d'autres crimes. Un vrai méchant. Le vengeur lieutenant Limonta avait dégainé son arme de service au milieu de la rue. L'intrépide lieutenant Limonta avait appuyé sur la détente. L'ivrogne Vince Limonta avait raté son coup. La balle était partie un poil de travers et avait fait sauter la tête d'une maman qui revenait de l'école avec son gamin. Le gosse avait encore sa tenue de footballeur. Il avait regardé le front de sa mère s'étoiler de rouge. Il l'avait vue tomber. Éclabousser ses chaussures de son sang.

Emporté par le démon, Limonta avait tiré encore une fois. Le dealer s'était écroulé. Vince avait couru auprès de la femme. Un type appelait les secours sur son portable, il s'était enfui en voyant Vince approcher. Le gosse n'avait pas bougé. Sa mère morte à ses pieds. Il avait levé ses yeux bleus vers le lieutenant Limonta et il avait dit : « Vous avez tué ma maman. »

Vince était tombé à genoux. Le goût âcre de la gnôle dans la bouche. Il avait posé le canon de son flingue contre sa tempe. Il était temps de partir.

Mais on lui avait saisi le poignet.

Les renforts étaient là. Scène de crime quadrillée. Jeune témoin traumatisé pris en charge par l'assistance psychologique.

Le lieutenant Vince Limonta limogé. Révoqué. Plus de flingue. Plus de plaque. Plus personne.

Retour au bercail. Ennatown. 4 200 habitants. Huit églises. Quatre cimetières. Un lycée où il avait fait ses études. Une petite ville prospère et tellement tranquille, avec ses commerces, sa société d'histoire, ses sites touristiques – le lac, la rivière, l'ancienne usine à fromage, le quartier historique…

Quatre rues où restaient, préservées, une quarantaine de belles demeures bâties à la fin du XIXe siècle ainsi que l'église baptiste, de 1835, et l'église catholique Saint-Paul, 1865, dont il voyait le cimetière – classé – par la fenêtre embuée.

Vince enfila son pull bleu à col ras, s'efforçant de chasser l'âcreté des cauchemars qui troublaient ses nuits. « Courtoisie, professionnalisme, respect. » La devise de sa brigade. « Grossièreté, amateurisme, brutalité. » Sa devise personnelle, cousue à même sa chair. Chaque fois qu'il revoyait en pensée le visage de la femme qu'il avait abattue, il avait la nausée. Mais il ne vomissait jamais. C'était juste une douleur familière qui lui empoignait les tripes et les tordait. Il s'y était habitué.

Pieds nus et en caleçon, il s'approcha de la vitre. Il faisait gris, un gris lumineux d'orage qui soulignait les arêtes des pierres tombales. Le cimetière était calme. Peu de visiteurs à cette période de l'année où les gens couraient en tous sens pour acheter cadeaux, vivres, boissons. Razzia sur les magasins, pendant que les haut-parleurs déversaient de la musique sirupeuse et qu'on se préparait avec fièvre pour la grande parade lumineuse du 31 décembre.

Les morts, eux, dormaient tranquillement dans la terre froide de l'hiver. Bardés de regrets et d'affection. « À notre mère tant aimée », « À mon épouse, je ne l'oublierai jamais », « À notre fils, notre petite lumière ». La plupart des inscriptions avaient été gravées dans le marbre par son père. Joe Limonta, tailleur de pierre et marbrier funéraire. Emporté par une crise cardiaque quelques années plus tôt. Il reposait à côté de sa femme, sous une de ses œuvres. Il avait tout prévu. Leurs noms, dates de naissance et de mort, et ces simples mots : « Plus près de toi, mon Dieu ». Joe Limonta était un homme pieux.

Vince Limonta était un mécréant. Il posa le bout du doigt sur la vitre et dessina un visage dans la buée qui s'y était formée, comme quand il était enfant, avant de tout effacer. Ça caillait là-dedans ! L'ancien atelier de son père transformé en logement de fortune. Il sautilla sur place quelques instants, le temps de compter jusqu'à cent. Puis il décocha des coups de poing dans le vide. Droite, gauche, droite. Jab, jab. Crochet. Uppercut.

Il avait un goût immonde dans la bouche. Il s'obligea à finir sa série puis gagna la minuscule salle de bains. Son reflet dans le miroir. La sale gueule habituelle, yeux cernés, joues creusées, barbe noircissant les joues. 1,78 mètre, 70 kilos. Heureusement qu'il n'avait jamais décroché de la boxe, même s'il ne s'entraînait plus que sporadiquement. Ça lui avait permis de se maintenir un corps potable. De l'extérieur. Mieux valait ne pas penser à son foie.

Il pencha la tête sous le robinet et ouvrit l'eau froide en grand, essuya ses épais cheveux noirs, les coiffa avec la main, se rinça la bouche avec une solution dentaire, enfila son jean, son blouson matelassé. Pilotage automatique bloqué sur « café ». Il poussa lentement la porte, espérant ne pas tomber sur le père Roland.

– Salut, Vince. Tombé du lit ?

Raté. Le père Roland se tenait devant l'entrée du presbytère voisin, sa clé à la main.

– Je me disais : Tiens, Vince n'est pas levé, j'espère qu'il n'est pas malade. Tu n'es pas malade au moins, Vince ?

Vince Limonta haussa les épaules.

– Je vais boire un café et je me mets au boulot.

– Prends ton temps, Vince. Prends ton temps pour revenir des vignes du Seigneur.

– Ne commencez pas à me prendre la tête de si bonne heure, mon père.

Le père Roland étira son dos puissant de quarterback. À 65 ans, il ne jouait plus au football mais il avait gardé le gabarit d'un athlète.

– Il est 11 heures du matin, Vince. Je te parle même pas de la super messe que tu as ratée, et Dieu sait que j'étais en forme ! Ni des feuilles mortes qui s'entassent dans les allées et sur la pelouse. Ni du fait que nous sommes invités pour le réveillon.

– Invités ? Qui ? Où ?

– Ah ah, je vois que le flic se réveille ! À la réception habituelle, chez les Atkins. Moi et toi, acheva-t-il en pointant le doigt vers la poitrine de Vince.

Celui-ci fit la grimace. Bob Atkins lui tapait sur le système. Il était aussi marrant qu'un jour de pluie sans fin. Il dirigeait la succursale bancaire près du tribunal. Un épouvantable raseur. Son épouse, Laura, était bibliothécaire en chef à la médiathèque. Laura. Une femme ravissante. Des yeux gris tristes. Une jolie névrosée. Laura. Une flamme sombre à laquelle Vince s'était brûlé dans sa jeunesse. À éviter : il avait déjà assez de vieilles blessures à gratter.

– Je crois que je ne suis pas libre, laissa-t-il tomber en se dirigeant vers la grille qui fermait l'enceinte de l'église.

– Oh, tu es sans doute invité chez le président, persifla le père Vincent. Ou bien tu vas réveillonner avec tes vieux amis Jack et Daniels…

– Carton jaune, mon père !

– Il y aura de nombreux paroissiens, de toute confession. Des gens seuls, aussi. La vieille Anabella. M. Johnson. Le vin d'honneur servi aux plus défavorisés de notre communauté…

– Pitié !

– Et ils ont besoin de quelqu'un pour tourner les pages pendant que Mlle Hannah sera au piano.

– Bon Dieu, on n'est plus au Moyen Âge, mon père ! On est en 2011, à Ennatown ! On ne joue plus du piano en dégustant des toasts le petit doigt en l'air ! On se défonce à l'acide et on se vrille les oreilles au marteau-piqueur en guise d'apéro.

– Je savais que tu dirais oui. À tout à l'heure, Vince ! Savoure ton café.

La gueule d'Irlandais du prêtre était plissée par un sourire rentré. Vince lui tourna le dos et leva le bras : Va te faire voir ! Un réveillon chez les Atkins… La déchéance totale. Il se retourna, cria :

– Et Snake.T ? Il va rester seul ?

– Il n'a qu'à apporter son banjo, rétorqua le père Roland avant de refermer sa porte.

Vince débóula sur l'avenue. C'est ça ! Apporter son banjo ! Le Black le plus cinglé de la ville se ramener chez les Atkins avec son crâne rasé, ses dents en or et son banjo électrique…

– Où tu vas, Vince ? On dirait que t'as un missile dans le cul.

Snake.T. Le serpent. Fine allusion autant à son aptitude à se tortiller sur scène qu'à certaine partie de son anatomie. Suffisait de penser à lui pour qu'il se radine. Très élégant avec son perfecto en cuir violet ouvert sur un sweat-shirt « *Fuck your Mom* » qui moulait son torse bodybuildé et ses épais biceps, ses piercings diamantés dans le nez et les sourcils, ses tatouages maoris, sa casquette incrustée de strass.

Et ses béquilles.

Snake.T, ex-star du gangsta rap de la côte Est. Un de ses rivaux de la côte Ouest n'avait pas apprécié qu'il lui fauche sa nana. Insultes en public. Bagarre dans le carré VIP. Snake.T, très en forme, avait démonté son rival, lui avait cloué le bec, littéralement, à coups de pompe. Avait tourné les talons, les dents du cocu encore incrustées dans les semelles bleues de ses rangers, *yo man !* Grave erreur. Le type avait un flingue et n'avait pas hésité à s'en servir. Score : Rival-à-terre : un nouveau bridge, Snake.T : un trou dans le dos. Pas très fair-play, les rappeurs.

La balle avait effleuré la colonne vertébrale. Snake.T ne pourrait plus se déhancher de façon suggestive sur des rythmes saturés de basses. Encore moins courir. À peine marcher, les jambes raides comme des bouts de bois, appuyé sur des béquilles. Terminée, la carrière à la 50 Cent. Retour au bercail, comme Vince. Retour à Ploucville, où son père, Samuel McDaniel, tenait un camion à pizzas près de la marina depuis bientôt trente ans. Samuel était un homme probe et sobre que sa femme avait quitté précisément pour ces deux raisons. Letty McDaniel avait mis les voiles avec le barman de son club de tennis, un jovial alcoolo, et n'avait plus jamais donné de nouvelles. Samuel, esseulé, et Joe Limonta, veuf depuis peu, avaient sympathisé. Quand Vince était là, son père l'emmenait toujours manger une pizza chez Samuel. Il avait vu grandir Snake.T. Un adorable gamin aussi poli qu'une petite fille, baptisé Michael en hommage à Michael Jackson, l'idole de sa mère.

Samuel McDaniel avait coupé les ponts avec son fils quand son petit Michael s'était mis à carburer aux amphétamines et était devenu un OVNI nommé Snake.T. Mais il avait bien voulu reprendre son môme estropié à la maison. Il avait proposé au fils prodigue de venir travailler avec lui.

Préparer des putains de pizzas trois cent soixante-cinq jours sur trois cent soixante-cinq ? Snake.T préférait encore crever à petit feu dans un centre quelconque pour estropiés. Et puis Samuel avait rencontré le père Roland lors de la réunion mensuelle du Comité de charité interconfessionnel et le prêtre avait proposé que Snake.T tienne l'orgue qu'il venait de faire rénover grâce aux dons des fidèles. Un magnifique instrument de la fin du XVIIIe, acheminé par bateau depuis l'Angleterre. Un vrai bijou, comparé à la quincaillerie qui ornait le cou, la poitrine et les avant-bras du rappeur. Le père Roland avait besoin d'un type qui assure à la messe du dimanche. Jaloux de voir une de ses ouailles baptistes officier chez les réactionnaires catholiques, le pasteur Meade avait à son tour proposé à Snake.T d'assurer la partie musicale des offices du samedi. Avec ces deux petits boulots, Snake.T arrivait à vivoter.

Avant de virer gangsta, il avait étudié au conservatoire. Dès l'âge de 6 ans il partait répéter tous les soirs, les cheveux bien peignés, son cartable en bandoulière. Sage comme une image. Il savait jouer de pas mal d'instruments. Et il avait une belle voix de basse. Lourde. Chaude. Rauque. Capable de vous surprendre en montant brusquement dans les aigus. Vince avait les trois CD produits avant l'accident et il les écoutait souvent la nuit, pendant les filatures et les poursuites dans des rues encore plus défoncées que lui, une main sur le volant, l'autre sur la crosse de son arme, Batman guettant le crime, sniffant la peur et la violence.

Vince et Snake.T se tapèrent dans la main et entrèrent dans le petit drugstore tenu par la famille Chen depuis trois générations. Harry Jr, le fils aîné, aujourd'hui le patron, était occupé à ranger le rayon épicerie asiatique. Mei Li, sa femme, s'occupait de la partie cafétéria. Ils gagnèrent leur box habituel. Snake.T se tourna pour commander, découvrant trois fines cicatrices parallèles sur son cou, semblables à des traces de griffes. Il laissait croire à ses admiratrices qu'il les avait récoltées lors d'une bagarre, mais Vince savait que c'étaient les vestiges d'une banale chute de vélo quand il était môme. Mei Li les salua d'un sourire et se retourna vers le percolateur.

— Le père Roland veut nous traîner à un réveillon chez les Atkins, annonça d'emblée Vince dès qu'ils furent servis.

— Tu déconnes, flicard ?

— Il a dans l'idée de monter une petite sauterie musicale avec toi, moi et Mlle Hannah.

— Chaud, mec ! Je veux bien sauter Mlle Hannah, mais pas devant tous ces Blancs !

À 68 ans, Mlle Hannah, archétype de la vieille fille sacrifiée à sa mère tyrannique et souffrante, continuait à donner des cours de piano, le dos raide et la mise en plis impeccable, tout droit sortie d'un film des années 50.

– Il a dit que tu amènes ton banjo, ajouta Vince pour faire bonne mesure.

– Et puis quoi ? Que je joue les *Minstrels* en roulant des yeux comme Armstrong ? Fait chier !

Il tira sur sa chaîne en or torsadée, expédia un coup de poing rageur sur la table en formica, faisant étinceler ses bagouses. Une tête de mort en jade à chaque doigt de la main gauche. « *Don't phunk with my heart* » tatoué sur le dos de la main droite.

Mei Li fit les gros yeux. Harry Jr n'aimait pas le tapage. Ces deux-là, les protégés du père Roland, il fallait les surveiller de près. Ils n'osaient pas boire d'alcool chez elle, pas en face de l'église. Mais elle savait qu'ils allaient se pinter chez Fatty E. Burke, dans le quartier des anciennes manufactures. On avait tout rénové, là-bas. Transformé les usines et les entrepôts en appartements avec vue sur la rivière. Lofts, duplex, baies vitrées. Des restaurants avaient ouvert, des bars aussi. Fatty E. Burke y tenait un lounge bar et accueillait la clientèle branchée. « Un lounge bar, tu parles ! disait Harry Jr. Un tripot, ni plus ni moins. N'y manque que les triades. »

Vince essuya la mousse sur les bords de sa tasse avec son index. Mei Li faisait le meilleur expresso de la ville. Rien à voir avec le jus de chaussettes dont raffolaient les trois quarts de la population.

Snake.T s'était plongé dans la lecture de l'*Ennatown News*, le journal local, qui survivait grâce aux quelques annonceurs restés fidèles à ses comptes rendus enthousiastes des moindres événements de proximité.

– Putain, ça craint ! lança-t-il.

– P. Diddy a encore changé de nom ? demanda Vince en bâillant.

Snake.T fit pivoter le quotidien ouvert à la page des décès.

– Pourquoi tu lis ça ? voulut savoir Vince, perplexe.

– Je sais pas, j'aime bien. C'est poétique.

Vince se pencha. La photographie d'une adorable fillette blonde s'étalait, barrée de noir. Son sourire dévoilait une dent de lait manquante.

Il y a treize ans, écrivait le reporter, *le 23 décembre 1998, disparaissait Susan Lawson, âgée de six ans. On devait retrouver son corps six mois plus tard sous la glace de l'étang de Winnipek. L'autopsie montra que la petite fille avait été éventrée et son corps jeté à l'eau, lesté de pierres. C'était la cinquième enfant disparue dans le comté depuis 1996. Quatre d'entre elles, Susan Lawson, Vanessa Prescott, Debbie Eastman et Loïs Carmelo, ont été retrouvées au fond de l'eau, victimes de celui qu'on a surnommé le Noyeur. Vera Miles, elle, n'est jamais réapparue. Toutes avaient entre cinq et sept ans. Susan Lawson fut la dernière, la funeste série s'est arrêtée. Mais le meurtrier court toujours, narguant la police.*

Il déchiffra la signature : « Lucas Bradford ».

– C'est qui ce mec ?

– Je sais pas. Un diplômé de SCU, sans doute.

St Christopher University, l'université du comté. Vince y avait fait partie de l'équipe de boxe, poids moyen.

– Un nouveau qui veut faire du zèle, reprit Snake.T. Du style « la mémoire de la ville ». Ça branche les vieux.

– Et ça doit faire plaisir aux parents : « Tiens, chérie, on parle de notre fille dans le journal, savoure donc ton café. »

Snake.T agita la main, l'air de dire « Arrête d'en faire des tonnes ».

– Je me souviens que la ville était sporadiquement effervescente.

– Évite d'employer des mots d'intello blanc, ça fait frimeur.

– Pauvre tache ! T'as bossé sur ces meurtres, Vince ?

– Voyons… Il y a treize ans, en 98, j'étais à New York. La star du département des homicides. C'est le shérif Blankett qui s'est farci ces enquêtes.

– Le vieux Rupert Blankett ?

– Il n'était pas si vieux, il devait avoir dans les 60 ans.

– Putain ! Je me souviens de son clébard, une sorte de labrador, qui vous pissait sur les pompes.

Vince opina. Blankett et son chien. Un bâtard agité. Le chien. Parce que l'homme, lui, c'était plutôt le genre roc granitique. Calme. Lent. Déterminé. Mais sa détermination n'avait pas porté ses fruits. Malgré le concours des forces de police du comté, le tueur de petites filles n'avait jamais été arrêté. Ces meurtres non résolus avaient miné le shérif, lui avait raconté le père Roland. Il avait fait un AVC, débuté un Alzheimer. Il végétait en maison de retraite.

Personne n'était responsable de l'échec du shérif Blankett. Des gosses disparaissaient tout le temps, partout. Aujourd'hui, avec les unités anti-pédophiles, la cybertraque et le programme SALVAC[1], on aurait peut-être plus de résultats. Vince sourit à Snake.T.

– Et toi, t'avais quel âge, Michael ?

– M'appelle pas comme ça, ça m'fout les boules. Y a treize ans, j'avais 13 ans.

1. Pour « Système d'analyse des liens de la violence associée aux crimes », programme élaboré par la Gendarmerie royale du Canada dans les années 90.

– Et t'essayais d'avoir l'air aussi cool que Will Smith dans *Men in Black*.

– Connard !

– T'étais trop mignon quand t'étais môme, mec. « Bonjour, m'sieur Limonta, bonjour, Vince. » Impossible de deviner que trois ans plus tard t'allais te faire poser ton premier piercing et te tirer à Chicago. Pourquoi Chicago, au fait ?

– Je sais pas. Le buzz. Y avait un pote qui connaissait un pote qui jouait pour un pote… tu vois, quoi.

– C'est toi qui devrais te rappeler le détail de ces meurtres, dit Vince. Tu vivais ici. Moi, je ne faisais que passer.

– Je m'en rappelle, je t'ai dit, mais vaguement. C'était ma période Charlie Mingus et cannabis. Mon père en parlait, bien sûr, mais je l'écoutais pas beaucoup. Je planais trop. J'écrivais des symphonies. Et puis, quand t'es môme, t'aimes pas entendre parler d'autres mômes morts. En plus c'étaient des filles, je me sentais pas concerné.

Vince posa le doigt sur la photo.

– Tu la connaissais, cette gamine-là ?

– Ah ! Le flic se réveille ! J'ai dû la croiser deux ou trois fois. Je me souviens surtout de son frère, Bert Lawson. Il était dans ma classe. Un sale con. Après la mort de sa sœur, j'ai essayé d'avoir de la compassion pour lui, mais il restait un catholique blanc antipathique, j'avais du mal à le plaindre. Un drôle de sentiment. Je me sentais méchant.

– Ils venaient vous acheter des pizzas ?

– Non. Eux, c'était plutôt KFC. Une famille modèle. Le père, il a fait son blé dans l'informatique. La mère bossait pas. Le genre *desperate housewife* qui suivait des cours.

– Des cours ?

– Ouais, des cours de yoga, de tai-chi, d'origami, de poésie médiévale, de compost biologique. Des cours, quoi. Y a des gens qui sont vides, ils ont besoin de se remplir.

– Ça a dû empirer depuis la perte de leur fille.

– Je sais pas, j'suis revenu que l'année dernière. Et regarde-nous : Limonta et McDaniel dans *Ghost in the City*. J'ai croisé Bert Lawson dans la rue il y a un mois, il ne m'a pas dit bonjour. Il portait un manteau en pure laine noire et une mallette en cuir, la mallette qui annonce : « Attention, je transporte l'ordinateur le plus performant du monde et son propriétaire est un mec hyper classe. » Il avait un sparadrap sur le menton, il avait dû se couper en se rasant, ça m'a fait plaisir.

– Halte aux vibrations négatives, Snake.T.

– Va te faire vibrer chez les Grecs. Tu crois que ce Noyeur, c'était un mec d'ici ? À l'époque, on le voyait un peu comme le Freddy Krueger des *Griffes de la nuit* rôdant dans les bois à la recherche d'une proie.

– Quelqu'un qui connaît bien le coin, en tout cas.

– On l'a jamais attrapé, ce dingue, et ça c'est dingue ! Treize ans que le mec se marre, peinard chez lui, en songeant à ses victimes.

Vince tapota la table.

– Je ne suis pas sûr qu'il se marre. La plupart des tueurs n'ont pas assez de détachement par rapport à leurs crimes. Ils les subissent autant que les victimes, en un sens. Jouissance contre souffrance. Ils n'ont pas le choix. C'est pour ça qu'en général ce genre de type ne s'arrête pas. Il a besoin de tuer comme toi de faire des bonnes actions. C'est sa nature.

29

– Quel beau sermon ! Tu devrais t'acheter une soutane. Paraît que ça branche les meufs mortel… Tu sais quoi ? Il a peut-être changé d'État.

– On aurait entendu parler de ses exploits.

– Ou alors il est mort. Ou bien en taule, pour autre chose.

Snake.T retourna le journal vers lui.

– Cinq gosses enlevées. Quatre corps retrouvés. Et la cinquième ? Elle attend au fond d'un trou d'eau ? Bizarre que personne ne soit tombé sur son squelette depuis le temps.

– Tu sais aussi bien que moi que la police n'est ni omnisciente ni omnipotente.

– Tu vois, t'es prêt pour monter en chaire…

– Et des squelettes, y en a dans tous les placards. Bon, faut que j'y aille ! Le boulot, c'est le boulot.

Vince Limonta, jardinier en chef du cimetière paroissial. Bien que très majoritairement protestante, la ville comptait une communauté de citoyens d'obédience catholique. D'origine italienne, hispanique ou irlandaise, ils étaient regroupés sous la bannière du père Roland O'Brien, qui les menait à la baguette depuis plus de quarante ans, comme son prédécesseur en son temps. Vince laissa Snake.T devant un troisième café, plongé dans les nécrologies. Il essayait de respecter les horaires indiqués par le prêtre, et de faire en sorte que le cimetière soit propre et bien tenu. C'était le moins qu'il lui dût.

L'air sentait l'ozone. Il allait neiger. Quand il était gosse, il raffolait de la neige. Les batailles, les bonshommes, les glissades… Il se revit à 6 ans, son bonnet enfoncé jusqu'aux yeux, trottinant à côté de sa mère. C'était avant son cancer – ou est-ce qu'elle était déjà malade ? Il ne savait plus. Elle riait. Elle riait et elle lui permettait de l'aider à mettre les guirlandes sur le sapin de Noël. 6 ans. C'était l'âge qu'avait Susan Lawson quand elle avait été assassinée. Il haussa les épaules comme pour se débarrasser d'un poids. La mort, la grande triomphatrice. Toujours et partout sur la brèche.

Il en avait eu sa dose, des morts violentes. Fini. Il avait raccroché.

Faux, Vince. Tu as été limogé. OK, OK.

Maintenant, sa seule arme, c'était le sécateur. Clic, clac, tailler les haies. Balayer les feuilles pour que les mamies ne glissent pas. Passer le râteau dans la pelouse. Arroser les plantes. Il avait repris le job d'Ernesto, le meilleur ami de papa. Ernesto, lui, était parti à la retraite chez sa fille aînée, en Floride, pour garder un œil sur sa Cuba natale. Et Vince jouait les jardiniers dans ce même cimetière où il avait si souvent accompagné son père, enfant, jouant entre les tombes, slalomant sur la pelouse impeccable, se jurant de ne jamais mener la même vie étriquée qu'Ernesto et son père, à l'ombre des murs de l'église paroissiale. Un grand destin attendait le jeune Vince Limonta. *Et boum badaboum, t'es là, comme papa.*

Les Lawson. Il essaya de se les rappeler. Brusquement, tout lui revint. Ils vivaient dans une belle maison, dans le quartier résidentiel, de l'autre côté de l'avenue. John Lawson. Un informaticien grand et mince, les cheveux blonds coiffés en queue-de-cheval, qui portait des chemises écossaises et des lunettes rondes à monture d'écaille. Sa femme – Louisa ? Linda ? –, petite, boulotte, vêtue de coton équitable et de sandales en cuir tressé. Des *bobos*, comme on dirait aujourd'hui.

31

« John Lawson m'a commandé une stèle pour sa petite fille », lui avait annoncé son père un week-end de janvier où Vince était venu le rejoindre dans leur petit appartement de Main Street.

Vince n'avait pas posé plus de questions qu'il ne fallait. Il était occupé de son côté par des agressions de prostituées, défigurées à l'acide, et par une hécatombe d'adolescents due à une recrudescence de la guerre des gangs. Il avait son compte de cadavres d'enfants maltraités, de jeunes camés faméliques battus à mort ou explosés d'overdose. Il n'avait pas envie de s'investir dans cette enquête rurale. Ce n'était pas son domaine. Lui, il patrouillait dans la jungle urbaine, il traquait des fauves bourrés de coke, des maris violents, des femmes avides, des mecs qui dégainaient leur flingue comme d'autres leur briquet et s'allumaient dans des cages d'escalier qui puaient l'urine.

Il était venu ce samedi-là parce qu'il n'avait pas pu se libérer à Noël. Seul, parce que sa petite amie l'avait largué. Comme les autres avant elle, découragées. Il avait pas mal picolé, aidé son père à transporter des blocs de marbre, joué au foot avec le père Roland, mangé leur pizza rituelle chez le paternel de Snake.T.

Vince se souvint que son père regardait une photographie de la petite Susan en maniant son burin. Un portrait ovale qui serait incrusté dans la stèle. Une jolie petite blonde avec des fossettes. C'était sinistre.

Son père avait quand même insisté pour qu'il rencontre le shérif Blankett. Le vieux flic n'avait jamais eu affaire à un truc pareil, il était dépassé, bouleversé. La police du comté pataugeait tout autant. Blankett lui avait montré les dossiers, les rapports du légiste, les interrogatoires des témoins. Vince avait survolé le tout avec un mal de crâne d'enfer, fumant clope sur clope, toussant, nerveux, pressé de rentrer à New York, de retrouver l'adrénaline de la brigade. Il avait donné quelques conseils, pas très utiles, promis d'en parler à des potes, bla-bla, il n'avait rien fait, juste continué à vivre à cent à l'heure en se consumant comme une bougie de chair.

Il avait bien besoin de repenser à tout ça aujourd'hui ! Quel con, ce Snake.T, de lui avoir montré cet article ! Il se dirigea vers la remise où étaient entreposés les outils de jardinage. Le cimetière était vaste et apaisant. Il aimait parcourir les allées sinueuses de son ancien terrain de jeux. Le père Roland n'avait pas cédé aux pressions commerciales des entrepreneurs de pompes funèbres du coin. Il refusait d'exposer des modèles de cercueils sur la pelouse et de vendre des mugs à l'effigie des défunts. Sa seule concession, c'était l'ordinateur dans la salle d'accueil qui permettait aux visiteurs de localiser les tombes avec précision.

Le cimetière, comme l'église Saint-Paul elle-même, attirait de nombreux touristes. Ses anciennes travées, sinueuses et boisées, contenaient quelques beaux mausolées. La partie moderne ressemblait à la plupart des cimetières américains. Gazon et stèles gravées. Au fil du temps, la mort avait perdu en décorum. À présent, au lieu d'ériger le chagrin en statues, on faisait ostentation de sa sobriété.

Ratisser lui ferait du bien. Ratisser, c'était zen. Une fois, Julia, une des secrétaires de la brigade, lui avait offert un de ces petits jardins japonais miniatures avec du sable blanc et un minuscule râteau. C'était une WHASP bon teint qui ne lui voulait que du bien. Une fille boulotte et gentille, très seule. Vince avait ouvert le paquet en ricanant à l'avance. Son partenaire, Arno Hayes, s'était amusé à coiffer ses boucles afro avec le râteau miniature, qui s'était brisé, et puis ils s'étaient marrés comme des crétins en faisant semblant de sniffer le sable. Julia avait tourné les talons, raide comme un piquet, toute rouge.

Con et méchant, Limonta. T'as donc aucun bon souvenir ? Un souvenir où tu pourrais être fier de toi ?

Tout en soliloquant, il s'était avancé dans les allées paisibles, envahies de feuilles mortes. La faute aux grands ormes qui les bordaient. Quel que soit l'endroit par où il commençait, au bout de cinq minutes il se retrouvait toujours devant la croix blanche de la tombe de ses parents. Joe et Rita Limonta. Il soupira, marqua une pause.

Était-il possible qu'à 39 ans sa carrière soit finie ? Était-il possible qu'il termine sa vie ici, comme Ernesto, se voûtant au fil des années, à picoler tranquillement entre deux « Bonjour, mon père » ? Putain, non ! Ce boulot minable, c'était juste une pause. Il allait se reprendre. Repartir. Reprendre du service, ailleurs. Los Angeles, Boston, n'importe où. Il avait juste besoin de se calmer.

La pause durait depuis six mois. Et s'il se berçait d'illusions ? S'il était en train de s'engluer doucement dans le marécage du quotidien ?

Il éprouva soudain l'envie irrésistible de shooter dans la grande poubelle en acier galvanisé. Elle se renversa. Tintamarre du métal sur le gravier.

Il soupira, alla récupérer le couvercle qui avait roulé à cinq mètres, au pied d'Emily Landfield 1963-1972. Une gosse elle aussi. Il était venu au monde l'année où cette Emily l'avait quitté.

Il se rapprocha du plan plastifié affiché à chaque intersection, laissa son doigt courir sur la liste de noms. Lawson. 3C.

Il y avait des fleurs devant la 3C. Un petit bouquet de roses blanches en plastique. Et une bougie dans son étui de plastique carmin coiffé d'un couvercle doré.

La bougie était à moitié consumée, poussiéreuse. Les fleurs boueuses, salies par les pluies. Machinalement, il décrocha le tuyau d'arrosage, les rinça, les reposa devant la stèle de granit rouge. Sans le savoir, Lawson avait choisi le même modèle que celle qui surmontait la sépulture de Bruce Lee au Lakeview Cemetary de Seattle. Une toute petite fille et un champion de karaté avaient en commun le look de leur dernière demeure.

Susan Lawson reposait là-dessous. Ce qu'il restait de son corps, poussière et ossements. Quand les plongeurs l'avaient récupérée après six mois dans le lac, elle devait être déjà sacrément amochée, se dit Vince. Boulottée par les crabes et les poissons. La plupart des corps qui séjournaient dans l'eau n'avaient plus d'empreintes digitales. La peau partait en lambeaux, les doigts manquaient. On devait souvent recourir à l'identification dentaire. Mais, à 6 ans, Susan était-elle déjà allée chez le dentiste ? Dans son souvenir, le shérif Blankett lui avait dit qu'on l'avait reconnue grâce à ses vêtements.

Il se demanda où se trouvait le dossier à présent. Sans doute dans le placard abyssal des affaires non résolues. Quasi classées. Qui avait repris le poste de Blankett ? Ah oui ! Son père lui avait dit que c'était Ben Friedman, un des shérifs adjoints. Un type très à cheval sur le règlement, Ben. Ils étaient à SCU ensemble. Ben ne trichait pas aux examens, n'insultait pas les profs, ne fumait pas de shit. Grand, blond, costaud. Bon joueur de base-ball. Il sortait avec une pom pom girl dont Vince ne se rappelait plus le prénom. Une gourde blonde dotée d'une sacrée paire de seins. Tous les types la reluquaient, les yeux hors de la tête. Mais c'était Ben Friedman qu'elle avait choisi.

Que c'était vieux, tout ça ! Que c'était démoralisant de se retrouver plongé dans des souvenirs de jeunesse ! Un album de photos fanées, de rêves enfuis, de temps perdu. La désillusion douce-amère de la maturité, se dit-il en soupirant.

Il contempla le portrait de la petite Susan. Ses couettes, ses fossettes, son sourire édenté. M. et Mme Lawson venaient-ils encore se recueillir sur la tombe de leur enfant disparue ? Bert Lawson priait-il parfois face à la photographie de sa petite sœur ? L'état des lieux laissait supposer que non et Vince n'avait jamais vu personne devant la 3C. Mais il n'était là que depuis six mois. Et aujourd'hui c'était l'anniversaire de la disparition de Susan. Il leva la tête, s'attendant presque à voir toute la famille Lawson remonter l'allée, mais elle était vide, hormis Rosa Hernandez. Retraitée du service postal, septuagénaire et obèse, elle venait tous les jours, quel que soit le temps, rendre visite à son défunt Alvaro. « Je lui donne des nouvelles de la famille », disait-elle en tapotant ses boucles grisonnantes, avant d'enchaîner sur des confidences : « Vous savez que ma petite-fille Florinda a été admise à l'école d'infirmières ? Pourtant elle n'est pas très maligne. Pas comme ma petite Cindy ! »

Généralement, Vince battait en retraite en acquiesçant, avec des « hmm » approbateurs. Les vieilles dames portoricaines emplies de fiel n'étaient pas sa tasse de thé.

Il opéra donc un demi-tour stratégique et regagna

l'allée B. Un homme s'avançait vers lui. Engoncé dans une parka grise, dont la capuche gardait son visage dans l'ombre. Il dépassa Vince, à sa grande surprise obliqua dans l'allée C et stoppa net devant la tombe n° 3.

John Lawson ? Vince revint sur ses pas. Mains dans les poches, l'homme se tenait immobile face à la croix blanche. Des flocons virevoltaient sous le ciel gris plomb. Vince s'approcha du visiteur.

– Monsieur Lawson ? demanda-t-il.

L'autre haussa les épaules.

– C'est moi, Vince Limonta, reprit Vince. Vous savez ?… Le fils de Joe, le marbrier.

– Qu'est-ce que ça peut me foutre ? répliqua l'homme en se retournant.

Maigre, les yeux brillants, il ne ressemblait en rien au souvenir que Vince avait de John Lawson. Et il sentait l'alcool.

– Vous ne vous souvenez pas de moi ? dit Vince.

– Je ne suis pas John Lawson, grommela l'homme. Non, j'ai pas cette chance.

– Cette chance ? répéta Vince, perplexe.

– Ouais. Il sait où est sa gosse, lui, au moins. Là-dessous !

Il décocha un coup de pied dans le tertre bien tondu.

– Hé, doucement ! protesta Vince.

– Doucement mes couilles ! Ma fille, ma petite Vera, personne ne sait où elle est. Personne ! J'ai pas de tombe où aller.

– Vous êtes le père de Vera Miles ? dit Vince en se souvenant de l'article.

– J'*étais* le père de Vera Miles. Je suis plus personne. Ma femme m'a quitté. J'ai perdu mon boulot. Je bois. J'ai une cirrhose.

Vince frissonna. Ce type, c'était une vision de son avenir s'il ne se reprenait pas en main.

– Pourquoi venir ici ?

– Pour prier pour ma Vera, devant une tombe, dans un cimetière. Ça dérange quelqu'un ? Z'êtes le fils Limonta, c'est bien ça ? Celui qui s'est fait virer de la police ?

– Pour un alcoolo à la dérive, vous vous tenez au courant, riposta Vince, blessé.

– J'ai qu'ça à faire. Mater. Écouter. Z'avez eu raison d'arrêter de boire. Moi, ça va me tuer. Me dites pas de venir aux réunions du père Roland, continua-t-il avant que Vince ait pu ouvrir la bouche. Je veux pas aller mieux. C'est trop tard pour moi. Tout ce que je veux, c'est savoir ce qui est arrivé à ma gosse. Savoir où est son cadavre, bon Dieu de merde ! Vous autres, les flics, vous avez été incapables de trouver quoi que ce soit. Connards !

Il cracha, manquant de peu les chaussures de Vince.

– Le shérif Blankett a fait tout ce qu'il a pu, dit Vince, s'efforçant de rester poli.

– Faut croire que c'était pas assez. Elle avait 6 ans, merde ! Et elle pourrit quelque part, toute seule ! Pendant que le mec qui l'a tuée y continue sa vie, tranquille. Peut-être même qu'il en a tué plein d'autres.

Il vacilla, reprit son équilibre.

– Putain de merde, Limonta, au lieu de jouer les jardiniers à la con, vous feriez mieux de le retrouver, cet enfoiré ! Pour le coup, seriez vraiment utile.

– Comme vous me l'avez aimablement rappelé, je ne fais plus partie de la police.

– Ouais, tout le monde a toujours une excuse pour pas s'occuper de ma petite Vera. Voulez voir sa photo ? 'ttendez…

Il entreprit de farfouiller dans un portefeuille écorné bourré de papiers.

Vince soupira. Non, il n'avait pas envie de voir la photo de Vera, de parler de Vera, de subir le discours d'un ivrogne anéanti de chagrin.

– J'ai du boulot, dit-il, se sentant un peu ridicule avec son râteau et sa brouette.

– 'gardez comme elle était belle...

Miles lui fourra le cliché sous le nez. Une petite fille blonde, à l'air vif, riant aux éclats.

Vince s'écarta.

– Z'allez rien faire pour elle ? Z'en foutez, c'est ça ? Z'allez rester ici à balayer par terre comme un con ?

– Arrêtez de m'insulter, Miles.

– Ouh là, j'ai trop peur ! Monsieur le flic viré va me tabasser parce que je réclame justice pour ma fille ?

Il avait hurlé les derniers mots et Vince aperçut Rosa Hernandez, immobile, qui les observait, son capuchon en plastique encadrant ses bajoues massives, ses bottines en caoutchouc fermement plantées dans le gazon. Il neigeait à présent. De gros flocons duveteux, qui parsemaient son visage café au lait. Vince n'avait qu'une envie : secouer Miles en lui intimant de fermer sa gueule. Il prit sur lui, tourna les talons sans rien dire.

– Espèce de lâche ! gueula Miles. Espèce de trouillard !

Vince lui fit un doigt d'honneur sans se retourner. S'il revenait en arrière, il allait frapper ce type, et ça il ne fallait pas. Plus de bagarres, terminé !

– Lâche ! cria encore Miles avant de pivoter brusquement vers Rosa Hernandez. Qu'est-ce tu veux, toi, la grosse ? Qu'est-ce tu r'gardes ? Occupe-toi de tes oignons, dégage !

– Je le dirai au père Roland, s'indigna Rosa. Ivrogne !
Pas étonnant que votre femme vous ait quitté !

– De quoi ?

Du coin de l'œil, Vince vit Miles avancer vers Rosa
d'un pas lourd. Non. Pas ici, pas un psychodrame dans
son cimetière !

– C'est à cause de vous qu'elle est morte, la petite !
À cause de vous ! éructa soudain Rosa de sa voix
stridente. Parce que vous n'avez pas attendu le car
avec elle ! Et ça, tout le monde le sait, Lester Miles !

Vince pressa le pas, certain que Miles allait la frapper,
mais non, il fit soudain demi-tour, les poings enfoncés
dans les poches, et s'éloigna d'une démarche hésitante,
la tête baissée.

Vince rejoignit Rosa, encore haletante sous le coup
de la colère.

– Croyait me faire peur, ce salaud !

– Vous le connaissez ?

– Bon sang, mon petit Vince, bien sûr que je le
connais ! J'ai distribué le courrier pendant quarante ans
dans cette ville, je connais tout le monde !

Vince se remémora Rosa au volant de son gros
Chevrolet Grumman LLV, arpentant les rues des quar-
tiers résidentiels, toujours vociférante et en pétard.
Évidemment qu'elle connaissait presque tout le monde.

– Et le Miles, y buvait déjà avant, reprit-elle. C'est
la vérité. D'accord, le fait d'avoir perdu Vera, ça l'a pas
aidé. Mais il était déjà atteint. C'était pas de notoriété
publique, non, mais moi je savais. Je le voyais tous
les matins s'arrêter au comptoir de la station-service
avant d'aller au boulot.

Elle reprit son souffle, afficha un sourire complice.
Elle était dans son élément, à présent, prête aux ragots.

– Le matin où la petite a disparu, il l'a accompagnée

à l'arrêt du car scolaire. Je le sais, j'étais en face en train de livrer un paquet chez le vieux Max Horowitz. Vous vous souvenez de Max Horowitz ? Son petit-fils travaille à la Maison-Blanche maintenant, vous vous rendez compte ?

Recadrer le témoin.

– Miles l'a accompagnée au car. Et après ?

– Il n'arrêtait pas de regarder sa montre, parce que le car était en retard et qu'il n'aurait pas le temps d'aller s'enfiler son coup de gnôle, je l'ai tout de suite compris ! Et puis pendant que Max Horowitz me montrait ses rosiers, de superbes rosiers grimpants, le rosier c'est pas facile à entretenir, Alvaro me disait toujours que…

– Miles n'arrêtait pas de regarder sa montre… coupa Vince.

– Ah oui ! Et donc tout à coup il a fait la bise à Vera et il s'est barré. Il l'a plantée là sur le trottoir. La dernière fois qu'il a embrassé sa fille.

– C'était un quartier tranquille, avança Vince. Il y avait du monde. Vous, le vieux Max, des passants, des voisins.

– Ouais. Tellement tranquille que la gamine a jamais pris le car. Volatilisée entre 8 heures et 8 h 15.

– Mais vous, Rosa, vous l'avez bien vue, la petite Vera.

– Oui, je l'ai vue qui attendait en chantonnant, un truc à la mode… attendez… euh, vous savez, le générique de cette série pour enfants, *Chérie, j'ai rétréci les gosses*, notre petite-fille Cindy en était folle, vous connaissez ?

– Non, je ne regardais pas vraiment la télé à cette époque. Et donc ?

– Donc je suis montée dans mon Grumman et j'ai

démarré et voilà. J'ai aperçu Vera une dernière fois dans le rétro et puis c'est tout…

– Et Max Horowitz ?

– Il a dit qu'il était rentré chez lui et avait ouvert son paquet, sans regarder par la fenêtre. Il avait toujours la télé allumée, et le son à fond parce qu'il devenait sourd. C'était avant que son fils le fasse appareiller et…

– Et les gens ? Les autres ?

– Faut croire qu'y en avait pas tant que ça. C'est le genre de quartier où on se déplace plutôt en voiture. Y avait le parc juste derrière. Peut-être que la petite est allée faire un tour dans les buissons, va savoir avec les gosses… En tout cas, on l'a jamais revue. Le shérif Blankett a fait interroger tout le monde cent fois, sans résultat. Volatilisée, la petite !

Vince réfléchissait. Lester Miles embrasse Vera distraitement et file vers son premier verre du matin. Cinq minutes plus tard, avant le passage du car, le tueur enlève la petite fille au nez et à la barbe de tout le quartier. Cinq minutes. Soit il avait profité de l'occasion, soit il était à l'affût.

Vérifier les horaires du car, se dit-il avant de réaliser que tout cela ne le concernait pas, ne le concernait plus. Des meurtres vieux de quinze ans pour le premier. Jamais résolus. Ça avait des relents de *Cold Case*. En parlant d'eux deux, Snake.T avait suggéré *Ghost in the City*, mais c'était plutôt *Back in Ghost Town*. Non, ça, ça faisait quasi-western. Vince Limonta / Clint Eastwood, cigarillo aux lèvres, prêt à défourailler sur le premier vautour au bec taché de sang. Sauf que les vautours humains n'arboraient pas de marque distinctive. Pas de sang sur les babines ou sur les mains, pas de rictus inquiétant, pas de sourire diabolique. Non, les prédateurs humains ressemblaient à tous leurs congénères, se fondaient dans la masse. Attendant leur heure pour accomplir leurs méfaits.

Le type qui avait enlevé et tué ces petites filles n'avait jamais été démasqué. S'il vivait dans cette ville, Vince l'avait peut-être croisé des dizaines de fois.

– Vous allez reprendre l'enquête ? dit Rosa, l'œil brillant.

– Madame Hernandez, vous savez très bien que j'ai démissionné.

– Et alors ? Rien ne vous empêche de chercher de votre côté, comme un détective privé, conclut-elle en claquant des doigts.

– On n'est pas dans une série télé. Vous devriez rentrer, il neige fort.

– Bah, je suis habituée à conduire par tous les temps, c'est pas un peu d'eau congelée qui me fait peur. Et puis c'est pas comme si Alvaro m'attendait. Remarquez, y m'attendait en jouant aux cartes avec ses copains, donc y s'inquiétait jamais de trop.

– Bon, eh bien moi, je dois y aller.

Rosa posa sa main grassouillette sur la manche de son blouson, pour le retenir.

– Le nouveau shérif, c'est Friedman, chuchota-t-elle d'un air de conspirateur. C'est pas une flèche, mais il est travailleur. Vous devriez lui demander de ressortir les dossiers, ça vous occuperait.

– Je suis déjà occupé, merci.

– Vous auriez moins envie de boire si vous vous sentiez utile.

– Mais, bon sang ! Je suis tombé dans le cercle des amateurs de psychologie au rabais ?

– Votre père était un homme bien. Je comprends que votre maman vous ait manqué.

– Je vous dois combien pour la consultation ?

– Vous pouvez rire, mon garçon, mais franchement vous devriez prendre soin de vous. Vous et votre ami tatoué, le soi-disant rappeur, on dirait deux ados débiles.

De mieux en mieux ! Vince fit mine de saluer, deux doigts à la tempe, dégagea son bras en douceur.

– Merci pour tout, madame Hernandez. Si vous n'y voyez pas d'inconvénient, je vais continuer ce pour quoi je suis actuellement payé.

– Aussi têtu qu'un gamin, je vous dis ! Mais vous avez bientôt 40 ans, Vince ! Vous devriez être père de famille, marié.

Vince ne répondit pas. Il s'éloigna dans l'allée qui blanchissait à vue d'œil, écrasant la neige fraîche sous ses semelles. Quelle matinée merdique ! Il pensait que sa gueule de bois du matin serait le pire, mais non ! À croire que toute la population conspirait pour lui faire la morale.

Il n'aurait jamais dû revenir, jamais. Il allait rentrer, jeter ses fringues dans son vieux sac de l'armée et filer. Loin, très loin.

Le type ne pouvait pas savoir que le car serait en retard. Est-ce qu'il traînait dans le parc, reluquant les petites filles ? Avait-il vu Lester Miles s'éloigner et s'était-il dit que sa chance était venue ? Mais comment pouvait-il être certain qu'on ne le remarquerait pas ? Et comment avait-il attiré Vera ? Et les autres gamines ? Vince s'aperçut qu'il tenait son râteau comme une lance. Vince Limonta, le preux chevalier des princesses disparues. Des princesses souillées et mortes. Il cligna des yeux sous la neige. La silhouette titubante de Lester Miles. Le portrait de la petite Susan. Quelqu'un avait tué. Ici, dans sa ville. Quelqu'un avait tué ces enfants. Au bout de treize ans, il devait se croire hors de danger. Se sentir invincible. Il avait jeté ses victimes comme de vulgaires déchets, mais c'était lui l'ordure.

3

Amy rampait dans l'étroit boyau. Il faisait sombre, humide et sombre. Il y avait des bestioles. Des bestioles qui rampaient. Noires. Luisantes. Rapides. Comme celles qui couraient parfois sur les murs de la chambre. Des CAFARDS. Quand Amy les écrasait, ça faisait « crac » et il sortait du jus. Il y en avait beaucoup ici. Amy n'aimait pas trop les cafards. Amy n'aimait pas trop être là-dedans. Mais Maman ne lui avait pas laissé le choix. « Tu dois partir. Tu dois te sauver. Va chercher du secours. Tu m'entends, Amy, va chercher du secours. Maman t'aime. Maman t'attend. »

Amy rampait. Le ciment brut râpait ses petits coudes et ses genoux tendres. Elle avançait, docile, inquiète. « Tu vas aller dehors, avait dit Maman, tu vas voir le soleil, les étoiles, des gens, Amy, tu vas voir des GENS ! » Amy n'avait pas trop envie de voir des gens. Amy voulait rester avec Maman. Maman était malade. Elle avait besoin d'Amy. Mais Maman avait dit à Amy d'aller chercher du secours. Daddy n'était pas du secours. Daddy faisait du mal à Maman. Daddy faisait peur à Amy. Mais le monde extérieur… le soleil, les étoiles, les gens… ça aussi ça faisait peur. Très peur.

Un rond plus clair. Devant elle. Il faisait moins sombre. Il y avait moins de bestioles. Amy leva la tête et se trouva face à une grille. Et à de la lumière. Sans doute une autre pièce avec une ampoule allumée. Elle poussa la grille avec ses mains, sans succès. Puis elle eut soudain l'idée de s'allonger sur le dos et de pousser avec ses pieds. Elle sentit ses muscles se tendre, ses cuisses maigres se raidir. Elle voyait ses baskets roses pousser contre le métal rouillé. Amy avait deux paires de baskets, une bleue et une rose, assorties à ses deux survêtements. C'était Daddy qui les lui avait ramenées. Daddy ramenait tout. Les vêtements, la nourriture, les jouets. « Sans moi, vous crèveriez comme des chiens, faisait-il en jetant les objets par terre. Dites merci à Daddy. » Amy et Maman disaient merci. Amy avait du mal à penser à Daddy. Quand ça lui arrivait, l'intérieur de sa tête devenait tout rouge et tout noir. Elle se concentra sur ses baskets, si roses et si sales, et poussa encore, de toutes ses forces.

La grille céda. Elle bascula à l'extérieur, hors de sa vue.

À l'extérieur.

Amy se mit à genoux, prit une grande inspiration et passa la tête par l'ouverture.

Oh là là.

Elle ferma les yeux. Les odeurs lui faisaient tourner la tête. Et la drôle de lumière. Qui faisait des taches sur l'HERBE. Oui, c'était de l'HERBE ! Verte, comme dans son livre *Susy à la campagne*. Il faudrait dire à Maman qu'elle en avait vu, de la vraie ! C'était l'herbe qui sentait cette odeur si forte. Elle respira de nouveau à fond. Se redressa et sortit du trou.

Pour la première fois depuis sa naissance, Amy se retrouva à l'air libre. Elle resta immobile quelques secondes, stupéfaite, à contempler le monde de dehors.

La FORÊT. Il y avait des arbres et de l'herbe, donc c'était la FORÊT. Et autre chose, autre chose qu'Amy n'avait pas vu, à cause de l'arbre. Quelque chose de blanc et de duveteux qui tombait d'en haut, comme des flocons d'avoine, des flocons d'avoine blancs et froids. Ah ah ! Elle savait ce que c'était, elle avait lu et relu *Susy à la montagne*. C'était de la NEIGE ! Amy éprouva un bref sentiment de triomphe. DE LA NEIGE. Elle en voyait, elle en touchait, oui, oui, elle touchait les flocons avec ses doigts nus, elle les goûtait, ça n'avait pas du tout le goût des flocons d'avoine, ça non, ça avait le goût de… voyons… de rien. De rien de connu. Mais tout autour d'elle était inconnu. Le tronc sombre de l'arbre, ses branches épaisses, ses aiguilles, l'herbe rase, les flocons qui s'accumulaient, le souffle de l'air – LE VENT –, le froid.

Amy souffla sur ses doigts tout rouges de neige froide. Elle s'écarta un tout petit peu de l'arbre, sans perdre de vue l'entrée du tunnel par où elle était arrivée. Elle pouvait encore repartir. Rentrer chez elle. Retrouver sa chambre et Maman. Mais Maman ne serait pas contente. Et Daddy…

Elle cligna des yeux pour ne pas penser à Daddy. Maman avait dit d'aller chercher du secours. Amy avait un papier dans la poche de son survêtement bleu, celui qu'elle portait en dessous du rose. Amy avait protesté à l'idée de porter deux vêtements superposés, mais Maman avait dit : « Il va faire froid dehors, ma chérie. » Amy tâta le papier. Maman avait écrit au stylo rouge : « Je m'appelle Amy. Je suis la fille de Susan

Lawson. Elle est vivante. Elle est prisonnière. Il faut prévenir la police. Aidez-nous. Vite. »

Prisonnière. Comme les vilains messieurs avec des habits rayés derrière des barreaux, dans les bandes dessinées. Mais Maman et Amy n'avaient pas d'habits rayés. Et elles n'avaient rien fait de mal. Amy avait regardé Maman écrire, en lisant par-dessus son épaule. Maman avait levé la tête, les yeux pleins de larmes. « Je ne sais pas où nous sommes, avait-elle soufflé. Je n'ai jamais su. Je me suis réveillée ici, tu comprends ? Je ne sais même pas son nom ! » Elle s'était tordu les mains, puis avait saisi Amy aux épaules. « Donne ce papier au premier adulte que tu rencontreras, Amy. » Amy avait hoché la tête. « Tu sais écrire "police" ? » Nouveau hochement de tête. Amy ne parlait pas mais elle écrivait très bien. « Si tu perds le papier, dès que tu rencontres quelqu'un, tu écris "police". Tu comprends, ma chérie ? » Maman avait les yeux si brillants. Il lui manquait des poignées de cheveux sur le crâne. On voyait tous ses os. Amy avait acquiescé de la tête. « Tu n'as même pas de gants, avait dit Maman. On est en décembre et tu n'as même pas de gants ! » Amy avait haussé les épaules. Des gants ? C'était pour *Susy à la montagne*.

Et maintenant elle était dehors sous la neige et elle n'avait pas de gants. Ni de BONNET. Mais elle avait les deux carrés de tissu pelucheux que Maman avait découpés dans la couverture grise. Maman lui avait montré comment y envelopper ses mains et les faire tenir avec ses élastiques à cheveux. Mais Amy n'avait pas envie d'avoir les mains habillées, elle voulait toucher et toucher encore ce nouveau monde, le sentir sur sa peau. Et voir le CIEL.

Elle leva le menton. Tout était gris, là-haut. Pas du tout bleu azur, comme son crayon de couleur préféré. Non. Gris souris. Où était le CIEL BLEU ? Et les ÉTOILES ? « Les étoiles, on ne les voit que la nuit », chuchota Maman à son oreille.

Elle s'écarta encore un peu plus de l'arbre. Il y en avait d'autres, des arbres. Bien rangés les uns à côté des autres. Ils semblaient délimiter des carrés. Au-dessus des carrés, on voyait des toits surmontés de rectangles étroits. Des MAISONS, se dit Amy. Devant moi, il y a plein de maisons, avec leurs CHEMINÉES. S'armant de courage, elle avança vers une des haies bien taillées et…

Grrrrr.

Elle se figea sur place. Ce bruit… Elle n'avait jamais rien entendu de tel. Mais, bien qu'ayant vécu toute sa courte vie dans une pièce insonorisée, Amy sut tout de suite ce que c'était. Sa peau se hérissa. Sa gorge se serra.

Un monstre ! Il y avait un monstre derrière les arbres ! Et soudain le monstre se déchaîna, hurlant frénétiquement.

Amy vit son museau qui fouillait et fouillait les feuilles serrées, sa gueule grande ouverte, sa langue baveuse, ses dents.

Un LOUP ! Un loup ! Elle recula d'un bond, trébucha sur une racine, s'étala dans l'herbe humide et la neige éparse. Le contact de l'herbe la surprit. C'était doux. Elle s'assit, ramassa une poignée de neige, en fit une boule. Susy et son ami Jimmy s'en lançaient en riant. « La bataille de boules de neige. » Le loup aboyait toujours. « Ouah ouah ouah ! » comme faisait le livre de la ferme quand elle appuyait sur la touche… Mais non, Amy, espèce d'idiote, ce n'est pas un loup, c'est un

50

CHIEN. Les CHIENS gardent les maisons (et ressemblent beaucoup aux loups).

N'empêche, ça faisait beaucoup de bruit et ça faisait peur. Elle lança sa boule vers la haie, prends ça, méchant CHIEN, et revint du côté du grand arbre. Pas question d'aller chez les chiens.

Et Amy s'enfonça dans la forêt.

Le parc couvrait plusieurs dizaines d'hectares. C'était une des fiertés locales. Un immense espace naturel préservé au cœur de la zone urbanisée. Avec ses cours d'eau, ses petites collines, sa faune et sa végétation protégée. Deux grottes artificielles, un lac où l'on pouvait louer du matériel de stand up paddle[1], un manège à chevaux de bois, des baraques à frites… Le rêve des familles le week-end. Le cauchemar des forces de l'ordre la nuit. Prostitution, drogue, viols, bagarres entre pochards : le parc attirait la lie du comté. Une voiture de patrouille arpentait vingt-quatre heures sur vingt-quatre les allées asphaltées, épaulée par deux flics à cheval qui parcouraient les sentiers sinueux et étroits. De l'aube au crépuscule on était certain d'y croiser des joggeurs et le parc accueillait d'ailleurs le semi-marathon annuel.

Mais même en plein jour il gardait ses zones d'ombre. Fourrés denses et touffus, clairières à l'écart des chemins balisés servaient de refuge aux petits rongeurs effrayés par les promeneurs et aux bipèdes avides de solitude.

Black Dog avait établi son campement près d'un méandre de la Tanner Creek, un paisible ruisseau où

1. Le SUP consiste à se déplacer debout sur une planche à l'aide d'une pagaie.

les gamins pêchaient de la truite d'élevage en amont. Il avait installé sa tente du surplus militaire sous un érable entouré d'épineux, l'avait plus ou moins camouflée avec des branches. Il n'allumait son brasero que la nuit, enterrait les reliefs de ses repas, balayait régulièrement pour effacer les traces de ses pas. Comme dans les commandos. Black Dog aurait tellement voulu faire l'armée. Mais on ne l'avait même pas laissé passer les tests. C'était à cause du dossier, il le savait. Le gros dossier plein de pages tapées à la machine. « *Exterpises*, rapports, analyses ». Il l'avait traîné d'institution en institution comme un boulet de forçat, oui mon commandant. Il n'avait jamais pu avoir de bon job à cause du dossier. Les patrons hochaient la tête, faisaient « Hum hum » et lui disaient qu'il n'y avait pas de place pour lui. Un jour, Black Dog avait décidé de brûler le dossier. Il avait aussi brûlé ses papiers d'identité. Il s'était mis en route, au hasard, cherchant des petits boulots pour subsister. Sans le dossier, il ne touchait plus sa petite pension. Il s'en fichait. Il n'était plus obligé de répondre poliment aux types de l'assistance sociale. Ni de signer d'une croix en bas des documents qu'on lui tendait. Il était libre. Et seul.

Il était très fier de vivre là depuis plusieurs années sans s'être fait repérer. D'autant qu'avec sa stature ce n'était pas facile de passer inaperçu. Black Dog mesurait 1,98 mètre et pesait 130 kilos. Des muscles puissants enrobés d'une bonne couche de graisse : il se nourrissait quasi exclusivement de tortillas et de burgers industriels. Sans oublier les beignets. Toutes les sortes de beignets. Mais il ne buvait pas. Pas une goutte d'alcool. Black Dog n'avait pas besoin de bibine pour planer. On lui avait expliqué que c'était parce qu'il avait une case en moins. « Taré, débile, crétin, connard ! Sale négro ! Tu comprends ce qu'on te dit, oui ou merde ? Putain, mais à quoi tu penses ? » Il ne savait pas. À quoi pensait-il ? C'était quoi, penser ? Il regardait l'eau couler entre les pierres, l'écume, les brindilles entraînées par le courant. Le soleil entre ses doigts repliés. Il écoutait la chanson des klaxons. La chanson des couvercles métalliques des poubelles où il repêchait sa pitance. « Pousse-toi, dégage ! » « Il est pas dangereux ? – Non, il est con comme un balai. Demeuré. C'est un demeuré. Un gogol, quoi. » Un gogol. Les gogols avaient les yeux bridés. Pas lui. Les gens disaient n'importe quoi. Mais il ne pouvait pas les en empêcher.

À l'orphelinat, déjà, il était à part. Il se souvenait bien de l'orphelinat. Mme Doherty avec sa voix criarde, M. Campbell et ses costumes en tweed. La cantine qui vous servait du chou bouilli et des patates et des patates et du chou bouilli. Ses camarades de dortoir. Les engueulades. Les brimades. La fois où il avait cassé le bras du rouquin qui lui avait pissé dessus pendant qu'il dormait. La fois où il avait sorti de ses gonds la porte de la classe et l'avait jetée sur les autres élèves. Les punitions. Les conseils de M. Campbell à, propos de la colère. C'était il y a longtemps, tout ça, et il avait de plus en plus tendance à se souvenir en noir et blanc, comme les vieux films. Ouais, Black Dog allait avoir 63 ans, ouais mon vieux, ouais, il savait son âge. Chaque année, il fallait ajouter un au chiffre de l'année d'avant. Il n'avait jamais perdu le compte, non monsieur.

Black Dog ne savait pas lire. « Espèce de bourrique, ce n'est pas si difficile, quand même ! » Mais il savait compter jusqu'à cent. « Pas besoin d'aller plus loin, à

100 ans tu seras mort ! » Il entendait encore le rire de Vicious. Son ami. Son seul ami. Vicious était si maigre. Il était mort il y avait bientôt… un, deux, trois… dix ans. À la fin, on voyait toutes ses côtes. Comme dans un plat de travers de porc. Le docteur du dispensaire avait voulu prendre du sang à Black Dog. « C'est pour voir si Vicious ne t'a pas contaminé. Il est mort du sida, tu comprends ? » Black Dog avait levé le bras, renversé les fioles, les tubes. Pas de piqûre. « Ton enfoiré de pote toxico était une vraie bombe ! avait crié le docteur. Faut que tu fasses le test ! » Black Dog n'aimait pas qu'on dise « enfoiré » en parlant de Vicious. Il avait brisé la vitre – « Tape sur les objets, pas sur les gens, tu entends ? Jamais sur les gens ! » – et il était parti, le cœur chagriné, chiffonné. Vicious était mort. Il était seul.

Amy s'immobilisa, la bouche ouverte. Il se tenait là, devant elle, la queue en pompon, les longues oreilles dressées, palpitantes. Il était gris et pas blanc mais c'en était un, un LAPIN. Un vrai ! Elle s'avança vers lui en trottinant, les bras tendus. Le lapin détala, se faufila sous un buisson, l'arrière-train vibrant. Amy avait les doigts raides d'impatience à l'idée de toucher une peluche vivante. Oh oh ! Ce lapin n'allait pas lui échapper ! Elle se laissa tomber par terre, entreprit de se glisser dans le trou par lequel il était passé. Elle se tortillait, indifférente aux épines, un peu suffoquée par les odeurs : plantes, neige, relents de pipi. Elle vit de petites boules noires, les toucha, les renifla. Du caca de lapin ! Il habitait sans doute tout près. Se protégeant les yeux avec son avant-bras, Amy avança encore et déboucha soudain dans une minuscule clairière. Elle se figea, à genoux dans son survêtement lacéré.

Le lapin n'était pas en vue. Mais il y avait mieux. Beaucoup mieux. Il y avait un MONSIEUR. Un MONSIEUR marron foncé, comme Sonny Fitzgerald, le voisin de Susy. Susy et sa famille étaient blancs, ils habitaient une grande maison, à côté des Fitzgerald. Les Fitzgerald étaient tous marron. Quand ils se rencontraient, John Smith – le papa de Susy – et Sonny Fitzgerald – le papa de Liza et Jimmy – se serraient la main et se demandaient des nouvelles de leur tondeuse à gazon. Ici, l'herbe n'avait pas l'air d'être tondue, elle était longue et couchée n'importe comment.

Le monsieur marron foncé ne l'avait pas vue. Il était assis devant une boîte en fer percée de trous dans laquelle il mettait des morceaux de bois. Il portait un épais MANTEAU gris foncé, tout taché, avec les poches déchirées et des boutons qui manquaient, un bonnet en laine bleu marine, et des gants noirs qui laissaient sortir le bout de ses grands doigts. Sa figure était large et plate et il avait une BARBE grise. Daddy n'avait pas de barbe. Les petites mains d'Amy balayèrent l'herbe mouillée, comme pour chasser l'image de Daddy.

Elle resta immobile, à contempler le monsieur. Le premier monsieur qu'elle eût jamais vu, quelle que soit sa couleur. Devait-elle aller lui serrer la main ? Il se leva pour prendre quelque chose derrière l'arbre. Il était très grand et très gros. Il revint avec une boîte en carton qu'il déchira, en sortit un hamburger. Daddy en rapportait parfois, pas souvent. Amy adorait les hamburgers. C'était meilleur que le porridge. Le monsieur marron s'assit sur une grosse pierre et approcha le hamburger de sa bouche. Amy avait faim. Elle ne s'en était pas rendu compte mais maintenant elle le savait. Elle avait faim. Elle voulait un hamburger. Elle n'était pas habituée à réclamer, ni même à demander. C'était trop dangereux. Quand on demandait, on recevait des coups. Non, elle n'allait rien demander. Elle allait juste s'avancer vers le monsieur et lui tendre la main, et peut-être qu'il lui donnerait un morceau de son sandwich. Peut-être que les *monsieurs* marron étaient plus gentils que les *monsieurs* blancs.

Black Dog crevait la dalle. Il devrait retourner le soir faire les poubelles. Il n'avait presque plus rien. La neige voletait autour de lui, se posait sur ses mains, son bonnet. Dans les rues de la ville, les haut-parleurs diffusaient en boucle les chants de Noël. Il avait voulu s'approcher du Père Noël planté près de la patinoire, mais celui-ci lui avait gueulé de dégager vite fait. C'était même pas le vrai Père Noël, c'était un ivrogne qui faisait semblant, oui mon commandant, c'était une honte ! Le vrai Père Noël, il ne lui apportait jamais rien, parce que Black Dog ne pouvait pas lui envoyer de lettre. À l'orphelinat, il venait d'office, il déposait des pistolets en plastique, des petites voitures. Mais après... il avait oublié Black Dog. De toute façon, il n'aimait pas les chants de Noël. « Tu chantes faux, mon garçon, c'est une horreur ! » « Tais-toi, bordel, tu nous casses les oreilles ! » « Putain, on pige rien à ton charabia ! » Black Dog préférait siffler. Il vivait sans radio et sans télévision et son répertoire remontait à son enfance. Pas les chansons pour bébés de l'institution. Les chansons que fredonnait la vieille Debbie derrière le comptoir de la cafétéria. *Over the Rainbow. Take the A Train...*

Il avait froid mais il ne voulait pas allumer le brasero, pas encore. Trop de promeneurs malgré le mauvais temps. Et ce fichu burger à peine décongelé ! Fallait attendre encore un peu. La nourriture trop froide lui filait la colique. Il plaqua le sandwich contre son torse pour le réchauffer plus vite. Puis remarqua que les oiseaux s'étaient tus. La neige ? Non, la neige ne dérangeait pas les oiseaux. Sur ses gardes à présent, il s'obligea à rester tranquille. Il posa le sandwich sur la pierre à côté de lui, d'un air dégagé. Contempla ses grandes et fortes mains couturées et fit craquer ses phalanges. Tranquillement. Tout doux, mon bonhomme. « *Controlus maximus* », comme disait Vicious en riant. Black Dog savait que ça voulait dire se tenir prêt. Mais sans exploser. Vicious était bon pour les commandos, lui aussi. Ils jouaient souvent à la guerre, tous les deux, à ramper dans la boue en s'envoyant des pommes de pin-grenades. Le bon vieux temps ! Le jeune temps, c'était moins bien, c'était seul.

Au prix d'un effort, il revint au présent. C'était sans doute rien qu'un renard qu'avait flairé la bouffe. Malin renard. Mais Black Dog préférait être sûr. Il avait pas envie qu'un flic vienne fouiller ses affaires et le fasse déguerpir, non monsieur. Mais y avait pas de flic, sinon il aurait senti et entendu le cheval. Alors ? Un de ces types en short et chaussettes montantes, perdu dans les bois ? Ben tant pis pour lui, il ne l'aiderait pas. Pas sa mission.

Instinctivement, à la pensée des dangers possibles, il avait posé une de ses immenses mains sur la poche gauche de son manteau. Là où il gardait le collier. Black Dog se fichait de l'argent. Mais pas des bijoux. Il aimait ce qui brillait. Comme une pie voleuse, il amassait de dérisoires butins trouvés ou dérobés de-ci de-là. Il s'introduisait dans les maisons vides. Bimbeloterie de gamine ou bracelet en or, c'était pareil pour lui. Le collier, il l'avait pris dans une belle baraque, pas très loin. Il était venu proposer de couper du bois, de tondre la pelouse. C'était la maison des Atkins, et Mme Atkins avait refusé qu'il fasse des travaux – son mari s'en occupait – mais lui avait proposé un mug de thé bien chaud. Il avait hésité – souvent les femmes blanches voulaient le faire aller à l'église – et puis accepté : il avait soif. Le collier était posé sur une commode. Un beau collier doré avec des pendeloques. Il l'avait fourré dans sa poche et était parti avant qu'elle revienne avec le thé. Il était à lui, ce collier, maintenant. Qu'elle vienne pas essayer de le lui reprendre !

Il tourna la tête, prêt à en découdre avec le renard, le flic, le joggeur ou Mme Atkins, et resta stupéfait.

Une petite fille le regardait ! Il se frotta les yeux, machinalement, comme faisait Vicious quand il émergeait d'un trip. La petite fille était toujours là. Elle portait un jogging rose, tout sale, et des baskets roses couvertes de terre. Ses cheveux noirs coupés au bol encadraient une petite frimousse maigrichonne et de grands yeux bruns écarquillés qui le dévisageaient. Il se retourna pour voir s'il y avait quelqu'un dans son dos, mais non c'était bien lui qu'elle fixait. Black Dog ne savait pas trop quoi dire. Il se gratta la tête. Toucha le collier, comme un talisman. Ça pouvait pas être la fille de Mme Atkins venue le chercher, quand même ! Non, elle était trop sale et trop maigre. Si les Atkins avaient des enfants, ils devaient être tout propres et roses comme des petits veaux. Black Dog se racla la gorge et la gamine fit un pas en arrière. Il fronça les sourcils. Elle a peur, comprit-il soudain, elle a peur de Black Dog !

Tant mieux ! Comme ça elle allait débarrasser le plancher vite fait ! Il se racla encore la gorge et fit craquer ses doigts, ouais mademoiselle, t'as intérêt à déguerpir ! Mais la gamine semblait avoir repris contenance. Elle faisait même un pas en avant, puis un autre ! Black Dog soupira.

– T'es perdue ? La forêt ? Perdue ?

La gosse hocha la tête.

Perdue… Flics, gyrophares, cris, recherches, lampes torches, menottes, coups.

– Va-t'en. Tu peux pas rester là. Va-t'en ! Rentre chez toi. Vite, vite !

La petite lui lança un coup d'œil déterminé et avança encore. Bon sang, pourquoi elle ne tournait pas les talons ? Il vit qu'elle tremblait de froid. Faisait combien cet après-midi ? – 2, – 3 °C ? Black Dog aimait répéter ce qu'il entendait les hommes dire. – 2, c'était froid. – 10, c'était super froid. – 20, c'était passer la nuit au foyer d'accueil, à presque pas dormir pour tout bien surveiller son barda. Mais là, c'était pas alerte – 10. Pas encore.

– Fait froid. Où sont tes moufles ? T'as froid ?

Hochement de tête.

– T'as perdu ta langue ?

Il rit très fort comme chaque fois qu'il faisait une plaisanterie, mais la petite n'avait pas compris, elle ouvrait la bouche, tirait sa petite langue rose.

– C'est une bla-gue ! expliqua Black Dog. T'aimes les bla-gues ?

Regard curieux. Elle était peut-être étrangère. Les touristes parlaient mal anglais, ils disaient des mots bizarres et avaient l'air fâchés qu'on pige rien. Black Dog soupira à nouveau. Il soupirait de plus en plus en vieillissant.

La petite fille n'était qu'à quelques pas de lui, à présent. Elle claquait des dents. Black Dog se leva et elle recula, impressionnée.

– Attends ! lui intima-t-il.

Il se pencha dans l'ouverture de la tente, en ressortit avec une couverture bleu foncé, cadeau de l'Église évangélique réunifiée.

– Tiens ! Black Dog te donne !

Black Dog se pencha pour l'aider à s'emballer dedans, « comme un pa-quet ca-deau », dit-il en riant. Elle se laissa faire, sans sourire. Puis elle sortit sa main de sous la couverture et la lui tendit.

Il la regarda, perplexe. Pourquoi lui tendait-elle la main ? Soudain, il eut un large sourire.

– Tu veux m'en serrer cinq, c'est ça ? Bon-jour !

Il prit sa main minuscule dans la sienne et la secoua avec vigueur. « Pas trop fort », fit la voix de M. Campbell dans son oreille droite – il lui parlait toujours à l'oreille droite. « Pas trop fort. » OK, monsieur Campbell. Il lâcha la main glacée.

– Comment tu t'appelles ?

Pas de réponse. Qu'est-ce qu'il allait faire ? Juste quand il avait faim, et ce burger décongelé et… Il n'allait pas être obligé de partager le burger, quand même ?

– C'est quoi, ton nom ? Moi, c'est Black Dog, lui annonça-t-il d'un air important. T'as pas de nom ?

Elle le dévisagea, puis ramassa un bout de bois et traça des traits dans la neige. Black Dog ne savait pas lire mais il connaissait certains mots, des mots qui lui plaisaient et que Vicious lui avait appris à identifier. Et la gosse venait d'en écrire un. Ou un qui y ressemblait drôlement.

– *Army !* énonça-t-il fièrement. À vos ordres, mon général ! Une deux, une deux, en avant, marche !

Army secoua la tête et souligna le mot deux fois. Black Dog haussa ses massives épaules, occupé à imiter les roulements du tambour.

Army fouilla alors sous la couverture et en ramena un bout de papier froissé qu'elle déplia avec soin avant de le lui tendre, avec l'air solennel des blouses blanches du centre médico-social sous les affiches contre le tabac.

Black Dog considéra le papier, les yeux mi-clos. Plein de lettres qui ondulaient comme des foutus serpents ou des bâtons de mikado. La gosse secoua le papier, l'air suppliant. Black Dog se fourra un doigt dans le nez. Qu'est-ce qu'elle voulait ? Il s'essuya le doigt sur la cuisse, tendit sa main sale vers le papier, par politesse. La gamine lui sourit. Un drôle de sourire. Un peu raide. Y avait des types qui souriaient comme ça à l'asile du comté. Ils souriaient que de la bouche. Il ne fallait pas quitter leurs yeux des yeux.

– Black Dog sait pas lire, avoua-t-il en lui redonnant le papier. Jamais, non monsieur !

Elle en ouvrit la bouche de stupeur. Il se renfrogna.

– M'embête pas avec ça, t'entends ? Tiens, prends du sandwich.

Il lui tendit un morceau de burger glacé.

– Tiens, mange, c'est bon. Mange !

Elle allait prendre la nourriture et ranger ce papier. Les papiers, c'étaient toujours des ennuis. Black Dog ne voulait pas d'ennuis. Il en avait eu sa dose au cours de sa longue et fatigante vie.

Comme il l'avait prévu, la fillette rempocha le papier et entreprit de suçoter le burger et le morceau de cheddar où brillaient des cristaux de givre.

– Glace au fromage ! lança-t-il. Glace au fromage ! Ha ha !

Elle ne réagit pas. Elle ne comprenait sans doute pas bien les bla-gues. Il mâchonna un bout de pain encore dur et froid. D'ici un moment, il irait en ville faire ses courses. Il ne pouvait pas laisser Army ici. Si elle lui volait son paquetage… Non monsieur, il l'emmènerait avec lui et la laisserait quelque part là-bas, sous un lampadaire, pour qu'on la voie bien. Rudement malin, ça, Black Dog.

Amy garda un morceau de burger dans la bouche pour le réchauffer. C'était trop froid pour bien sentir le goût. Mais c'était bon quand même. Le monsieur marron ne savait pas lire. Comment était-ce possible ? Dans les livres, tout le monde savait lire. Et il ne vivait pas dans une maison. Il vivait dans une tente, comme au CAMPING. Mais le CAMPING de Susy était bien plus grand, et il y avait des familles et des enfants. Ici, il n'y avait que les arbres. Et la neige. Et…

Le lapin ! Là ! Immobile, le nez froncé.

Black Dog suivit son regard.

– Ah ah ! Voilà mon invité !

Il détacha un bout de pain, le lança au lapin, qui se précipita dessus.

– Il est gourmand, très gourmand, ce petit bonhomme. C'est Pan Pan, tu sais, l'ami de Bambi. Black Dog aime beaucoup *Bambi*, c'est le plus beau film du monde. Hein, Pan Pan ? Et toi, Army ? Tu aimes Bambi ?

Amy hocha la tête. Oh oui, elle aimait beaucoup Bambi – pas le FILM, mais le livre dessiné. Elle n'avait jamais vu de FILM dans un CINÉMA. Y avait-il des cinémas dans la forêt ? Elle plissa les yeux pour se souvenir de ses livres bien-aimés.

– Army louche ! s'écria le monsieur marron. Army louche !

Non, elle ne louchait pas. C'était lui qui louchait. Monsieur Black Dog. Pourquoi avait-il un nom de chien ? Et il ne savait même pas prononcer son prénom à elle correctement. Tout était si bizarre. Et comment allait-elle faire pour que quelqu'un lise son message ? Amy se sentait fatiguée. Elle aurait bien voulu se coucher près de Maman dans le noir.

Le lapin grignotait à toute allure, sans cesser de leur jeter des coups d'œil inquiets. Amy fit un geste vers lui et il détala.

– Se laisse pas toucher, non non, il est sauvage ! expliqua Black Dog. L'aime pas les gens. À demain, Pan Pan, à demain !

Il agita la main en direction des fourrés, engloutit son dernier bout de pain, but une rasade d'eau froide à sa gourde, essuya le goulot du plat de la main et la tendit à la petite fille.

– Tiens. Bois.

Elle obéit. But longuement. Les enfants ont toujours soif, se dit Black Dog, fier de son sens de l'observation. Il se leva, épousseta son manteau, chercha son chariot à roulettes, un machin en tissu fleuri qu'il avait piqué à une mémé à la gare routière.

– Allez hop, on y va ! s'écria-t-il gaiement en claquant des mains.

M. Campbell souriait toujours quand il tapait dans ses mains. « Allez hop, les gars, on se bouge ! Allez, Doug ! »

Avant de s'appeler Black Dog, il s'était appelé Doug. Douglas Forrest, parce qu'on l'avait trouvé à l'orée de la forêt de Douglas, oui monsieur. Black Doug Forrest.

Il s'aperçut qu'Army s'était levée elle aussi et le

regardait, hésitante, enveloppée dans la couverture. Elle bâilla, cacha sa bouche avec sa main comme si elle avait peur de se faire gronder. Elle était si petite. Il se pencha vers elle et elle recula.

– Pas peur. Black Dog pas méchant. Faut qu'on y aille. Faut aller chercher à bouffer.

Elle bâilla de nouveau. Black Dog oscillait d'un pied sur l'autre. Le soir tombait rapidement. Il ferait nuit dans moins que pas longtemps. Pouvait pas la laisser là, non. Pouvait la porter, pour sûr. Mais il sentait confusément que se promener avec une enfant dans les bras attirerait trop l'attention sur lui. Il eut une idée.

– Rentre là-dedans !

Amy fronça les sourcils. Monsieur Black Dog lui montrait une espèce de grand sac à roulettes. Il souriait, hochait la tête, claquait des doigts. Amy n'avait pas l'habitude de résister à un ordre. On ne disait jamais non à Daddy. On n'y pensait même pas. Daddy claquait des doigts, comme monsieur Black Dog, et on obéissait au quart de tour. Quel que soit l'ordre. Elle ferma les yeux pour ne pas voir Maman obéir.

– Hé, t'endors pas ! Attends ! Hé, Army, on va faire les courses !

Il était juste au-dessus d'elle, elle voyait ses dents, blanches et grises, et sa langue rose. Elle eut très peur soudain qu'il promène sa langue sur sa figure, qu'il l'embrasse sur la bouche. Elle crispa les lèvres.

– Allez hop ! répéta-t-il avec conviction.

Et, la saisissant comme un paquet, il la souleva et la déposa dans le sac en tissu, en rabattit un pan sur sa tête. Il faisait noir là-dedans. Ça sentait le manger et l'humide.

– En route, mauvaise troupe ! Une deux une deux !

Black Dog suspendit le chariot à son épaule, elle pesait pas lourd Army, et il entreprit de quitter son repaire avec des précautions d'agent secret, louvoyant entre les arbres.

4

Il déboucha bientôt sur une allée en terre battue qui le ramènerait vers le petit centre commercial d'East Court. Le parc n'était que sommairement éclairé par quelques réverbères sur les chemins principaux. Les contribuables ne voyaient pas l'intérêt de dépenser des fortunes en illuminations. Il croisa un joggeur équipé d'une lampe frontale, puis deux jeunes mecs qui portaient un pack de bière et qui sentaient le shit. Un groupe de randonneurs, des vieux qui marchaient avec des bâtons et qui gloussaient sans arrêt. Le pas régulier des chevaux. Les flics. Black Dog se raidit, comme chaque fois qu'il voyait un uniforme. C'était viscéral.

Il hâta le pas, les yeux rivés au sol, marmonnant dans sa barbe. Il avait bien le droit de se promener, non ? Police. Flics. Cellule. Coups. Mais aussi café chaud et beignets. Ça dépendait des fois. L'idée d'un bon café chaud lui tira un sourire et il accéléra avant de se rappeler que les flics étaient là, dans son dos. Puis les chevaux le dépassèrent. Deux grandes bêtes qui sentaient bon l'animal et le crottin. Un flic aux traits indiens, qu'il avait déjà aperçu de nombreuses fois, porta deux doigts à la visière de sa casquette, pour le saluer. Black Dog se redressa et l'imita aussitôt, au garde-à-vous. Le flic s'était retourné vers sa coéquipière, une grande blonde avec un gros derrière. Black Dog voyait les pistolets se balancer sur leurs hanches. Les matraques le long de leurs cuisses. Es-ce que Black Dog serait capable de renverser un cheval ? Oui, sans doute. Il s'imagina poitrail contre poitrail avec la bête, roulant tous les deux des yeux. Est-ce que les *chevals* riaient ?

Le flic indien l'avait salué. Black Dog pressa le pas, tout guilleret.

Cynthia Dupree était nouvelle dans la patrouille équestre. Elle venait du Sud, avait du mal à trouver ses marques ici, avec le froid, la neige, les petites villes isolées. Elle se tourna vers son supérieur, le sergent Wayne Moore.

– Tu le connais, ce SDF ?

– Ouais, c'est Black Dog. Un débile léger, mais il ne cause jamais de problèmes.

– Où est-ce qu'il vit ?

– Oh, par-ci par-là !

Wayne faisait partie de la patrouille équestre depuis près de seize ans. Créée dans les années 60, la brigade était chargée de la police des parcs et des espaces verts municipaux, ainsi que de la protection des monuments. Le shérif Friedman la trouvait un peu archaïque et rêvait de la remplacer par une patrouille de quads tout-terrain, comme dans nombre de villes voisines. Mais le relief tourmenté d'Ennatown et des environs avait pour l'instant sauvé les chevaux de l'équarrissage et dispensé le sergent Moore de devoir se balader sur une sorte de motocrotte jaune et vert.

Wayne savait que Black Dog avait établi son campement dans les bois. Il savait aussi que le vieux clochard était kleptomane, pire qu'une pie voleuse. Mais ça ne regardait pas Cynthia. Pas encore. Chaque ville avait ses traditions et elle devait les découvrir par elle-même si elle voulait s'intégrer. S'intégrer. Le mot, qui sentait l'école de police, le fit sourire, lui rappelant sa propre différence. Le comté était peuplé à 98 % de Blancs. Pas facile de se fondre dans la masse des visages pâles. Et, concernant Black Dog, trop de ses collègues seraient ravis d'expédier le vieux dans un centre, sous prétexte de le protéger de lui-même. Comme l'avait écrit McCarthy : « *no country for old men* ». Black Dog n'avait pas de pays. Il vivait dans le *no man's land* de son esprit confus. Le genre de territoire où vous n'aviez pas besoin de papiers d'identité. Ni même d'identité. L'endroit rêvé ?

– À quoi tu penses ? demanda Cynthia.

Elle avait tendance à se montrer intrusive.

– À rien. Là-bas, c'est le secteur du lac. Un coin qui chauffe, le week-end. Et là, à droite, il y a la patinoire. Beaucoup de jeunes et de came. Méthamphétamine en provenance du Canada. Mais c'est plus vraiment notre domaine.

Black Dog entendait la musique tonitruante de la patinoire. On y était presque. Les sapins décorés oscillaient sous le vent et se chargeaient de neige. Il sentait les odeurs de la cabane à hot-dogs et des barbes à papa. Il dépassa la patinoire éclairée pendant les nocturnes de décembre, les enfants aux joues rouges, les ados surexcités, longea le parking. Il se dépêchait maintenant, le grand chariot fleuri serré contre son flanc. Les passants s'écartaient de sa trajectoire, appliquant le principe de précaution face à ce SDF noir taillé comme un bûcheron et qui marmonnait tout seul. Les grands immeubles de la marina se découpaient à contre-jour dans le crépuscule. Avant, c'étaient des fabriques, des usines, des scieries qui donnaient sur les quais et les péniches. Black Dog se souvenait d'avoir dormi dans des hangars vides, dans des salles en brique gigantesques, encombrées de tuyaux métalliques et de grosses machines en fonte. Et de rats. Des gros. Nombreux. Dans la forêt, il n'y avait pas de rats.

À présent, les usines étaient devenues des appartements, pour des gens qui avaient du blé. Du blé en billets, ça le faisait rire. « Du fric, beaucoup de fric, lui avait expliqué Vicious. C'est un bon coin pour la dope. » Il n'y avait plus de péniches, juste des voiliers et des *cabin cruisers*. Deux boutiques qui vendaient des appâts et du matériel de pêche. Le centre de plongée sous-marine. Des bars qui servaient du poisson frais et de l'alcool fort. Pas de marins, pas de dockers, pas de contremaîtres. Pas de place pour Black Dog.

Près de la marina, les néons du centre commercial d'East Court étaient tous allumés. Le sale Père Noël agitait sa clochette pour que les gosses se fassent prendre en photo avec lui, sur son traîneau en plastique. Black Dog mourait d'envie de grimper dans ce traîneau et fouette les rennes, ohé ohé !, mais bon, il savait que c'était pas *ensivageable*, comme aurait dit Vicious. « Ce qui est *ensivageable* c'est ce qui peut se produire, ce qui peut arriver. Tu piges ? » Eh ben, écraser la gueule du Père Noël contre le ciment et prendre sa place dans le traîneau, c'était pas *ensivageable*, non monsieur ! Dommage.

Il considéra d'un œil soupçonneux le décor familier pour vérifier que tout était bien à sa place. La patinoire, le drugstore, la laverie automatique, le fast-food chinois, le camion à pizzas et surtout le resto Chez

Murphy, un *diner* à l'ancienne avec un vrai cuistot et des serveuses comme dans les vieux films. Black Dog avait passé beaucoup de temps à voir des films, dans des cinémas de seconde zone ouverts le matin ou la nuit. Des films d'horreur qui lui faisaient peur, des films de sexe qui le dégoûtaient, des vieux films sans couleur avec des truands et des policiers, des films bizarres où il ne comprenait rien et qui parlaient des langues étrangères, ouais, Black Dog avait vu des tas et des tas de films.

Mais le plus intéressant chez Murphy, c'étaient même pas les serveuses, c'étaient les poubelles. Le cuistot les sortait à 18 heures pétantes dans la ruelle adjacente. De superbes poubelles pleines de choses appétissantes. Black Dog se positionna dans un recoin, prêt à dégommer tout chat ou chien errant à coups de savate, et posa le chariot par terre.

Army ! Army était dans le chariot ! Il l'avait oubliée ! Il ne pourrait pas remplir le chariot avec Army dedans. Il souleva le rabat en tissu et extirpa la fillette du sac. Elle ouvrit les yeux en sursaut. Le dévisagea avec terreur. Il fit doucement « Chh chh », comme avec le lapin, pour qu'elle pige qu'elle était pas en danger. Elle avala sa salive, puis cligna des yeux et bâilla. Il la posa par terre.

Amy se sentait tout embrouillée. Elle s'était endormie pendant le trajet et à son réveil, durant quelques secondes, elle n'avait plus su où elle était. Puis ça lui était revenu, avec la force d'une gifle. Elle était dehors ! Elle se frotta les yeux, examina les lieux. Il y avait beaucoup de lumières, très fortes. Elle ne pouvait pas les regarder sans plisser les paupières. Des lumières de toutes les couleurs, mauve, rouge, jaune, bleu, des lumières qui écrivaient des noms. « Les délices de Canton », « Pizzas McDaniel », « Chez Murphy ». Que des endroits pour manger. Susy y allait parfois avec ses parents. Dans des RESTAURANTS. Il fallait se tenir bien, être polie. Des personnes vous servaient à table. Amy n'avait jamais mangé de PIZZA. Maman disait que c'était délicieux.

Elle tendit le cou pour mieux voir. Il y avait une place, avec des VOITURES, des personnes qui marchaient dans tous les sens, de la musique très fort. Chaque chose était nouvelle et méritait d'être analysée.

Les VOITURES. Il y en avait de plusieurs sortes, des bleues, des noires, des petites, des grandes. Elles émettaient une espèce de grondement, pas vraiment le « vroum vroum » du *Grand Livre des sons*, et bougeaient lentement. Sur les illustrations, le papa de Susy avait une grosse voiture grise, un peu comme celle où venait de monter une *madame* avec un petit garçon.

Les gens. Blancs comme elle, pour la plupart. Ils marchaient, ils portaient des paquets. Ils parlaient. Ils n'avaient pas l'air d'être étonnés de se trouver en plein air. Des CITOYENS. Il fallait qu'elle en choisisse un, pour lui montrer son papier. En même temps, elle n'osait pas quitter la pénombre de la ruelle. Ni l'imposante silhouette somme toute rassurante de Black Dog. Il se tenait debout à côté d'elle, immense et silencieux, le regard tourné vers Chez Murphy. Amy imagina un instant qu'ils allaient y entrer, elle et lui, comme une petite fille avec son papa. C'était possible même s'ils n'avaient pas la même couleur. Susy connaissait des familles de couleurs mélangées. Mais Black Dog n'avait pas l'air de vouloir se rendre dans le restaurant, il se contentait de le regarder avec intensité, les bras ballants, se dandinant d'un pied sur l'autre. Amy reporta son attention sur la place.

La musique flottait dans l'air, entraînante. Personne ne paraissait l'entendre, personne ne sautait ni ne dansait. Amy avait un vieux lecteur de CD avec des chansons pour enfants. Et des chants de Noël. Comme ceux-là. Oui, elle connaissait ! *Jingle Bells*. Elle se sentit très fière d'avoir quelque chose en commun avec tous ces *monsieurs* et ces *madames*. Et ces enfants. Il y en avait plein. Des enfants emmitouflés dans des ANORAKS, avec leurs bonnets et leurs moufles. Et là... Elle se figea, stupéfaite, émerveillée. Là...

Le PÈRE NOËL !

Avec sa barbe blanche et son habit rouge. Il se tenait au pied d'un gigantesque SAPIN couvert de GUIRLANDES brillantes, à côté d'un TRAÎNEAU attelé à des RENNES ! Oh, si Maman avait pu voir ça ! Le souffle coupé, Amy esquissa un pas en direction de cette vision incroyable. La grosse main de Black Dog se posa sur son épaule.

– Bouge pas. Il arrive. Jack. Jack arrive. T'as faim, hein, t'as faim ?

Black Dog avait les yeux rivés sur la porte de l'arrière-cuisine qui s'ouvrait. Jack, le cuistot, apparut sur le seuil, clope éteinte au bec, traînant deux gros sacs-poubelle qu'il déposa dans la benne avant d'allumer sa cigarette et de pousser un soupir de satisfaction en inhalant la fumée. Black Dog fixait le point rouge qui scintillait tout en se massant l'estomac. Pourvu qu'il y ait de la bonne bouffe ! Sinon il serait obligé de faire les poubelles du supermarché et ce serait moins la fête.

Amy avait l'impression de pédaler sur place, retenue par un géant. Pourquoi Black Dog voulait-il qu'elle reste là à côté de lui à regarder un monsieur en chemise blanche et pantalon bleu qui ne faisait rien que FUMER-LA-CIGARETTE-TUE, le même paquet que Daddy ? Elle faisait des brûlures, aussi, la cigarette. Des brûlures rondes qui duraient longtemps.

Jack jeta son mégot dans le caniveau et regagna sa cuisine. Black Dog relâcha la pression sur l'épaule d'Amy. Dès que la grosse main se fut écartée de son épaule, Amy fonça. Rien ni personne ne l'empêcherait de voir le Père Noël de plus près !

– Army ! s'exclama Black Dog d'une voix sourde, sans oser crier.

Amy débola sur la place, glissa sur une plaque de verglas et manqua s'étaler avant de se stabiliser. Il faisait très sombre à présent. Le ciel était bleu nuit. Les grandes lampes sur des colonnes émettaient une lumière jaune qui dessinait des cercles par terre. Amy ne voulait pas passer dans les ronds jaunes. Elle sautait de flaque d'ombre en flaque d'ombre, grelottant de froid. La couverture était restée dans le chariot. Tant pis. Elle surprit le regard étonné d'une dame qui la dévisageait mais ne ralentit pas. Le Père Noël ! Elle se jeta quasiment dans ses jambes et il grommela quelque chose comme « Fais attention, bon Dieu ! ». Amy recula aussitôt, craintive, le bras levé pour se protéger. Le Père Noël la toisa, haussa les épaules et se rapprocha du traîneau.

– Où y sont, tes parents ? C'est un dollar la photo.

Photo ? PHOTOGRAPHIE ? Oh, si seulement elle pouvait avoir cette photographie ! Mais Amy n'avait ni dollar ni parents dans le coin. Maman était dans la chambre et Daddy… Daddy n'aurait pas du tout été content de la voir là, dehors, oh non ! Elle frissonna de plus belle, ferma les yeux l'espace d'une seconde. Les rouvrit. Le Père Noël était toujours là. Il ne sentait pas très bon de la bouche. Amy lorgnait le traîneau. Comment monter dedans ? Le Père Noël soupira.

– Putain, ça caille ! Vivement que je me rentre ! Alors, t'as les sous ou pas ?

Amy secoua la tête.

– Alors dégage !

Le Père Noël ne parlait jamais comme ça, du coin des lèvres, l'air pas content. Il prenait les enfants sur ses genoux et leur souriait. Il ne sentait pas mauvais et ne vacillait pas sur ses jambes. Si c'était ça le Père Noël, eh bien, merci, ça valait vraiment pas le coup ! Le traîneau par contre…

Snake.T avait clopiné de l'arrêt de bus au rutilant camion de son père. Être obligé de prendre le bus, comme les minables… Lui qui avait conduit des Porsche, des Mercedes ! Il fallait qu'il s'achète une bagnole, même une vieille ruine. Mais ce n'était pas facile d'économiser sur la maigre paie que lui refilaient ses bienfaiteurs, me'ci missiés. Les frais médicaux et les longs mois de rééducation avaient englouti des sommes plus qu'importantes. Son agresseur était censé lui devoir pas mal d'argent en dommages et intérêts, mais il n'avait pas de quoi payer et tirait son temps en taule. De sa brève et fulgurante carrière, il restait donc à Snake.T très peu d'argent, d'autant qu'à l'époque il claquait un maximum, en dope, en filles, en fringues et en bagnoles. *Champagne showers*[1] non-stop ! Il avait confié le reste de son pognon au banquier de son père, un baptiste aussi froid, blanc et lisse qu'un filet de cabillaud congelé, certain que celui-ci ferait au mieux.

Snake.T se hissa sur un haut tabouret en plastique

1. « Douches de champagne » : titre du groupe LMFAO, 2011.

noir et alluma une clope. Son père fronça les sourcils. Il n'aimait pas qu'on fume au comptoir. Ses bras
musculeux étalaient la pâte, la garnissaient selon les
commandes, l'enfournaient d'un geste précis et économe
d'efforts. Il était ouvert de 15 heures à 23 heures, tous
les jours sauf à Thanksgiving et la semaine du 6 août,
où il partait retrouver les McDaniel de Boston. Sa
manière à lui de célébrer la mémoire de la loi qui avait
enfin permis à tous les Noirs de voter sans restriction.
1965. Pas même cinquante ans que la ségrégation raciale
avait vraiment pris fin dans ce pays !

Snake.T laissa traîner son regard sur la petite place.
La patinoire faisait le plein ce soir. Les lycéens étaient
en vacances et voulaient s'éclater. Ça devait se peloter
dur dans tous les recoins. Le Père Noël était planté
près de son traîneau, ivre comme d'habitude en fin
d'après-midi. Il buvait en douce toute la journée au
goulot de la flasque cachée dans sa houppelande. Un
poivrot dégotté aux Alcooliques anonymes, comme
chaque année. Faut croire que jouer les Père Noël était
si déprimant que ça le faisait chaque fois replonger
dans la bibine.

— Anchois ou saucisse ? demanda son père en étirant
la pâte dans la machine.

— Anchois, répondit Snake.T. Et chorizo. Et une
bière.

— Et une coupe de champagne aussi ? ironisa Samuel,
son calot blanc au liseré rouge oscillant sur son front.

— Merci, p'pa, t'es trop chou.

Elle était attendrissante, la petite fille qui contemplait
le Père Noël. Mais vraiment pas assez couverte, avec
ce froid. Snake.T remonta machinalement le col de son
blouson fourré. Elle ne portait même pas de manteau.

Sans doute venait-elle de descendre de voiture et avait-elle échappé à sa mère pour venir voir son idole.

Elle sortait à présent quelque chose d'une de ses poches. Un bout de papier. Ah oui ! Sa lettre au Père Noël !

– Et voilà ! cria son père en français en déposant la pizza fumante devant lui. Monsieur est servi.

Snake.T se retourna et se mit à manger pendant que c'était chaud. Y avait pas à dire, le paternel avait le coup de main !

– Dégage, j't'ai dit. Allez, psitt, ouste, du balai !

Amy caressait le plastique rutilant du traîneau, la tête rentrée dans les épaules. La tentation était trop forte. Elle posa sa joue glacée contre le museau encore plus froid d'un renne plus haut qu'elle. Bon, c'était pas un vrai renne, mais quand même. Brusquement, elle se rappela sa mission. Comment avait-elle pu oublier ? C'était la faute au *dehors*, à toutes ces choses nouvelles. Elle sortit son bout de papier, le tendit au méchant Père Noël. Il y jeta à peine un coup d'œil.

– C'est ta lettre, c'est ça ? Désolé, la poste est fermée !

Elle lui agita la feuille sous le nez, du bout du bras, prête à détaler s'il essayait de la frapper. Mais il se contenta de hausser les épaules et d'appuyer sur un bouton qui éteignit les guirlandes et la musique du traîneau, sans cesser de marmonner.

– Allez, c'est bon pour aujourd'hui. J'me casse. Font chier, ces mômes.

Une seconde plus tard il titubait vers une camionnette déglinguée qui lui servait de véhicule et de domicile.

Amy lui lança un coup d'œil furtif puis grimpa dans le traîneau tant convoité. Elle saisit les rênes et les agita, en criant « Hue ! » dans sa tête. Sa bouche s'ouvrait mais aucun son n'en sortait. Amy ne savait pas pourquoi elle ne pouvait pas parler comme Maman ou Daddy. Elle avait souvent essayé, mais les mots ne sortaient pas. Parfois Daddy la soulevait par le col et la secouait : « Parle ! Dis quelque chose, merde ! » Puis il la laissait retomber sur le ciment. « Cette gosse est débile. » Amy agita les rênes en cuir encore plus fort. Le traîneau volait sur la neige, sous les étoiles et… Pourquoi on ne les voyait pas, les étoiles ? Elle éternua et une madame se retourna. Elle parut surprise de voir Amy.

– Où est ta maman, ma puce ? Tu vas prendre froid, il faut te couvrir.

Amy lui fit un sourire, en montrant les dents comme un singe.

– Tu es toute seule ? Tu t'es perdue ?

Amy hésita. S'était-elle perdue ? Non, elle s'était enfuie. Ce n'était pas pareil.

– Comment tu t'appelles ?

Sans répondre, Amy lui tendit sa lettre. La madame fronça les sourcils.

– C'est quoi ce papier ? Tu ne distribues pas des tracts, quand même ?

Amy agita de nouveau la feuille. « Allez, prends-la, lis ! »

La madame soupira en ouvrant son sac à main.

– C'est ta lettre au Père Noël ? Attends que je mette mes lunettes, ma puce.

Le grincement de roulettes sur le macadam lui fit lever la tête avant qu'elle ait mis la main sur ses verres correcteurs. Un immense Noir barbu tendait la main vers la fillette et la soulevait. Hilda Barnes n'était pas peureuse, elle était prudente. L'homme était imposant et ne semblait pas commode.

– Ah ! Voilà ton papa ! dit-elle en reculant d'un pas. Vous ne devriez pas la laisser sortir sans manteau avec ce froid, marmonna-t-elle sans cesser de reculer.

Le grand Noir hocha la tête et montra une couverture chiffonnée dans son poing massif. Il en enveloppa la petite fille, qui n'avait pas lâché sa lettre. Hilda trouva cela bizarre. Elle hésita, cherchant un appui autour d'elle. Mais les gens semblaient pressés, chargés de sacs de courses. Elle se souvint de la fois où elle avait voulu aider une dame âgée à traverser la rue et où celle-ci s'était cassé la figure et sa fille avait menacé d'attaquer Hilda en justice. Son mari en avait fait des gorges chaudes pendant des mois : « Avec ta manie de te mêler des affaires des autres, tu finiras par te retrouver en taule ! » Hilda sentait pourtant que quelque chose ne tournait pas rond. D'abord cet homme était noir et la petite fille blanche. Livide, même. Et maigre ! Et puis l'homme… eh bien, disons-le tout net, il avait l'air d'un clochard. Et si c'était un kidnapping ? Pouvait-elle assister à l'enlèvement d'une enfant sans intervenir ? Mais la petite fille ne semblait pas inquiète, elle se laissait envelopper dans la couverture. Sa petite main émergea de sous la laine bleue, agitant encore le bout de papier. La grande main du prétendu père la recouvrit et il énonça distinctement :

– La pizza va être froide.

La petite fille le regarda, la bouche ouverte comme s'il venait de lui dire quelque chose d'incroyablement agréable, et ils s'éloignèrent, elle serrée dans ses bras. Hilda les suivit des yeux, inquiète et frustrée.

Enfournant un gros morceau de pâte brûlante, Snake.T vit du coin de l'œil un grand clodo black qui tenait dans ses bras la gamine en rose, souriante.

Avisant le grand camion à pizzas rouge et jaune flamboyant, Hilda Barnes se rappela que McDaniel, le patron, était noir. De même que le client avachi sur un tabouret. Il n'y avait pas tant d'hommes de couleur dans cette ville, se dit Hilda, qui pensait que tous les Afro-Américains – comme tous les Juifs – se connaissaient. Elle se dirigea vers eux. Le client, un jeune homme balafré, couvert de tatouages et de bijoux clinquants, mangeait comme un cochon. Des béquilles, plutôt incongrues, étaient posées à côté de lui. Hilda s'éclaircit la gorge.

– Excusez-moi (elle était toujours polie avec les personnes appartenant aux minorités), connaissez-vous l'homme qui s'éloigne là-bas, avec cette petite fille ?

Le jeune homme au regard bestial haussa les épaules. McDaniel se pencha pour voir.

– Non, dit-il. Je vous sers quelque chose ?

Hilda secoua la tête et s'éloigna. Tous les mêmes… Snake.T se tourna vers son père.

– Pourquoi elle t'a demandé ça ?

– C'est une plante-merde, toujours à faire des histoires. Et ce pauvre Black Dog n'a pas besoin de ça.

– Black Dog ?

– Tu ne te souviens pas de lui ? Il est arrivé il y a une quinzaine d'années. Il a bourlingué dans tout le comté. Il est un peu attardé. Beaucoup de gens ont peur de lui, mais il ne ferait pas de mal à une mouche.

– Il a une fille ?

– Ça m'étonnerait. Je parierais qu'il n'a jamais connu de femme. Mais il traîne souvent dans le camp de caravanes. Il s'y est peut-être fait des amis. Des clodos comme lui.

Snake.T mastiqua longuement un gros morceau de pizza dégoulinante de fromage fondu. Le nommé Black Dog s'était éloigné avec la petite fille en rose.

— T'en connais beaucoup, des gens qui laisseraient leur gamine traîner avec un clochard nègre attardé ? demanda-t-il à son père.

— Oui, le genre de tes anciens potes. Des pochetrons et des camés trop occupés à se livrer à leurs vices pour s'occuper de leurs enfants.

Snake.T ne daigna pas répondre. Il se laissa glisser de son tabouret.

— Merci pour la bouffe, p'pa. À plus !

— C'est ça.

Samuel astiquait le comptoir, l'air maussade.

— Quel âge t'as, p'pa ? lui lança Snake.T en empoignant ses béquilles.

— 52 ans. Pourquoi ?

— Pour rien.

Son père lui lança un regard furieux.

— J'ai toujours mes jambes, moi ! Alors arrête de venir me chercher des poux, Michael, ou je m'en servirai pour te botter le cul ! J'ai 52 ans et je t'emmerde, t'entends ?!

Snake.T serra les poings. 52 ans. Exactement le double de son âge. Ferait-il aussi vieux à 52 ans ? Aussi fade ? Putain ! Il n'aurait pas pu être le fils de Jimi Hendrix ? Encore que Hendrix, à ce jour, il aurait près de 70 ans. Papy à la guitare. Son si vieux père était plus jeune que Hendrix !

La madame n'avait pas pu lire son message parce qu'elle n'avait pas ses LUNETTES. Les lunettes, ça servait à mieux voir. Maman ne portait pas de lunettes. Amy non plus. Et Black Dog avait de la PIZZA ! Amy avait hâte d'y goûter. Juste une bouchée et ensuite elle chercherait quelqu'un pour appeler la police.

Black Dog pressa le pas. C'était pas le plan prévu. Mais la grosse femme en anorak vert et col fourré avait le genre de tête à alerter les flics pour qu'ils mettent Army dans un foyer. Ouais monsieur, les enfants ça allait dans les foyers. Et ça n'en sortait plus. Et puis, les gros morceaux de pizza récupérés près du camion, il les avait pris pour qu'Army elle en mange aussi. Ils étaient un peu trop grillés, c'est pour ça que M. Samuel les avait jetés, mais c'était pas grave. Les petites filles, ça devait manger, ça oui ! Après, il chercherait quelqu'un pour s'occuper d'elle. Après quoi ? Il ne savait pas. C'était fatigant de penser à après. Pour l'instant, ils allaient manger, un point c'est tout, mon bonhomme !

Seul dans sa chambre, le radiateur électrique à fond, une bouteille de vin rouge espagnol à côté de lui, Vince alluma l'ordinateur, un netbook acheté en solde, et tapa « Susan Lawson, disparition décembre 1998 ». Une série de photos s'afficha, ainsi que plusieurs centaines de pages. C'était parti !

5

Le père Roland ralentit le pas. La douleur dans
sa poitrine se faisait insistante. L'opération à cœur
ouvert pour la pose d'une valve aortique était pré-
vue fin février. Il hésitait toujours. Quelle était la
volonté de Dieu ? Exprimée comme ça, la question
avait l'air débile. Dieu se foutait bien qu'il se fasse
opérer ou pas. Cependant, le père Roland se demandait quel était le sens de sa maladie. Était-ce une
mise à l'épreuve ? Une indication qu'il avait fait son
temps et qu'il devait se préparer à une fin proche ?
L'occasion d'expérimenter la souffrance et la peur
que connaissaient nombre de ses paroissiens ? Ou la
simple expression de l'état d'usure de sa carcasse ?
De fait, la décision qu'il devait prendre n'était pas
anodine. L'opération était risquée. Ne pas la subir
aussi. Disons 70 / 30 en faveur de l'opération. Hum…
S'il n'avait pas été prêtre, le père Roland aurait sans
aucun doute été accro au jeu. Il adorait écraser les
vieilles dames du club du troisième âge au bridge ou
au Scrabble. Et il était déjà allé surfer en douce sur
les sites de poker en ligne. Juste pour voir. Heureusement, si l'on pouvait dire, le poker générait des
émotions violentes préjudiciables à un homme qui

souffrait d'un sévère rétrécissement aortique. Et donc, la sténose était-elle là pour lui signifier de s'éloigner des tentations futiles ?

Il lui restait un mois et demi pour se décider. Il poussa la grille qui fermait l'enceinte paroissiale, se dirigea vers le presbytère contigu à l'église. Une belle église classique, en pierre blanche, solide et élégante, où il avait officié avec ferveur pendant toute sa vie de prêtre. Il avait apprécié chaque jour passé là. C'était un endroit apaisant, hors du temps, un endroit où la mort résonnait en longues notes funèbres et s'habillait de marbre, mise en scène qui magnifiait la tristesse, lui donnait ses lettres de noblesse. De l'importance du décorum dans le rituel catholique romain.

Il se reprocha d'être grognon. La maladie vous rendait ainsi, vous grignotait, s'emparait de votre âme tel un démon et se substituait peu à peu à vous. Vous n'étiez plus qu'un patient défini par sa pathologie. Bien qu'il n'eût envie que de se vautrer devant le match de base-ball à la télé, il décida d'aller prier dans la nef. La lumière brillait chez Vince. Il hésita à passer lui dire bonsoir. Mais il ne se sentait pas en état. Vince irradiait une sorte de violence, de désespoir, qui demandait à son interlocuteur un épais bouclier mental. Il n'avait pas l'énergie nécessaire ce soir. Lâche et fatigué. Un bien mauvais serviteur du Très-Haut. Mais bon, les candidats ne se bousculaient pas non plus au pied du bénitier. Faudrait faire avec, Seigneur.

Dans l'église vide et silencieuse, il alluma un gros cierge. Mickey, le sacristain, râlerait le lendemain matin en découvrant la cire fondue sur le bougeoir. Mickey râlait tout le temps. Il veillait à l'entretien de l'église avec un soin maniaque et rudoyait le père Roland, trop peu soigneux à son goût. Un vieux couple, avec ses manies et ses tics. Mickey était exaspérant, une vilaine petite fouine aux lèvres trop minces et aux yeux fuyants. Mais il revenait de loin. D'une interminable descente aux enfers glissante de gnôle. Il avait tué sa femme un soir de beuverie. Un méchant coup de poing. Elle était tombée, s'était brisé la nuque contre l'angle de la commode. Prison. Réinsertion. Mickey la fouine briquait l'église comme il aurait sans doute aimé briquer son âme pour la rendre propre et luisante. Sans taches.

Le père Roland se dirigea vers l'autel d'un pas pesant. Se figea brusquement. Quelqu'un était assis sur un banc, immobile dans l'ombre. Il songea immédiatement à un braqueur venu piller le tronc de l'église – le pauvre gars en serait pour ses frais –, à moins que ce ne fût un de ses protégés des Alcooliques anonymes cherchant à fortifier ses bonnes résolutions par la prière. Le père Roland n'était ni peureux ni téméraire. Il recula lentement jusqu'à l'interrupteur qui allumait une rangée d'appliques latérales.

Une clarté jaunâtre éclaira les travées silencieuses. La silhouette tassée sur le banc se redressa, comme surprise. Ce n'était pas un braqueur, c'était une femme. Une de ses paroissiennes. Il ne l'avait pas vue depuis bien des années mais il la reconnut immédiatement. Linda Lawson. Comme elle avait vieilli ! Ses traits s'étaient creusés, ses beaux yeux noisette cernés, ses cheveux teints en auburn laissaient voir des racines grises.

– Il y avait un article dans le journal aujourd'hui, dit-elle sans même le saluer.

– Un article qui vous a troublée ? demanda le père Roland sans la saluer non plus – elle n'était pas là pour échanger des politesses.

– Un article sur Susan.

Il opina sans rien dire.

– Nous sommes le 23, ajouta-t-elle.

Il accusa le coup. La fillette avait disparu juste avant Noël, treize ans auparavant.

– Le journaliste voulait nous interviewer. John était d'accord. Mais…

– Pas vous ?

– Je ne veux pas parler d'elle. Pas à un jeune ambitieux à peine sorti de l'école qui veut se faire mousser avec la mort de ma petite fille ! J'ai dit à John que c'était hors de question.

– Vous vous êtes disputés ?

– Oui. Je suis sortie prendre l'air. Pour ne pas lui jeter le contenu de mon assiette au visage, si vous voulez la vérité. J'ai marché sous la neige. Et je me suis retrouvée dans le cimetière. Pour la première fois depuis longtemps. Quelqu'un a nettoyé autour de la… tombe.

Elle avait prononcé le mot avec réticence.

– Vince, sans doute, dit le père Roland. Notre jardinier. Le fils de l'ancien marbrier…

– John et moi avons du mal à venir, le coupa-t-elle. Et Bert… Bert refuse qu'on lui parle de sa sœur. Il refuse de regarder les photos. Il est… Quelque chose s'est brisé en lui.

Bert Lawson avait sept ans de plus que la petite Susan. À la naissance du bébé, il n'avait pas apprécié de perdre son statut de fils unique. Il avait clamé haut et fort qu'il détestait la gamine. La rumeur disait qu'il n'avait pas été mécontent qu'elle disparaisse. Pauvre adolescent, confronté au meurtre de sa sœur, à l'effondrement de ses parents et à un troupeau de collégiens sans pitié. Oui, quelque chose s'était certainement cassé en lui. Comme en Linda Lawson.

– Voulez-vous que nous priions ensemble ? demanda le père Roland de sa voix basse et apaisante.

– Épargne-moi tes simagrées.

Le père Roland frémit. Voilà, on y était. Le péché vous rattrapait toujours. La seule erreur qu'il ait commise en quarante ans de sacerdoce. Un faux pas d'une demi-heure. Camouflé comme une vilaine moisissure sous des couches et des couches de bonnes actions ripolinées. Et qui resurgissait ce soir.

– Linda, nous étions d'accord… Ça n'a été qu'un moment de folie passagère. Je me suis repenti et vous aussi.

Ce jour-là, le jour du péché, il était passé chez les Lawson pour réconforter Linda, qui venait de perdre sa mère, Teresa Giuliani. Une fervente pratiquante, comme on disait. Une vraie grenouille de bénitier, toujours accrochée à ses basques. Heureusement qu'il ne portait pas de soutane, elle y aurait croché ses vieux doigts arthritiques pour ne plus la lâcher. Bref, il s'était rendu chez les Lawson, le lendemain de l'enterrement.

John était au boulot, Bert au collège.

Linda avait fumé la moquette. L'odeur du cannabis dominait celle des bougies à la citronnelle.

Et elle ne portait qu'un peignoir rose pâle entrouvert sur sa peau nue. Il avait voulu tourner les talons, elle s'était jetée dans ses bras en pleurant. Elle avait commencé à se plaindre de John, de sa froideur, du fait qu'il passait sa vie devant son foutu ordinateur, de sa solitude de femme au foyer, pourquoi avait-elle arrêté son boulot ?, etc., etc. Elle sanglotait. Il restait immobile, les bras ballants, terrifié. Terrifié par le contact de cette femme contre son torse. Terrifié par ce qui se passait sous sa ceinture. Par son bas-ventre qui le trahissait. Pas maintenant, s'exhortait-il, pas maintenant. Mais son érection ne faiblissait pas. Au contraire.

Et soudain Linda avait levé la tête. Son expression avait changé. Un sourire se dessinait sous ses larmes. Un sourire… eh bien, disons, hideux. Le sourire d'Ève. Le sourire du serpent. Mais il n'avait pas réussi à s'enfuir. Il s'était laissé frôler. Toucher. Il avait perdu le contrôle de lui-même. Il avait haleté contre cette femme, dans cette femme, avant de se rajuster et de partir en courant, comme un puceau ridicule. Il avait prié et prié, des jours, des heures, demandé une entrevue avec son évêque, un petit bonhomme brun, maigre et poilu, à la calvitie aussi régulière qu'une tonsure. Le vieux prélat avait été concis : « Faute avouée à demi pardonnée. Allez, et ne péchez plus. Vous savez, mon vieux, ça arrive à tout le monde. On est quand même à l'aube du XXIe siècle ! »

Bref, il n'était qu'un dinosaure coincé. Et honteux. Mais déterminé à rester droit dans ses bottes de cow-boy du Christ. Linda l'avait appelé plusieurs fois sur son portable. Il s'était excusé. Lui avait demandé de ne plus lui téléphoner. Elle l'avait traité de salaud, avait raccroché. Ni l'un ni l'autre n'avaient plus jamais fait allusion à ce qui s'était passé. Il avait été content d'apprendre qu'elle était enceinte, que ça n'allait donc pas si mal avec son mari. Il avait baptisé la petite Susan, trinqué avec John. Et ne les avait plus revus. Contrairement à la vieille Giuliani, ils n'étaient pas très pieux. Quand l'enfant avait disparu, il leur avait proposé ses services pendant ces heures et ces jours d'angoisse, mais ils avaient décliné, le cœur lourd de rancœur envers Dieu. Ils ne s'étaient retrouvés que le jour de l'enterrement, devant cette petite tombe béante.

Il revint au présent, à la femme qui le regardait, sans aménité.

– Tu es toujours aussi hypocrite, mon pauvre Roland.

– Sans doute. Je n'ai jamais prétendu être parfait.

– Qu'est-ce que tu crois ? Que pendant toutes ces années je n'ai pensé qu'à toi ?

– Pas du tout.

– J'étais défoncée ce jour-là, complètement à l'ouest. Je me serais tapé le facteur.

– Mme Hernandez ?

– Tu te crois drôle ? Tu penses que j'ai envie de rire ce soir ?

– Non. Je pense que tu as besoin de réconfort. Prions.

– Pour quoi faire ? Elle est morte, tu comprends ?! Morte ! Je vais prier pour quoi ?

– Pour être en paix. Autant que faire se peut.

– Bla-bla-bla. Je m'en vais, Roland. Je quitte John. Je quitte la ville. J'ai trouvé du boulot chez un avocat à Buffalo.

Elle le dévisageait avec une lueur de défi dans les yeux, maigre et ridée, l'ombre de la belle femme qu'elle avait été.

– Je ne serai jamais en paix, reprit-elle avant qu'il

ait pu dire quelque chose. Et toi non plus. Parce que c'est ta fille que tu as enterrée.

Qu'avait-elle dit ? Il avait dû mal comprendre.

– Qu'est-ce que tu veux dire ? demanda-t-il, incrédule.

– Ta fille ! Susan était ta fille. Je voulais que tu le saches et que tu souffres, toi aussi. Tout le reste de ta vie, Roland. Vas-y, prie ! Prie pour tous les pauvres cons qui perdent leurs enfants. Moi, je me casse.

Abasourdi, il la regardait, cette vipère venimeuse qui venait de lui cracher son venin à la gueule, devant l'autel.

– Tu mens, lâcha-t-il. Tu étais déjà enceinte quand…

– Quand tu m'as baisée le lendemain de la mort de ma mère ! Non, Roland ! Susan est née avant terme, à sept mois et demi. J'avais essayé de m'en débarrasser mais ça a raté. Les yeux bruns, c'étaient les miens. Les cheveux blonds et frisés, c'était toi.

Sa voix chevrota, elle ravala un sanglot.

– Je n'en voulais pas, tu sais, mais après je l'ai tellement aimée… Tout ça pour qu'on me l'enlève ! À ton tour de te demander pourquoi. Pourquoi on subit des choses pareilles, pourquoi ton salaud sur sa croix autorise des choses pareilles !

Roland encaissa le blasphème sans ciller – ce n'était pas le plus grave. Désemparé, sous le choc, il avait l'impression d'avoir reçu un coup de poing dans la poitrine. Une douleur constrictive qui irradiait dans son bras gauche…

– Je fais une crise cardiaque, marmonna-t-il. Appelle les secours. Vite.

Elle haussa les épaules.

– Ne dis pas n'importe quoi.

– Linda ! Je me sens mal. Je… Préviens Vince !

Il s'effondra, à genoux, les mains sur le cœur, comme un personnage de film.

Elle parut hésiter et il se dit qu'elle allait le laisser crever là, sur le dallage noir et blanc. Puis elle ouvrit son sac et prit son téléphone.

Vince leva la tête, surpris. Une femme toquait à la vitre, l'air hagard. Il alla ouvrir la porte en espérant ne pas trop sentir la vinasse. Il avait presque fini la bouteille en surfant de coupures de journaux en comptes rendus officiels.

– Il fait un infarctus ! lança la femme.

– Pardon ?

– Le père Roland ! Il est dans l'église, j'ai appelé le 911.

– Merde !

Vince la bouscula presque pour sortir et franchit en courant la volée de marches et les portes monumentales qui menaient dans la nef centrale. Le père Roland était agenouillé, une main sur un prie-Dieu. Ses grands yeux bleus écarquillés, la bouche ouverte, il haletait.

Vince perçut le hurlement d'une sirène. De plus en plus proche.

– Ils arrivent, dit-il. Ils seront là dans quelques secondes. Respirez. Respirez lentement.

Le père Roland lui agrippa la main et la serra à lui broyer les os. Vince essaya de répondre à sa prise.

– Ça va aller. Heureusement que vous n'étiez pas tout seul !

Il crut voir une étrange expression dans les yeux du prêtre. De la dérision ? Impossible. Sirène assourdissante qui s'interrompit net. Des pas, une course sur le gravier, des voix d'hommes.

– Poussez-vous !

Deux urgentistes plongeaient sur Roland, s'affairaient en silence.

On lui colla un masque sur le visage.

– On l'emmène, dit le plus petit des deux.

– Est-ce qu'il va… ? chuchota Vince.

– On est arrivés juste à temps. Allez, on fonce ! lança-t-il à son coéquipier.

Ils coururent avec le brancard jusqu'à l'ambulance stationnée devant le presbytère, démarrèrent sur les chapeaux de roue.

Vince, en tee-shirt, indifférent à la neige qui tombait toujours, regarda s'éloigner les feux arrière du véhicule.

– Qu'est-ce qui s'est passé ? demanda-t-il à la femme.

– Il m'a dit qu'il se sentait mal, il m'a demandé d'appeler les secours, répondit-elle en resserrant les pans de son anorak sur son corps émacié.

– Quelque chose l'avait énervé ?

Elle marqua un temps avant de répondre.

– On dirait. J'étais venue lui dire que je déménageais, ajouta-t-elle, soudain volubile. J'ai trouvé un boulot à Buffalo. Chez un avocat. J'étais secrétaire juridique avant d'arrêter pour élever mes enfants.

Vince se foutait complètement des histoires de cette femme. Il devait rejoindre l'hôpital, voir les médecins.

– Vous êtes en voiture ?

– Euh, oui…

– Déposez-moi à l'hosto.

Elle fronça les sourcils, pinça les lèvres.

– Je suis assez pressée.

– Je n'ai plus de permis. Il faut que je sois là-bas, que je sache... si jamais...

– OK, capitula-t-elle. Mais vous devriez prendre une veste.

Il s'engouffra dans la petite pièce qui lui servait de logement, en ressortit en enfilant un blouson bleu marine avec l'inscription « NYPD ».

– Vous êtes flic ?

– Non, c'est un souvenir. Allons-y.

Sa voiture, une petite Nissan Micra, était propre comme un sou neuf, l'habitacle bien rangé. La radio calée sur une fréquence de musique classique. Un désodorisant en forme de pomme pendouillait au rétroviseur central.

– Je ne vous ai même pas demandé votre nom, dit Vince en bouclant sa ceinture.

Ça aussi il s'en foutait, mais il fallait bien faire semblant.

– Linda Lawson, répondit la femme en démarrant.

– Oh !

– « Oh ! », comme vous dites.

Il venait de contempler un tas de photos d'elle, de son mari, de leur fils et de leur fille décédée sur l'écran de l'ordinateur. Une femme séduisante à l'époque, l'air un peu évaporée, vêtue ethnique et éthique. Il ne l'aurait pas reconnue.

– Décidément, tout le monde a lu le journal aujourd'hui, ajouta-t-elle avec un rictus.

Vince ne dit rien, puis :

– J'ai rencontré Lester Miles cet après-midi.

– Le poivrot ? Nous n'avons rien en commun. Le

chagrin ne rassemble pas les gens, Vince. C'est bien Vince ?

– Oui, Vince Limonta. Le fils du…

– Marbrier, je sais. C'est votre père qui s'est occupé du monument pour… ma fille. Alors comme ça vous êtes revenu dans notre belle petite ville, Vince ?

Elle se forçait à mener une conversation normale mais elle semblait épuisée, sur les nerfs, furieuse, tout ça à la fois.

– Je n'ai pas eu le choix, madame. J'ai perdu mon boulot. Le père Roland m'a trouvé ce job.

– Brave père Roland ! Le bienfaiteur des opprimés !

Le ton railleur masquait mal la colère. Vince se dit qu'elle avait dû trop souffrir de la perte de sa fille pour ne pas en vouloir à Dieu. Le père Roland cristallisait sans doute son ressentiment.

– Le père Roland aide beaucoup de gens, effectivement, répondit-il avec douceur.

Il ne voulait pas polémiquer, il voulait juste savoir si son mentor était encore en vie. Il la regarda du coin de l'œil. Elle conduisait vite, avec des à-coups.

– Vous déménagez bientôt ? reprit-il tandis qu'elle grillait un feu rouge.

– Je pars cette nuit.

Elle avait appuyé sur le « je ». Divorce en vue. Logique. Les trois quarts des couples confrontés à ce genre de deuil se séparaient. C'était même étonnant qu'ils aient tenu si longtemps après la perte de leur fille. Probablement à cause de leur fils. Maintenant Bert était adulte. Lester Miles et sa femme s'étaient quittés, eux aussi.

– Je sais ce que vous vous demandez, lança Linda en freinant sec sur le parking devant les urgences, la voiture chassant un peu sur la neige fraîche. Vous vous demandez ce que je ressens à l'idée que l'assassin de ma fille n'ait jamais été arrêté. Vous vous demandez si j'y pense toutes les nuits. Si ça m'empêche de dormir. Si je ne suis qu'un bloc de haine. Eh bien oui, Vince. Oui à toutes les questions. Cette ordure n'a pas tué que des enfants. Il a aussi détruit des familles.

Vince descendit en songeant à l'épave qu'était devenu Lester Miles. Étrange de tomber le même jour sur deux des protagonistes de ce drame juste après que Snake.T lui eut fait lire le journal. Un autre que lui y aurait vu un appel du pied du destin.

– On pourra vous joindre, là où vous allez ?

– Pourquoi ? Vous voulez m'inviter à dîner ? Je suis trop vieille pour vous.

Elle se pencha pour claquer la portière et démarra sans un au revoir. Il haussa les épaules et se précipita vers la réception.

Dès qu'ils avaient été hors de vue de la grosse bonne femme blanche, Black Dog avait remis Army dans le chariot. Il avait regagné le campement à fond de train tout en chantonnant « Il en faut peu pour être heureux ». Il aimait bien les dessins animés. C'était dommage qu'il n'ait pas une de ces boîtes portables où on pouvait visionner des DVD. Il faudrait qu'il en trouve une. Il pourrait regarder *Bambi* avec Army. Elle serait drôlement triste lorsque la maman de Bambi mourrait. Lui, il pleurait toujours à ce moment-là. Et puis aussi à la fin, quand le grand cerf, le papa de Bambi, était fier de lui. « C'est toi, Bambi, disait Vicious, le vaillant bonhomme perdu dans la forêt. » Black Dog n'aimait pas qu'on le compare à Bambi.

Il préférait jouer aux commandos et à la guerre. Un Bruce Willis noir, voilà ce qu'il était. Vicious disait ça pour le taquiner. Pourvu que la pizza soit encore tiède !

Elle l'était et Amy mâchait avec vigueur. C'était trop délicieux, la pizza ! Si seulement elle avait pu en ramener à Maman. Maman ! La police ! Elle n'était qu'une vilaine petite fille. Il fallait que Black Dog la ramène en VILLE. Mais comment le lui expliquer ? Il avait fini de manger et restait assis dans la tente entrouverte, devant le bidon où brûlait du bois. Il faisait presque tiède sous la tente.

Amy était douillettement installée dans un nid de couvertures plus ou moins sales, qui sentaient la sueur, l'herbe et le feu de bois. Le ventre plein, elle lécha avec satisfaction ses doigts graisseux de fromage fondu. Il faisait complètement nuit à présent. En se penchant un petit peu, elle pouvait apercevoir les ÉTOILES, plus petites et moins brillantes que dans les livres mais quand même... Black Dog avait sorti un morceau de métal de sa poche. Il le porta à ses lèvres et Amy tressaillit. Ça faisait de la musique. Mais bien sûr ! Un HARMONICA, elle reconnaissait l'objet. Les monsieurs marron jouaient souvent de l'harmonica dans les livres. Et aussi de la batterie, de la trompette, du saxophone. Black Dog savait-il utiliser tous ces instruments ? Elle bâilla, assommée de fatigue et d'émotions. Non, il ne fallait pas dormir. Se lever. Secouer Black Dog. Lui écrire que... Ah non, il ne savait pas lire. Amy sentait la chaleur et la musique l'envelopper, pas de risque que Daddy vienne ici, pas de risque de recevoir des coups. Elle connaissait cette mélodie, Maman la lui avait chantée. *Over the Rainbow*. Ça devait être beau, un arc-en-ciel… Et elle, elle n'avait pas de courage. Ni de cervelle. Elle n'était qu'une petite idiote, une méchante-méchante, une…

Black Dog soufflait dans l'instrument en regardant la petite fille. Army s'était endormie. Il avait souvent joué pour Vicious quand Vicious était malade, malade à vomir. Army s'était endormie avec le même léger sourire que Vicious. Le léger sourire du soldat épuisé qui se recroqueville dans son abri pour la nuit. Oui mon commandant ! Caporal Black Dog à vos ordres ! Les hommes ont pris leur quart, mon commandant ! Fermez les écoutilles ! Repos !

Le père Roland était en réanimation. État stationnaire, pas de visites. De toute façon, il était inconscient. Trop tôt pour dire s'il était hors de danger. Non, on ne savait pas s'il y aurait des séquelles. Le médecin serait visible demain matin à partir de 9 heures. Vince renonça à harceler l'infirmière harassée qui le renseignait tout en remplissant ses dossiers. Le père Roland n'allait pas mourir dans l'instant, c'était ce qui importait. Certes, il pouvait rester hémiplégique. Ou sévèrement diminué. *Arrête avec tes putains de pensées négatives, Vince. Rentre te coucher. Il faut que tu sois en forme demain matin.* Il sortit son portable de sa poche arrière et appela Snake.T.

Linda Lawson conduisait, indifférente aux larmes qui roulaient sur ses joues. Elle partait, elle quittait cette ville maudite, elle les quittait tous, John, Bert, Roland et Susan. Oui, même Susan. Susan était morte, sa vie ici était morte, la ville puait la mort. Les mains crispées sur le volant, Linda fonçait sous la neige, le balayage rythmé des essuie-glaces pour toute musique. Elle ne voyait ni les panneaux « Salage en cours, prudence » ni les phares aveuglants des véhicules en sens inverse, elle ne voyait que le désastre de sa vie, se déroulant sans fin sur le pare-brise embué.

– Tu déconnes ?

Snake.T était assis de travers sur une des banquettes grenat du Spicy Pussycat, ses béquilles posées près de lui. Vince haussa les épaules.

– Lester Miles ce matin dans ton cimetière, sur ce, Linda Lawson, plus le père Roland qui se paie une attaque… reprit Snake.T. Ça fait lourd de coïncidences.

Vince contemplait son verre de vin blanc chilien. La légère ivresse qu'il avait ressentie plus tôt dans la soirée s'était dissipée. Il avait rejoint Snake.T en taxi. Il avait besoin de parler à quelqu'un et le jeune rappeur était ce qui se rapprochait le plus de la notion d'ami. Vince se sentait inexplicablement troublé. Le rappel de la mort de Susan Lawson avait fait remonter à la surface ses propres deuils, et la rencontre houleuse avec Miles n'avait rien arrangé. Là-dessus, le malaise du père Roland…

– Les dates anniversaires sont souvent douloureuses, finit-il par dire.

– Tu crois que le père Roland sait quelque chose ? demanda Snake.T.

– Quelque chose sur quoi ?

– Sur le décès d'Amy Winehouse, bien sûr. À ton avis ?… Sur les meurtres de ces gamines, mec !

– Pourquoi veux-tu qu'il sache quelque chose ?

– Pour rien, laisse tomber.

– Il est prêtre, Snake.T ! Ces gens sont ses paroissiens. Un article à la con est paru ce matin, ravivant les souvenirs de tout le monde.

– Ouais. Et rappelant à tout ce monde que le tueur court toujours. Et quelques heures plus tard le père Roland se paie une attaque. Sans compter que ces gens sont ses paroissiens, comme tu dis.

– Vanessa Prescott et Debbie Eastman n'étaient pas catholiques. Les Prescott sont presbytériens et les Eastman sont juifs.

– Et la dernière, la petite… euh… ?

– Carmelo. Loïs Carmelo. Catholique.

– Ah, tu vois !

– Mais d'une famille non pratiquante. Elle a été baptisée, point barre.

– N'empêche. Le père Roland a pu entendre des trucs en confession, des trucs assez graves pour lui filer une crise cardiaque.

– Il est peut-être tout simplement en mauvaise santé, Snake.T.

– C'est ça ! Et Linda Lawson, elle décide de se barrer ce soir, comme ça, d'un coup ?

Il claqua des doigts. Se méprenant sur son geste, une grande blonde à l'allure de mannequin rappliqua aussitôt. Plutôt jolie, avec une grande bouche moqueuse, de grands yeux bleus. Épinglé sur sa poitrine opulente, son badge annonçait « Arleen ». Vince en profita pour commander une autre carafe de blanc. Il se retourna vers Snake.T, qui suivait la serveuse du regard.

– Linda Lawson ne se barre pas « comme ça, d'un

coup ». Apparemment c'était prévu depuis longtemps, puisqu'elle a trouvé un job à Buffalo…

– T'as pas un peu de dope ? le coupa Snake.T.

– Tu sais très bien que je ne touche pas à ça.

– Putain ! Le flic pur et dur à l'ancienne ! « Je ne me détruis le foie et le cerveau qu'à l'éthanol. Exclusivement ! » singea Snake.T pendant que la serveuse déposait une carafe embuée sur la table.

Elle pouffa et il lui décocha un clin d'œil.

– T'as rien pour moi, toi, ma beauté ?

– Ne rêve pas, mon grand !

Ils se sourirent.

– Étonnant, la rapidité avec laquelle tu sais oublier les questions fondamentales qui te tourmentaient il y a dix secondes, railla Vince en remplissant leurs verres.

– Tu sais combien de temps ça fait que je n'ai pas sorti le Black Mamba ?

– Tu parles de ta petite couleuvre, Michael ?

– Jaloux ! Ferme-la, elle revient.

Arleen se penchait vers eux, offrant une vue panoramique sur son décolleté généreux.

– Y a une soirée au 3.14, lâcha-t-elle tout en passant un chiffon sur la table. Faut être invité.

– Dommage, répondit Snake.T en la matant ouvertement.

– Ou venir avec quelqu'un d'invité. Je finis à 2 heures. Rejoins-moi à la sortie de service.

Elle s'éloigna sans attendre sa réponse.

– Et voilà le travail ! se rengorgea Snake.T. T'as vu le *tatoo* sur son poignet ? Un aigle royal. On va planer jusqu'au septième ciel, mec ! Yo oo ! Bon, qu'est-ce qu'on disait ?

– On parlait de meurtres d'enfants. Tu avais des théories.

– Ouais, ben, excuse-moi, j'ai la concentration d'un moineau, un défaut génétique acquis.

– C'est quoi ça ?

– Un défaut que t'as de naissance et qui s'aggrave quand tu te bourres de substances illicites. Pour en revenir à ton affaire…

– Je crois rêver ! C'est toi qui me tannes avec ça !?

– Pour en revenir à ton affaire, disais-je, faudra quand même que tu poses quelques questions à ce brave père Roland dès qu'il sera sur pied.

Snake.T marqua une pause, leva son verre et ajouta, d'un air théâtral :

– Tu crois que c'est un exorciste ?

Vince ricana.

– De l'influence des DVD gore sur les psychismes influençables ! Oui, c'est ça, c'est un exorciste, et le tueur est possédé par Satan. Sa tête tourne à trois cent soixante degrés pendant qu'il sacrifie les petites filles au diable. Et il a vomi sur le père Roland et ça l'a beaucoup contrarié.

– Attends ! T'oublies que Linda Lawson fait partie de la confrérie. C'est une sorcière, elle a livré sa propre fille, d'ailleurs ils sont tous coupables, ouais, une secte abominable…

– C'est un peu l'idée de Mme Hernandez. La postière, tu te rappelles ?

– Euh… la mémé portoricaine ?

– Celle-là même. Elle prétend que c'est la faute de Lester Miles si sa fille s'est fait enlever. Parce qu'il l'a laissée seule à l'arrêt du car pour aller picoler.

Snake.T fronça les sourcils, redevenu sérieux.

– *Post hoc ergo propter hoc* : après cela, donc à

cause de cela. C'est un sophisme, mec, lui apprit-il, laissant entrevoir l'ancien bon élève couvert de lauriers. Un mauvais raisonnement. Parce que, en fait, *post hoc non est propter hoc* : ce n'est pas parce qu'une chose se produit après une autre qu'elle en est la conséquence.

– Bien raisonné, professeur. Cependant, si la gosse n'était pas restée seule, le tueur n'aurait pas pu l'enlever.

– Il aurait agi ailleurs… si elle était vraiment sa proie. Ce qui soulève la question de savoir s'il a choisi ces gamines au hasard ou s'il les avait dans son collimateur.

– Il faudrait revoir les dossiers de l'enquête.

– Établir une criminographie, confirma Snake.T.

– Une quoi ?

– Criminographie. Comme photographie, scénographie, paléographie… de *graphein*, « écrire », en grec. Donc l'écriture du crime.

Vince sourit malgré lui. L'enthousiasme de Snake.T était revigorant.

– Ça ressemble à la fameuse « signature » de nos chers profileurs, dit-il.

– Pas seulement. La signature, c'est ce qui permet d'affirmer que tel crime est imputable à tel tueur, exact ?

– Regardez-moi ce spécialiste ! On voit les gosses qui ont passé leur vie devant la télé…

– Je suis sérieux ! Moi, je propose qu'on se penche sur le schéma d'ensemble de ces meurtres. Sur la séquence. L'écriture de ces crimes, quoi.

Vince opina.

– La criminographie, donc. Intéressant, mais plus facile à énoncer qu'à réaliser. On n'est pas dans

Numb3rs[1], il n'y a pas une formule mathématique qui sous-tend et explicite le choix des victimes ou la localisation des actes du Noyeur.

– Non. Mais il y a une logique inhérente à ce qu'il est, à l'homme qu'il est, à la façon dont il vit.

Ils restèrent quelques secondes à réfléchir en silence.

– Décrypter cette criminographie, comme tu dis, c'est ce qu'on faisait à la brigade, avec nos tableaux noirs, nos centaines de Post-it, et les réunions de synthèse, finit par dire Vince tout en ressentant une vive brûlure de nostalgie. Établir des corrélations entre les faits. Dégager un comportement, une personnalité. Appelle ça « profilage » ou « analyse comportementale », comme tu veux.

– Et les vrais profileurs, ils servent à quoi, dans ce cas ?

– À faire joli dans les polars. Il n'y en a que quelques dizaines en exercice dans le monde. Et ils s'insèrent dans les enquêtes plus qu'ils ne les mènent.

– Et Micki Pistorius et ses « vibrations atomiques » ?

– La profileuse sud-africaine ? Elle a raccroché à 38 ans. Trop de stress. Elle enquête à présent sur ses vies antérieures. Elle est persuadée d'avoir été elle-même un assassin, en l'occurrence un croisé massacrant des musulmans.

– Chaud !

– Chaud bouillant, oui ! Donc on ne peut pas prendre Pistorius comme référence, elle est trop atypique. Pour en revenir au Noyeur, il faut déterminer par exemple s'il suivait ses victimes. À mon avis, oui. D'après ce que j'ai lu sur Internet, Susan Lawson a été enlevée

1. Série qui met en scène un agent du FBI et son frère mathématicien, diffusée de 2005 à 2010 sur CBS (en France sur M6).

près de la patinoire. Son frère était censé la surveiller mais il était allé acheter des gaufres. Elle a disparu en cinq minutes. Ça laisse à penser que le type était à l'affût et qu'il a sauté sur l'occasion.

– Comme dans le cas de Vera Miles. C'est bizarre, fit observer Snake.T, ce type passe chaque fois à l'action au moment précis où il y a une légère défaillance de la sécurité. Ça veut dire que, quand il se fixe sur une gamine, il ne la lâche plus d'une semelle. Et personne ne le voit traîner dans les parages ?

Vince haussa les épaules.

– C'est la question. Pour en revenir à ta criminographie, il faut prendre en considération dans cette affaire l'aspect et l'âge des victimes…

– Moins de 7 ans, blondes.

– Et le fait que, à l'exception de Vera Miles, on les a toutes retrouvées dans de la flotte. C'est pourquoi la presse de l'époque l'avait surnommé le Noyeur.

– Hum… Des petites filles noyées. Comme des chatons.

– Éventrées et noyées. Les corps étaient très abîmés. Ça aussi ça a une signification. Mépris ? Colère ? Fureur ? L'autre problème, à propos de la localisation des scènes de crime, c'est qu'il est difficile de distinguer entre ce qui est une composante essentielle du processus mental du tueur et ce qui peut n'être dû qu'à une question d'ordre pratique. Par exemple, dans le cas du Noyeur, éprouve-t-il une compulsion particulière liant la mort et l'eau, ou bien n'est-ce qu'une bonne manière de se débarrasser des corps ?

– Je ne crois pas qu'un psychopathe agisse uniquement en fonction de critères logiques, objecta le jeune rappeur.

– Il vous faut autre chose ?

Arleen était de nouveau plantée devant eux, souriante.

– C'est toi qu'il me faut, ma beauté ! lui renvoya Snake.T en riant.

– Il est toujours comme ça ? demanda-t-elle à Vince.

– Non, là il se tient bien, répondit Vince, se prêtant au jeu. Vous lui faites peur.

– Il a raison d'avoir peur, je suis une vraie tigresse ! s'esclaffa la jeune femme en s'éloignant.

– Tu trouves pas qu'elle ressemble à Lady Gaga ? chuchota Snake.T, l'œil brillant.

– Ouais, quand elle était encore à l'école avec Paris Hilton. Je croyais que tu kiffais plus Rihanna ou Beyoncé.

– Sûr, mec ! Les meufs de ma race, sûr ! grommela Snake.T en parodiant l'accent du Sud profond. T'oublies que les gros Noirs aiment les petites blondes, patwon. Le vilain Oncle Tom veut se faire Cendrillon ! Tu vas reprendre cette enquête ? continua-t-il, soudain sérieux. Tu vas le faire, Vince ?

– Je ne sais pas. Je suis un peu sous le choc. Le père Roland, tout ça… Je ne vais pas très bien, Snake.T. Je ne suis pas sûr d'être capable d'aller au bout.

– Tu sais ce que m'a dit mon père tout à l'heure ? Il m'a dit : « Moi, j'ai encore mes jambes. » Toi aussi t'as tes jambes, Vince. Sers-t'en. Avance. Va voir les gens. Interroge-les.

– D'habitude on dit « sers-toi de ta tête ».

– Pour la tête, j'assure.

– Tu as vu ton père ?

– Oui, il m'a offert une pizza. Ça se passait bien, et puis une bonne femme est venue nous emmerder, ça a cassé l'ambiance.

– Qu'est-ce qu'elle voulait ?

– Des conneries. Savoir si on connaissait un mec qui était en train de s'éloigner avec une gamine dans les bras.

Vince resta bouche bée. Snake.T ouvrit soudain de grands yeux.

– Oh, merde ! Tu veux dire… Mais non, t'es con, mon père le connaissait, ce mec. Un vieux clodo. Mais bon, c'est vrai que la gosse… bon, lui il était noir et elle était blanche, mais surtout elle était étrange.

– Explique.

– Ben, on aurait dit qu'elle débarquait sur notre planète. L'air égarée et… comment dire ?… étonnée. Elle avait même pas de manteau, tu te rends compte ? Ni gants ni rien. Une gosse en survêt, toute maigre… comme si elle s'était échappée d'un… d'un orphelinat !

– L'Orphelinat de l'Horreur, je suppose, avec sévices et pédophiles ?

– Ouais, et gosses affamés.

– Ça a existé. Y a pas si longtemps. Le responsable d'un centre éducatif. Il en a tué une bonne dizaine.

Snake.T soupira.

– Y a pas, tu sais mettre de l'ambiance, Vince… OK, désolé pour mes blagues à la con.

– C'est peut-être comme ça qu'il procède, reprit Vince. Notre tueur. Il se pointe au grand jour, choisit sa proie et part avec. Au nez de tout le monde. Un type qui se fond dans le décor. Comme un SDF, par exemple.

– Il ne pourrait pas agir ainsi avec des gosses que tout le monde connaît. Imagine-toi un vieux type de couleur en haillons s'emparer de Susan Lawson à la patinoire !

– Ce clodo a emporté une petite fille sous ton nez sans que tu bouges. Sans que ça alarme ton père. Il y a juste une mamie qui s'est inquiétée. Pourquoi aurait-ce été différent il y a treize ans ?

– Attends ! Si p'pa m'avait dit qu'il ne le connaissait pas, j'aurais réagi.

– Hum… Parce que c'était un clochard noir et que la gosse était blanche. Ça attire l'attention. Mais s'il s'était agi d'un homme blanc…

– Ce serait passé inaperçu. Le tueur est donc sans doute de la même couleur que ses victimes.

– Oui.

– Putain, même les psychopathes sont racistes ! La criminographie des meurtres du Noyeur nous apprend qu'il est sans doute blanc, qu'il se trouve toujours à proximité des victimes et qu'il passe inaperçu…

– Cette petite fille, coupa Vince, ton père l'avait déjà vue ?

– Non. Il a pensé qu'elle venait du camp de caravanes pourries. Tu sais, Summit Camp. C'est la zone, là-bas. Tu vas aller y faire un tour ?

– Je n'ai aucun droit nulle part, Snake.T. Les gens pourraient se plaindre au shérif.

– Tu vas quand même y aller ? Juste pour t'assurer que tout va bien ?

Vince opina. Il se sentait fatigué et énervé. Il avait envie de rentrer dans sa tanière, de fouiner encore dans les méandres de la Toile, d'y tisser son fil d'araignée. Mais il était incapable de partir tant qu'il y avait encore du vin sur la table. C'était aussi simple que ça. Il fallait d'abord qu'il finisse la carafe. Il s'intima l'ordre de se lever. De l'alcool, il pouvait en trouver n'importe où, d'ailleurs il en avait chez lui. Dans ce trou à rats qu'il appelait chez lui. Ce n'était pas la crainte d'en manquer. C'était autre chose. C'était la dépendance. Cette putain de dépendance contre laquelle le père Roland voulait qu'il lutte. Et lui, il luttait contre le père Roland. Pas question de se rendre aux réunions des AA. Il s'en sortirait seul. Vince Limonta contre le reste du monde.

Arleen passait de nouveau près d'eux. Elle se pencha vers Snake.T.

– Il paraît que tu es musicien…

– Ouais, princesse, je suis le roi du banjo, de l'accordéon, du ukulélé… Mais c'est avec ma flûte que je suis le meilleur.

– On verra si elle s'entend avec ma guitare.

– J'y vais, annonça Vince, profitant de la coupure.

– Tu finis pas ton verre ?

– Je suis crevé. Amusez-vous bien.

Arleen lui fit un petit salut de la main et Snake.T un doigt d'honneur. Vince gagna la sortie, soudain pressé. Discuter avec Snake.T, échafauder des hypothèses, avait partiellement occulté la douleur, la tristesse. Mais c'était comme avec les calmants, ça revenait en force dès que vous arrêtiez. Il neigeait toujours. Demain, les petites routes seraient bloquées, les gens devraient dégager les congères devant leurs portes. Un vrai Noël blanc. Susan Lawson avait été enlevée un 23 décembre. Était-elle déjà morte le jour de Noël ? Il imagina l'ambiance chez les Lawson, le sapin, les décorations devenues sinistres, les guirlandes éteintes, et le gamin, Bert, ouvrant ses cadeaux en silence dans un coin, pendant que ses parents pleuraient et suppliaient les flics de la retrouver.

Il songea à un autre petit garçon. Celui dont il avait abattu la mère par erreur. Au Noël qu'il allait passer, un Noël de chagrin. Comment pourrait-il expier cela un jour ? De quelle manière ? Il avait posé la question au père Roland. « Toi seul as la réponse », avait dit le prêtre. Mais il ne l'avait pas. Des fillettes avaient été assassinées de façon horrible et il n'avait pas le meurtrier. La terre était couverte du sang versé et ça ne s'arrêterait jamais. Parce qu'il n'y avait pas de réponse.

6

Bob Atkins coupa la communication et frappa dans ses mains pour réclamer le silence. Le brouhaha des conversations se tut.

– Mauvaise nouvelle, mes amis : le père Roland a fait une crise cardiaque.

Concert d'exclamations. Il leva ses grandes mains en un geste d'apaisement.

– Son état semble stabilisé. Nous en saurons plus demain. C'est Hyatt qui m'a appelé.

Le docteur Hyatt, un cardiologue réputé, un des leurs. Kate Norton ressentit une vive pointe de compassion envers le père Roland. C'était un homme bon, plein de l'enthousiasme qui faisait défaut à la plupart d'entre eux.

Jude, son mari, desserra un peu plus sa cravate. Des gouttes de sueur brillaient sur son crâne semi-chauve.

– Merde alors ! Il semblait solide comme un roc. Tu vois, Kate, le sport ne protège pas !

Kate Norton haussa les épaules. Son mari n'avait jamais été sportif. À moins de considérer la chasse comme un sport… Elle le soupçonnait de se joindre à Atkins et aux autres plus pour arborer la panoplie du parfait chasseur que pour les joies de la forêt et/ou le plaisir de dégommer oiseaux et rongeurs. Expert-comptable pour de grosses boîtes, il consacrait ses soirées au poker, aux tournois et jeux en ligne. C'était Kate qui aimait faire de l'exercice. Elle courait une heure tous les matins, quel que soit le temps. Cela lui permettait de conserver cette silhouette longiligne que les autres femmes du groupe lui enviaient. Ou prétendaient lui envier. En fait, elles étaient toutes minces, élégantes et soignées. En vraies dames patronnesses qu'elles étaient.

En dehors de leur réunion mensuelle, les dirigeants du Comité de charité interconfessionnel avaient pris l'habitude de se retrouver dans des circonstances plus informelles : mariage, bar-mitsvah, promotion de l'un d'eux ou simplement anniversaire... Ils fréquentaient les mêmes cercles du pouvoir et de la finance, pesaient lourd lors des élections, et, même s'ils avaient des divergences politiques ou des opinions contraires, ils formaient une sorte de club, une confrérie de notables qui s'échangeaient les bons mots et les bons tuyaux. *Circulation des informations pour la pérennité de la tribu*, se dit Kate, se souvenant de ses cours d'anthropologie à la fac. Quel dommage d'avoir laissé tomber pour s'occuper des enfants. Lesquels avaient tous quitté le nid, à présent, et elle se retrouvait seule, à remplir ses journées de sport, de lecture et de télévision. *Une vraie « desperate housewife »*, se moqua-t-elle en allant se chercher un jus de fruit, du jus de canneberge, « totalement bio ! » lui avait assuré Charlene Pitt.

Charlene essayait toujours de vous donner à penser – oh ! d'une manière détournée et discrète – qu'elle avait un lien de parenté avec Brad Pitt, ce qui bien sûr était faux. Quand on lui disait « Pitt ? Comme l'acteur ? », elle ricanait et protestait « Non, pas du tout. Quoique, sait-on jamais ? Ha ha ha ! ». C'était horripilant et assez pitoyable. Charlene était divorcée et avait repris son nom de jeune fille. Son ex-mari avait renoncé à la fortune familiale de son épouse et à sa place dans le cabinet juridique de son beau-père pour filer avec une jeune avocate de New York. Charlene ne s'en était pas vraiment remise, se dit Kate tout en se forçant à avaler le jus de canneberge. Elle ressemblait de plus en plus à une caricature, avec sa coiffure blonde ébouriffée, son maquillage permanent, ses injections de Botox, sa voix criarde répétant à l'envi les assertions de ses magazines féminins. Pour l'heure, elle faisait croisade pour le tri sélectif, répétant mot pour mot à Kate la brochure fournie par le conseil municipal. Non pas que les blanches mains de Charlene se soient jamais approchées d'une poubelle. C'était la bonne mexicaine qui s'y collait. Tout en souriant à son interlocutrice, Kate s'éloigna mine de rien.

Elle se cogna dans quelqu'un, se retourna. C'était Aaron Eastman. Il avait pris du ventre, perdu des cheveux, mais restait bel homme. « Dans le genre juif », aurait dit Jude. Aaron était très brun, il avait les yeux d'un noir intense, le nez fort, des poils foncés sur le cou, les avant-bras, et même les doigts. Un visage puissant, d'acteur shakespearien.

Kate lui demanda des nouvelles de Sarah, sa fille, et de Simon, son aîné. Deux ans après l'assassinat de leur petite Debbie, Lisette Eastman était décédée à son tour, emportée par un cancer du sein. Aaron avait élevé les enfants tout seul, avec la détermination qu'il mettait dans ses plaidoiries de procureur adjoint. Sarah était à présent une belle jeune fille de 18 ans qui voulait devenir vétérinaire et Simon travaillait dans une banque d'affaires à Seattle. Kate pensa à ses propres rejetons, élevés par une mère dévouée dans une famille unie que n'avait brisée aucun drame. Josh fumait des joints à longueur de journée en faisant semblant de suivre ses cours de sociologie à Columbia et Matt était devenu dentiste, une profession que Kate abhorrait.

Aaron ne s'était jamais remarié. On évoquait à voix basse de vagues liaisons avec des secrétaires, voire des prostituées. Kate aurait bien couché avec lui s'il le lui avait demandé. Mais il s'en tenait toujours à des questions scrupuleusement polies et anodines. Elle ne pouvait tout de même pas lui déclarer : « Aaron, j'ai envie de baiser avec vous. Qu'est-ce que vous faites demain, entre 2 et 3 ? Ne vous inquiétez pas pour Jude, ça fait des mois qu'il préfère tirer une dame au poker plutôt que la sienne. » Mais la vérité était que même si Aaron s'était penché sur elle, le regard lubrique et les mains baladeuses, Kate n'aurait pas donné suite. Parce que, en plus d'être une pauvre conne dévouée à son foyer, elle était vertueuse. La bonne élève dans toute sa splendeur.

Décidément, il lui fallait quelque chose de plus fort que le jus de canneberge. Un gin. Un gin bien glacé. Sans eau. Elle songea à la bouteille étiquetée « Perrier » qu'elle gardait dans le réfrigérateur. Jude détestait l'eau pétillante et elle n'avait à la planquer que lorsque les garçons venaient, de plus en plus rarement. Kate veillait à ne pas dépasser une consommation raisonnable de « Perrier ». Juste de quoi se soutenir un peu quand elle était sur le point de se mettre à hurler par la fenêtre entre deux joggings.

Aaron dit quelques mots à propos du père Roland. De l'équipe de foot à laquelle ils avaient appartenu tous les deux. Encore quelques politesses et il s'éloigna, ours sémillant et affable, inconscient de l'attraction qu'il exerçait sur Kate. La terne et incolore Kate. Elle se servit une large rasade d'alcool agrémentée d'une tranche de citron et se rencogna dans l'embrasure d'une des baies vitrées. Le gin lui donnerait le coup de fouet dont elle avait besoin. Elle s'ennuyait de plus en plus lors de ces réunions. Tous ces gens qui parlaient, échangeaient des phrases creuses et sans intérêt d'un air important et prétentieux… Un air satisfait. La satisfaction condescendante de ceux qui ont le ventre et le compte en banque également bien remplis, se dit-elle. Les rassasiés de la vie.

Où était donc Laura ? En train de vérifier en cuisine qu'on n'allait pas manquer de canapés au saumon sauvage ? La ravissante maison de Bob et Laura Atkins avait tout d'un décor de magazine. Comme la sienne. Mais celle de Laura était mieux tenue. Matilda, sa femme de ménage, était une perle. Kate avait tendance à se laisser aller, ces derniers temps. À se reposer sur Magdalie, une jeune Haïtienne qui n'en faisait qu'à sa tête. Magdalie était arrivée dans le comté *via* le Canada, après le séisme. Et grâce au père Roland et à un de ses circuits d'entraide. *Et te voilà à ratiociner sur les domestiques comme une vieille bourgeoise*, se gourmanda-t-elle.

Ah ! Laura se dirigeait vers elle, un verre à la main, toujours suprêmement élégante, ses cheveux blond cendré coupés en un carré parfait, son gilet en soie bronze entrouvert sur une chemisette en lin beige assortie à son pantalon. Kate toucha machinalement ses cheveux châtains coupés court et se souvint que son ensemble pantalon noir avait au moins trois ans. Laura portait de nouvelles chaussures.

– Ravissantes, tes bottines, dit Kate.

– Du chevreau. Un cadeau de Bob pour notre anniversaire de mariage.

Elles trinquèrent. Bob Atkins n'était pas très sentimental. « Un cadeau de Bob » signifiait que Bob avait une fois de plus oublié une date importante et que Laura s'était offert le présent elle-même. Laura but une gorgée et sourit, plissant ses yeux d'un gris soutenu comme si elle avait du mal à accommoder. Elle vacillait légèrement. Kate lui prit le coude. Elle savait que Laura avait tendance à se laisser aller sur la bibine – tout comme elle, pour dire les choses crûment. Mais Kate ne prenait pas en même temps un tas de comprimés.

– Tu vas bien ? demanda-t-elle, se sentant idiote.

– Très bien. Parfaitement bien. Je ne me suis jamais sentie aussi bien.

– N'en rajoute pas. Ta réception est très réussie, ma chérie.

– Formidable ! C'est Matilda qui s'est occupée de tout. Matilda est formidable. Le traiteur est formidable. Tout le monde est formidable. Tu crois que le formidable père Roland va formidablement mourir ?

– Bob a dit qu'il semblait hors de danger. Pourquoi ? Tu comptes te convertir ?

Laura fit mine de frissonner.

– Merci, j'ai déjà assez à faire avec ces horribles déjeuners chez le pasteur Meade. On se croirait au XIXe, dans ce bled, ajouta-t-elle en vidant son verre. Tu en veux un autre ?

– Non merci, j'ai ma dose. Et toi aussi, je pense.

– Tu te trompes. Je commence à peine.

Laura s'éloigna en tanguant imperceptiblement, serrant des mains, faisant la bise à ses invités. Elle dirigeait la section bibliothèque de la médiathèque d'Union Square. Kate et elle s'étaient connues à la fac, où elles avaient partagé une chambre avec deux autres filles. Fous rires et insouciance. Puis le temps du mariage. De l'aisance. Et de l'ennui. Laura n'avait pas d'enfants – un problème compliqué d'ovulation –, et Bob ne voulait pas en adopter. Question réglée. Il y avait largement de quoi s'occuper avec le comité, non ?

Kate repéra Aaron qui discutait avec Lou Miller. Lou dirigeait le grand garage Chevrolet en périphérie. Son épouse, Dottie, une petite boule de muscles, était guide dans les Adirondacks. Lou était un randonneur aguerri et il l'avait rencontrée lors d'une de ses sorties. C'étaient leurs plus proches voisins. Le quartier résidentiel s'étendait sur tout le côté ouest du parc, profitant de la vue sur les bois et sur les montagnes proches.

Un nouvel arrivant se frayait timidement un chemin dans la cohue des invités. Un Noir de petite taille, les cheveux grisonnants coupés très court. Il portait un costume sombre par-dessus un pull-over bordeaux. McDaniel, le type des pizzas près de la marina. Le Comité interconfessionnel avait impérativement besoin de représentants des minorités. Étaient d'ailleurs présents ce soir... voyons... selon les termes en vigueur, trois Afro-Américains, six Hispaniques et un natif[1], le ranger Moore. McDaniel serrait la main de Bob Atkins. Kate avait envie de rentrer chez elle, de se vautrer devant un DVD pendant que Jude descendrait au sous-sol pour une de ces fichues parties de poker. Il avait installé un

---

1. *Native Americans* : Amérindiens.

grand écran et une table à tapis vert dans l'ancienne salle de jeux des enfants.

Elle repéra Bert Lawson près du buffet. Le jeune homme arborait un de ses impeccables costumes Armani. Après des études d'ingénieur, il occupait un poste clé au service de l'urbanisme du comté. Sa coupe de cheveux branchée, ses mains manucurées, les coûteux accessoires technologiques qu'il affectionnait ne le rendaient pas sympathique aux yeux de Kate, qui le considérait comme un arriviste imbu de lui-même. Certes, il avait connu une enfance difficile, perturbée par la mort de sa sœur. Mais c'était également le cas des enfants d'Aaron. Kate se souvenait de Susan Lawson. Une gamine adorable. On aurait dit Jodie Foster sur les publicités Coppertone.

Laura se tenait de nouveau à ses côtés, un verre à la main. Plein à ras bord de vodka. Curieux comme quand on commençait soi-même à déraper on repérait soudain tous les autres, tous ceux qui vous étaient semblables. Ils devenaient visibles, tels des cafards jaillissant d'une faille dans un mur quand tout le monde dort.

— Linda est partie, chuchota Laura.

— Pardon ?

— Linda Lawson. John vient de m'appeler, il voulait savoir si elle était là. Je lui ai dit que Linda n'assistait jamais à nos réunions. Il avait l'air perturbé. Ils se sont disputés et elle est partie en voiture.

— Elle n'a pas laissé de message ?

— Si. Une demande de divorce signée par son avocat. C'est pour ça qu'il essaie de la joindre, mais son portable ne répond pas.

Kate pressa discrètement le poignet de Laura. Bert Lawson venait vers elles. Savait-il que sa mère quittait son père ? Il les salua poliment, nota du regard le verre vide de Kate et celui encore plein de Laura. Kate eut l'impression d'un jeune intégriste toisant deux vieilles alcoolos.

– Vous connaissez Lucas Bradford ? demanda-t-il tout à trac à Laura.

– Il travaille pour l'*Ennatown News*, répondit celle-ci. Il vient parfois à la bibliothèque consulter des archives qui ne sont pas encore numérisées. Vous souhaitez le rencontrer ?

– Non, je souhaite lui casser la gueule. Dites-le-lui si vous le voyez.

Il sortit une feuille de journal pliée en deux de sa poche, la tendit à Laura, inclina la tête et s'éloigna, gravure de mode à la moue déterminée. Les deux femmes lurent l'article de Bradford en silence.

– Mauvaise journée pour les Lawson, commenta enfin Laura. Bradford est vraiment con quand il s'y met, ajouta-t-elle.

– Tu le connais bien ?

– Comme ci, comme ça. Dévoré d'ambition et totalement dépourvu d'empathie. Une sorte de requin roux et frisé arborant un badge de presse et tournant autour de ses proies potentielles, attiré par l'odeur du sang. Le genre cauchemar des flics et des familles en deuil.

– Je vois. Tu as couché avec lui ?

– Kate !

– Quoi, « Kate ! » ? Ne joue pas les saintes-nitouches avec moi.

– Une fois. Un après-midi. Grande gueule, petite bite. Et maintenant fiche-moi la paix.

Elle s'éloigna, plus assurée sur ses jambes. Elle avait atteint la bonne dose, sa vitesse de croisière, celle qui lui permettait de fendre les groupes d'invités tel un yacht de luxe laissant un sillage de *Miss Dior*. Combien dans cette assistance choisie savaient que Laura trompait son mari avec n'importe qui ? N'importe qui hors de leur cercle, bien sûr. Laura présentait ça comme une sorte de jeu, de sport. Kate y voyait la forme d'un désespoir plus élaboré que le sien. Elle qui avait adoré ses cours de littérature européenne ne pouvait s'empêcher d'y trouver des références, ce qui énervait copieusement Jude et les enfants. Kate Bovary et El Desdichado Atkins. « Ma seule Étoile est morte, – et mon luth constellé / Porte le Soleil noir de la Mélancolie[1]. » Deux fugitives du spleen baudelairien égarées au XXIe siècle. Hors jeu.

Black Dog les entendit avant de les voir. Des chuchotements, des rires étouffés. Des froissements de feuilles, de branches. Le craquement du givre. Le « plop » d'une canette qu'on débouche. Il entrebâilla l'ouverture de la tente, attentif, silencieux. Il ne neigeait plus, le ciel s'était dégagé. La lune, presque pleine, faisait scintiller les arbres enneigés. La forêt enchantée, se dit Black Dog. Blanche-Neige dormait dans la tente, enveloppée dans les couvertures, remplie de pizza. Mais Black Dog n'était pas un nain, non monsieur !

– C'est quoi, ça ? fit soudain une voix pâteuse à quelques mètres de lui.

– Ça quoi ?

– Le campement, là !

Voix jeunes, avinées. Piétinements, ricanements. Puis un type déboula dans la clairière. Un Blanc, pas très grand, dans les 20 ans. Habillé en chasseur. Visiblement ivre. Il tenait un pack de bière dans la main gauche.

1. « El Desdichado », de Gérard de Nerval (1808-1855).

Un collet dans la main droite. Des braconniers, mon commandant. Black Dog hésita à refermer la tente. Mais à quoi ça servirait puisqu'ils l'avaient vue ? Et quand des hommes voyaient quelque chose, ils s'en approchaient. Toujours. Aussi simple que ça. Peut-être qu'ils voulaient juste boire et parler sous le clair de lune. Comme les potes de Vicious. Comme les trimardeurs que Black Dog avait fréquentés parfois. Boire et s'envoyer des vannes. Des bla-gues. Deux autres types surgirent à leur tour. Blancs encore. Déguisés en chasseurs aussi. Avec des casquettes à oreillettes. Et des couteaux de chasse à la ceinture. Black Dog n'avait pas envie de boire et de parler avec des braconniers. Il n'aimait pas les gens qui tuaient les animaux. Surtout dans le parc où c'était interdit, parfaitement monsieur ! Il y avait les montagnes pour chasser. Pas la peine de venir la nuit comme un voleur pour tuer trois écureuils !

— Ohé ! fit à voix basse le plus petit. Y a quelqu'un là-dedans ?

Ils se mirent à rire, comme s'il en avait dit une, de bla-gue. Les pensées de Black Dog s'entrechoquaient. Sortir ? Se coucher ? Répondre ? Partir ? Il jeta un coup d'œil à Army qui dormait paisiblement, la bouche entrouverte, les poings repliés, comme un bébé. Il n'avait pas envie que ces imbéciles la réveillent. Il sortit, dépliant ses deux mètres. Les trois types s'immobilisèrent.

— Salut, dit le plus petit à tête de chef.

— Partez, répondit Black Dog. Allez-vous-en.

— Oh ! Du calme ! On se balade, c'est tout. Tu vis là ?

— Putain, ça schlingue ! fit le deuxième, qui avait une barbiche. Ça se voit qu'y a pas de salle de bains !

De nouveau leurs ricanements de hyènes. Black Dog

ouvrit la bouche, la referma. Il ne savait pas faire la conversation. Il voulait juste qu'ils s'en aillent. Ils lui gâchaient son bon campement.

Le plus petit fit claquer ses doigts.

– Ohé ! T'es muet ? Tu veux une bière ?

Black Dog secoua la tête. Pas bon, la bière. Trop amer.

– Ouh ouh, Tarzan ! Toi vouloir banane ? lança soudain le plus gros, qui avait des yeux de rat.

Un petit, un barbu, un gros.

Ils riaient, ils se balançaient sur leurs bottes qui coûtaient cher. Black Dog vit le sac à la ceinture du plus gros. Un sac plein de petits animaux, il le savait. Et puis il vit ce que Yeux-de-rat tenait dans sa main. Des oreilles. De longues oreilles grises. Un cadavre de lapin. Pan Pan ? Black Dog sentit le sang affluer dans sa tête, envahir ses yeux, pulser dans ses poings. Pas de colère, non monsieur, pas de colère. Mais quand même ! Il se força à tendre la main bien à plat vers le lapin, pour que le type le lui donne, qu'il puisse vérifier que ce n'était pas Pan Pan. Le gros, se méprenant sur son geste, lui claqua la paume.

Aussitôt, en une sorte de mimétisme, Black Dog leva la main et claqua celle de Yeux-de-rat, de toutes ses forces. Le type vacilla sous le coup. Les deux autres avancèrent.

– T'es malade ou quoi ? Il est malade, ce mec !

Le petit cracha par terre.

– Je vais te casser la gueule. Je vais te démolir, connard !

Les couteaux étaient sortis de leurs gaines. Les hommes ivres montraient les dents, blanches sous la lune. Black Dog leva les mains en signe d'apaisement.

– Excuse-toi ! Excuse-toi, putain de connard de clodo ! On me frappe pas, moi, t'entends ! rugit le gros.

Ses yeux de rat roulaient comme ceux d'un cheval.

– Faut lui donner une leçon ! dit Barbiche. Faut lui donner une bonne leçon, à cet enculé !

Du bruit derrière lui. Léger. Black Dog déglutit.

– Putain, je rêve ! rugit le petit, le chef.

Black Dog sentit la chaleur d'Army contre sa jambe. Il secoua la tête, désolé. Il ne fallait pas sortir de la tente, Army.

– Une gamine, Bud, c'est une gamine, dit Barbiche. Une gamine blanche !

– Tu fais quoi avec cette gamine, hein ? Tu te la tapes, hein, salaud ? grogna Bud, le petit énervé.

– Black Dog ne tape pas les petites filles, non monsieur !

– Black Dog ! Ce putain de monstre s'appelle Black Dog ! hurla Bud comme si c'était très ri-go-lo. Ouah ouah ! Allez, aboie ! Aboie !

Ils se mirent tous les trois à lancer des « ouah ouah ! » de la manière la plus discordante possible.

Cramponnée à la jambe massive de Black Dog, Amy les observait. Son instinct lui dictait de s'enfuir. Courir dans la forêt. Mais il faisait tellement froid. Oh, la LUNE ! Si grosse ! Si blanche ! Elle avait du mal à en détacher le regard. On distinguait presque son visage, à la LUNE, oh, quel dommage que Maman puisse pas la voir. Maman. Encore tout embrouillée de sommeil et un peu nauséeuse, Amy se souvint du bout de papier, mais bien sûr que ça ne servirait à rien de le leur montrer à *eux*.

Elle n'avait pas l'habitude des rapports humains mais elle savait quand Daddy voulait frapper Maman, et ceux-là voulaient frapper Black Dog. Pas du tout aider Amy. Peut-être même qu'ils frapperaient Amy ensuite.

Black Dog en était arrivé à la même conclusion. Les chasseurs étaient ivres. En colère. Les hommes ivres et en colère aimaient faire du mal, avec leurs poings, leurs couteaux et ce qu'il y avait dans leur pantalon. Il avait assisté à plusieurs viols collectifs au cours de sa longue errance. Chaque fois il s'était enfui, le visage caché entre les mains pour ne plus entendre les cris. Barbiche lorgnait du côté d'Army en gloussant.

— J'suis sûr qu'il l'oblige à lui tailler des pipes ! claironna le gros.

— Je fume pas, non monsieur ! protesta Black Dog.

Ils hurlèrent de rire encore une fois, comme des loups.

— C'est un demeuré ! reprit Yeux-de-rat. Un putain de demeuré !

— Hé, le débile, elle te suce, la gamine ?

— Faut lui couper la bite, à ce pervers !

— Ouais ! La lui couper et la lui faire bouffer ! assura Bud en souriant comme un loup.

Les couteaux scintillaient. Amy tira sur le vieux jean de Black Dog. Il fallait partir. Maintenant. Tout de suite. Ces hommes avaient les yeux de Daddy. Les yeux de Daddy quand ça le prenait, quand il serrait les poings et prenait une voix doucereuse et que Maman se recroquevillait sur le matelas. « Pourquoi ce matelas sent-il encore la pisse, hein, Susan ? » disait Daddy. Et Maman fermait les yeux. « Ouvre les yeux, Susan. Tu sais très bien que tu dois garder les yeux ouverts. Tout le temps. » Amy gémit malgré elle, parce que les images dans sa tête la brûlaient. Et Black Dog lui caressa la tête, sans réfléchir, comme il aurait fait à un chien blotti contre lui.

Les trois hommes s'étaient approchés. Trop. Dents brillantes, vif-argent des lames acérées.

Bud frappa la poitrine de Black Dog du plat de la main, juste comme ça, pour l'ébranler, le faire reculer, lui montrer qui était le chef, à ce putain de négro débile.

– On va te donner une leçon, lui annonça-t-il. À toi et à ta petite pute.

Amy ne savait pas ce qu'était une PUTE mais ça n'avait pas l'air bien, prononcé de cette façon, la bouche pleine de salive et le regard trouble. Le regard de Daddy. Le regard qui donnait des tremblements convulsifs. Et le couteau…

Dans la chambre-prison il n'y avait rien pour se défendre, mais ici… Un morceau de branche ? La gamelle en fer ?

La pioche brillante contre le brasero.

Vite, vite, petite souris ! Elle se baissa pendant que les hommes s'affrontaient du regard, la ramassa et glissa le manche dans la grande main de Black Dog. Ce serait l'arme de son CHEVALIER. « Allez, l'implora-t-elle en silence, allez, bats-toi ! »

Black Dog sentit l'acier glacé entre ses doigts. La pioche. Army avait trouvé la pioche. Les trois chasseurs semblaient danser à présent, danser en marmonnant des imprécations, comme les Indiens sur le sentier de la guerre, Black Dog n'allait pas se laisser faire par ces sauvages, non mon commandant, pas question, il n'allait pas les laisser enlever leurs pantalons sur Army, ça non, ils n'ont qu'à retourner d'où ils viennent, oui monsieur, qu'ils partent ! Pfuiit !

Il esquiva le couteau de Bud, le souleva par sa veste matelassée et le projeta au loin. Bud alla s'affaler contre une racine, puis se redressa, fou de rage. Ce n'était plus le moment de plaisanter. C'était le moment de tuer ce nègre. Barbiche cracha dans ses mains et fonça, suivi du gros. Lames pointues, bouches entrouvertes, lèvres rouges, nuit d'étoiles. Odeur de sueur. De whisky et de bière. L'odeur si spéciale du désir de faire mal.

Black Dog la captait, lui aussi. Comme à l'orphelinat, quand les autres pissaient dans son lit ou mettaient des morceaux de verre dans son porridge. C'étaient des souvenirs qui l'énervaient beaucoup, qui le rendaient a-gi-té et parfois un tout petit peu en colère, c'était permis quand c'était né-ce-ssaire, oui monsieur, et il saisit le brasero brûlant à pleines mains et le lança sur Barbiche qui le reçut en plein torse, escarbilles voletant jusqu'à ses yeux, étincelles et cris d'orfraie. Tout en époussetant sa vareuse, Barbiche hurlait « Il est malade, ce taré ! Putain, je vais le tuer ! », et Bud bondit à nouveau, babines retroussées, lame en avant.

Black Dog leva la pioche et l'abattit à la volée sur le crâne de Bud. Bud resta debout quelques secondes, l'air ahuri, la pointe tranchante de la pioche enfoncée dans le crâne, du sang giclant partout sur son visage. Il tenait toujours son grand couteau à lame dentelée à la main et il esquissa un geste vers ses amis, comme pour dire « Non mais, vous voyez ce que m'a fait ce taré de nègre ? ». Puis il tomba à genoux. Il essayait de parler, sans succès. Du sang coulait de sa bouche.

Amy observait le monsieur agenouillé, avec la pioche dans la tête. Du sang coulait partout sur sa figure. Elle se mordit les lèvres. Allait-il être MORT ? Ou bien juste se coucher et renifler longtemps comme Maman ? Dans les livres, quand les gens étaient MORTS ils ne bougeaient plus et montaient au ciel. Elle se représenta tous les morts, assis là-haut sur la lune, qui les regardaient en ce moment, les jambes pendantes dans le vide, riant et mangeant de la pizza. Et si c'était mieux d'être mort ? Si c'était mieux d'être au ciel ?

Le gros monsieur poussait des cris, des cris stridents de trompette. Il avait sorti un téléphone de sa poche et il tapait dessus.

– Ça passe pas, y a pas de réseau ! Carl, faut aller chercher des secours ! Carl !

Carl, c'était celui avec une barbiche. Il tapotait son anorak roussi par les flammèches et semblait sur le point de vomir. il murmurait sans relâche « Bud, Bud, ça va, mon vieux ? », ce qui était franchement idiot car on voyait très bien que non, Bud ça n'allait pas. Et puis soudain il tourna les talons et s'enfuit en courant.

Agenouillé avec dix centimètres d'acier dans le cerveau, Bud Reiner était encore vivant et conscient. Il vit son ami partir, l'abandonner. Il tenta de lever une main, une main qui voulait le retenir et lui dire « Ne me laissez pas, je suis votre pote, votre bon vieux Bud », mais Carl courait comme un dératé dans la forêt obscure, la gorge brûlante de remontées acides. Bud hoqueta sans pouvoir bouger. Il entendait Randy. Randy était encore là. Randy, aide-moi.

Randy haletait en répétant « Oh, mon Dieu, y a pas de réseau, oh, mon Dieu ». Son regard affolé se posait alternativement sur Black Dog, debout, massif, inerte, sur Bud en train de mourir, secoué de frissons, et sur le trou dans les haies par où avait filé Carl.

– Je vais chercher de l'aide, Bud, bouge pas, finit-il par dire d'une voix aiguë, trop aiguë. Je vais chercher de l'aide, je reviens, bouge pas, les flics vont lui régler son compte, à ce débile, tu vas voir, ouais, je reviens !

Sa phrase se perdit dans un sanglot. Il s'éloigna en courant sans cesser de tapoter son clavier et de marmonner « Oh, mon Dieu ».

Il n'y avait plus qu'eux dans la clairière, à présent. Black Dog, Amy et Bud. Et le petit cadavre du lapin. Amy le toucha du bout du pied. Il était tout raide. Carl la Barbiche avait laissé tomber son couteau. Amy le ramassa et le serra contre son torse.

Black Dog ne bougeait pas. Il contemplait l'homme agonisant. Il n'avait pas voulu lui fendre le crâne en deux, non monsieur, et maintenant est-ce qu'il allait être puni ? Est-ce qu'on allait le mettre en prison et emmener Army dans une ins-ti-tu-tion ?

Bud cligna des yeux. Randy était parti. La lune presque pleine. Les étoiles. Brillantes. Floues. Il ne sentait pas le métal dans son cerveau. Il ne sentait plus rien. Sa poitrine se soulevait par à-coups et il émettait un bruit bizarre. Un râle. La petite fille l'observait. Elle avait un regard noir, vide. Un regard comme un puits. Le puits dans lequel il se sentait aspiré. Ses pensées s'effilochaient. Le géant noir n'esquissait pas un geste. La forêt se taisait. Il vit ses propres mains devant lui, tendues comme dans une prière. Priait-il ? Il bascula en arrière sans avoir eu la réponse.

Black Dog soupira. L'homme était mort, ça c'était sûr. Il se pencha, passa la main devant les yeux grands ouverts. Amy l'imita. Les yeux ne bougèrent pas. Ils étaient fixés sur le ciel. Curieuse, elle tira sur un cil, pour voir.

— Tss, tss, fit Black Dog.

Amy retira sa main sans cesser d'observer Bud. Quand est-ce que son âme allait sortir de sa bouche et s'envoler ? Normalement, ça faisait une petite lumière blanche ou jaune, comme une ampoule, et hop ! ça flottait vers les étoiles. Mais rien ne s'échappait de ces lèvres barbouillées de sang. Black Dog faisait de la buée, elle aussi, mais lui non. Les morts ne respiraient pas. Et celui-ci n'avait pas d'âme.

— Faut partir, laissa tomber Black Dog en commençant à rassembler ses affaires. Vite, Army, faut se dépêcher.

Indécise, Amy se dandinait d'un pied sur l'autre. Elle avait envie de faire pipi, et puis partir où ? Black Dog pliait la tente, démontait le brasero, fourrait ses affaires dans un grand sac. Amy claquait des dents. Elle récupéra la couverture, s'en enveloppa, puis se mit à ramasser des menus objets et à les tendre à Black Dog, qui la remerciait gravement chaque fois, sans cesser de marmonner entre ses dents. « Partir. Vite. Pas fait exprès. Pas ma faute, non monsieur. »

Black Dog bourrait son grand sac de marin, cadeau d'un pote à Vicious, un très-très malade. « On peut rien emporter là où j'vais, mon vieux. Tiens, j'te l'donne. » Rien emporter. Black Dog frissonna rien que d'y penser. Se séparer de tous ses trésors ? Les vieux clous, les boutons, les gobelets, la gamelle, la paire de chaussettes trouées encore bonne ? Il tapota ses poches remplies des bijoux et des breloques volés. Ses amulettes. Amy lui passa un carton plié en quatre et un rouleau de fil de nylon. Le sac de marin était plein. Il entreprit de fourrer le reste – vêtements, chiffons, une paire de tennis, biscuits, canettes de soda, menus objets glanés çà et là, le portefeuille écorné de Vicious avec la photo qu'ils avaient prise au Photomaton de la gare, pas penser à ça maintenant, non, pas penser – dans son sac à dos usé jusqu'à la corde, finit de rouler la tente, l'accrocha sur le dessus, puis garnit le fond du chariot avec ce qui restait de détritus et fit signe à Army d'y entrer. Elle obéit sans rechigner.

À cause de ce stupide mort, son bon campement était foutu. Il contempla le rond d'herbe au milieu de la neige, les débris de bois calciné. Foutu. Où aller à présent ? Marcher. S'enfoncer dans le parc. Attendre que ça passe. Gagner les montagnes. Prudent et rusé comme un Sioux, oui mon commandant, en avant, marche !

Wayne Moore entendit son bipeur grésiller. En pleine réunion du Comité de charité. Il s'écarta. La voix nasillarde de Cynthia.

– J'ai un problème.

– Explique.

– Un type qui prétend avoir été témoin d'un meurtre.

– Quand ? Où ? Qui ?

– Il y a un quart d'heure, dans le parc. Au fond des bois. Il dit qu'un ami à lui, un nommé Bud Reiner, a été agressé par un grand Noir.

Wayne se pinça l'arête du nez.

– Comment s'appelle ton témoin ? Il est saoul ?

– Un peu. Il a refusé l'alcootest. Il est sorti du parc en courant et il est tombé sur... C'est quoi votre nom, déjà ?

Une voix dit :

– Limonta. Vince Limonta.

– Il a dit à M. Limonta qu'on venait d'agresser un de ses amis à coups de pioche, alors...

– Alors je suis reparti avec lui tout en appelant le 911, dit soudain une voix masculine, celle du nommé Limonta. Mais il n'y avait pas de réseau. On s'enfonçait dans la neige, il était affolé, ne retrouvait pas l'endroit. J'ai enfin réussi à contacter votre adjointe.

– Le nom du témoin, c'est Randy, Randy Saroyan, reprit Cynthia.

Wayne fit défiler son répertoire mental à toute allure. Saroyan. Chauffeur routier. Il l'avait déjà verbalisé pour des délits mineurs.

– Tu as prévenu le shérif ?

– Pas encore. Je t'ai appelé en premier.

– Et les secours ?

– J'ai demandé une ambulance. Mais je fais quoi quand elle arrive ?

– Vous filez sur les lieux du crime.

– Mais c'est dans les bois, Wayne !

– Calme-toi. Ils ont l'habitude, ils vont prendre le half-track. Vous êtes où, là ?

– Près de la patinoire.

– Entrée F, sentier des Blaireaux, précisa Limonta.

– Je vous rejoins dans cinq minutes. Reste branchée et préviens le bureau du shérif. Tout de suite.

Wayne s'excusa rapidement auprès de Laura Atkins, grimpa dans son pick-up et alluma aussitôt la CB. L'ambulance venait d'arriver. Cynthia avait la clé du poste de garde où se trouvait l'engin de secours tout-terrain. Ils allaient emprunter le sentier des Blaireaux, celui qu'avaient suivi Saroyan et ses amis avant de bifurquer dans les taillis. La victime présumée se nommait Bud Reiner. Un troisième larron, un certain Carl Larochette, avait disparu dans la nature. Et l'assassin, celui qui maniait la pioche, s'était présenté sous le nom de Black Dog.

Wayne n'aurait jamais cru le vieux capable de faire un truc pareil. Ces mecs avaient dû l'asticoter. Le provoquer. Mais ça ne changerait pas grand-chose pour lui, surtout si Bud Reiner était mort.

Il se gara près du poste et courut détacher Bolt.

Le cheval piaffa, surpris par cette intrusion nocturne. Il était jeune et il aimait sortir. Il frotta son museau contre l'épaule de son maître. Wayne nota que le box de Rollo était vide. Cynthia avait bien réagi. Il sauta en selle tout en appelant sa femme pour la prévenir, bien que Melinda ne soit pas du genre à s'inquiéter outre mesure. Elle était habituée à ses absences. Habituée ou indifférente ? Elle se montrait toujours affable, courtoise, lisse. Comme avec ses clients du cabinet médical. Un masque souriant et aimable qui ne se couvrait de sueur et d'émotion que dans son jardin, lorsqu'elle tripotait ses parterres de fleurs. Melinda aimait plus le jardinage que le sexe. Peut-être parce qu'elle ne pouvait pas avoir d'enfants… Mais non, puisque Laura Atkins, qui était dans le même cas…

Une demi-heure plus tard, après avoir remonté à cheval le sentier puis les traces hors piste de l'auto-chenille du poste de garde, Wayne arriva dans la clairière.

Un homme était étendu dans la neige piétinée. Il n'eut besoin que d'un coup d'œil pour savoir qu'il était bel et bien mort. Les blouses blanches remballaient leur matériel de secours. Il reconnut Saroyan, assis sur une souche, une flaque de vomi à ses pieds. Il se tenait la tête à deux mains. Un type très brun était adossé à un arbre et fumait. Le nommé Limonta, sans doute. Cynthia semblait nerveuse. Elle inspectait les environs avec sa torche en faisant un boucan du diable.

— Arrête ! lui ordonna-t-il. Tu vas bousiller tous les indices.

— Quels indices ? On sait ce qui s'est passé ! Il est peut-être encore dans le coin.

— Même s'il est demeuré, il n'est pas assez con pour

attendre sagement qu'on arrive, répliqua-t-il tout en considérant les lieux d'un air morne. Ne touche à rien en attendant Friedman.

Sale truc. Dans *son* parc. À l'évidence, Bud Reiner était venu braconner avec ses potes, ils étaient tombés sur Black Dog, ça avait mal tourné. Un drame stupide. Et en plus le shérif Friedman allait leur reprocher de ne pas sécuriser suffisamment les lieux, comme s'ils avaient une brigade entière à poster en embuscade pour choper les ados en chaleur et les cinglés de tout poil qui déambulaient dans le parc la nuit…

— Vos trois gus sont arrivés par là, dit soudain Limonta en montrant une haie saccagée.

Il se détacha de l'arbre, examinant les traces au sol.

— Ils se sont avancés vers la tente… (Il désigna un piquet encore enfoncé dans le sol.) Il y a eu une bagarre, le brasero a volé. Regardez les morceaux de bois, il y en a partout.

Wayne considéra le gars avec plus d'attention. Il portait un blouson estampillé « NYPD ». Encore un de ces aficionados de séries télévisées toujours prêts à vous casser les burnes en se prenant pour des spécialistes.

— Écartez-vous de la scène de crime, monsieur.

Le type se baissait, ramassait un couteau dentelé en le tenant du bout de ses gants.

— Pas très amical, comme lame. Ça doit faire pas mal de dégâts.

— Je vous ai dit de ne toucher à rien !

— Excusez-moi. L'habitude…

L'habitude ? Wayne renifla. Celui-là aussi sentait l'alcool. Une ville entière de poivrots !

— Ce Black Dog doit être très grand, reprit Limonta. Vu l'angle de frappe… Près de deux mètres, je dirais.

Bien vu.

Le vrombissement du quad tout-terrain du service d'intervention s'amplifiait. Si seulement il pouvait retrouver le vieux clochard avant les gars du shérif... Le convaincre de se rendre, plutôt que de se faire abattre comme un chevreuil. Oui, personne ne serait tendre avec ce vieux fou.

Il fallait également mettre la main sur le troisième homme, Carl Larochette. Inutile de perdre son temps ici. Wayne dit à Cynthia de se mettre au service de l'adjoint et s'approcha de Bolt.

– Merde ! lâcha soudain Limonta.

Penché sur les traces de pas, prenant garde à se tenir assez loin pour ne rien abîmer, il avait l'air d'avoir reçu un coup de poing.

– Je vous ai dit de vous écarter ! gueula Wayne, excédé.

Comme s'il ne l'avait pas entendu, l'homme se dirigea vers Saroyan et le secoua avec rudesse.

– Pourquoi tu ne nous as pas dit qu'il y avait un enfant ?

Wayne s'immobilisa, une main sur les rênes. Un enfant ?

Saroyan leva un visage bouffi et rougi.

– Qu'est-ce que ça peut foutre ? Il a tué Bud, bordel ! Faut le retrouver et l'abattre !

– Limonta ! Ne vous approchez pas du témoin ! ordonna Wayne.

Vince obtempéra. Épaules voûtées, clope à demi consumée au coin des lèvres. Barbe naissante. Sale goût dans la bouche.

– De quel enfant parlez-vous ? lui demanda Wayne sèchement en le rejoignant.

– De celui qui a laissé ces petites empreintes. Là et là.

Il avait raison. On avait piétiné la neige et les traces

132

s'emmêlaient mais restaient distinctes. Quatre adultes. Un gosse.

– Vous n'avez pas regardé ? reprit Limonta.

– Cette enquête est de la compétence du shérif. Je ne suis qu'un simple ranger. Un garde champêtre, en quelque sorte.

– Ouais, mais vous avez quand même des yeux. Il y avait un enfant. Une enfant, pour être plus précis.

– Ah ! Vos dons s'étendent jusque-là…

– Un ami à moi a aperçu un grand SDF noir et une petite fille blanche ce soir près de la patinoire. Et nous avons ici le campement d'un grand SDF noir et des empreintes d'enfant. Pas besoin d'être un médium ou un clown de mentaliste. Vous devez les retrouver, sergent Moore. Vite !

Le type avait raison. Wayne voyait nettement à présent les petites empreintes à côté des traces profondes laissées par les quatre hommes. Black Dog était en fuite avec un enfant. L'enfant de qui ? Pourquoi ? Trois coups de klaxon. Il sauta en selle.

– Vous êtes flic, c'est ça ? lança-t-il en retenant l'alezan.

– Plus maintenant.

– Vous m'expliquerez !

Il éperonna le cheval, ne tenant aucun compte des protestations indignées de Cynthia. Les branches givrées craquaient sur son passage, les sabots du cheval s'enfonçaient dans la fine couche de poudreuse, ça sentait la résine et le mouillé. Il chaussa ses lunettes de vision nocturne et étudia les pistes possibles. Limonta l'avait humilié, il voulait montrer de quoi il était capable. Black Dog vivait dans la forêt depuis des années, il allait veiller à effacer ses traces. À lui, Wayne, de repérer ce travail de camouflage. Il avait assez braconné lui-même pendant son adolescence pour connaître toutes les ruses. Dans le silence sépulcral, la puissante respiration du cheval prenait les proportions d'une locomotive à vapeur. Il distingua des traces de petites roues sur le bas-côté. Un chariot ? Une branche cassée sur la gauche. Des empreintes de renard qui stoppaient brusquement. Hum...

Il poussa Bolt sous le couvert des érables, la main sur la crosse de sa carabine. Si Black Dog avait pété les plombs, il risquait de se révéler très dangereux. Après le décès de ses parents dans un accident d'avion, Wayne avait passé son enfance dans la réserve d'Oil Spring chez son oncle Jake, un homme brutal, fruste et rusé. C'était Jake qui lui avait appris à chasser et toutes ces fadaises sur les traditions et l'histoire de leur peuple. Un peuple de quinze personnes dans une réserve de 2,6 km². Pitoyable. Le conseil de la tribu Seneca[1] gérait la réserve, de loin. Mais Jake était un excellent chasseur. Et Wayne aussi. Il trouverait Black Dog.

Bolt ralentit soudain, secoua sa crinière brune. La rivière. Elle cascadait devant eux, argentée. Black Dog avait-il pu passer la rivière avec la petite fille ? Il y avait un gué pas très loin, les gamins s'amusaient à le franchir en courant de pierre en pierre, essayant de ne pas glisser dans l'eau glaciale même en plein été. Mais avec les dernières pluies le gué était quasi noyé. Il fallait se mouiller jusqu'en haut des cuisses. Si Black Dog avait traversé, les chiens perdraient sa piste. D'autant que ce n'étaient pas des aigles, hein, les chiens du shérif Friedman !

1. Les Senecas sont une des six nations de la Ligue iroquoise (*NdE*).

Ce type avait la folie des grandeurs. Il avait déjà créé une BIS, une brigade d'intervention spéciale, et une brigade canine, la K9, en plus de la patrouille équestre. Dans une ville de moins de 5 000 habitants. La brigade d'intervention spéciale avait toute compétence pour intervenir en cas de prise d'otages, barricade, tir de sniper, arrestation à haut risque, protection personnelle, incident critique, etc. Le journal publiait régulièrement des photos des recrues en train de s'entraîner. Officier Kepler et officier Wallace en treillis, sautant à pieds joints par-dessus une corde rouge. Rampant dans la boue sous les aboiements énergiques de la toute nouvelle K9. Deux bergers allemands sous la responsabilité de Suzannah Diggerman. Suzannah s'y connaissait en chiens, elle avait travaillé vingt ans comme assistante vétérinaire. Les chiens, eux, étaient très contents de servir la loi et l'ordre et de gambader dans la forêt avec un joli foulard bleu autour du cou pour traquer les dealers en herbe ou participer aux recherches de jeunes fugueurs.

Wayne hésita à traverser. Bolt n'aimait pas l'eau tourbillonnante. Black Dog avait-il franchi l'obstacle, au risque de se mouiller par une nuit glaciale ? Comment savoir ce qui pouvait lui passer par la tête ? Wayne prit soudain conscience que la présence d'une enfant allait tout compliquer. Enlèvement. Prise d'otage. Intervention de la brigade d'intervention spéciale. Qui était cette gosse ? Ses parents se trouvaient-ils en ce moment même en train de hurler que leur fille avait disparu, comme d'autres familles quinze ans plus tôt ? Hum…

Il poussa le cheval le long de la berge, les yeux rivés au sol, irrité, à cran. Il n'avait pas envie que tout ça tourne à la catastrophe.

Vince regardait les hommes du shérif délimiter le périmètre, lancer des ordres aux gars du service médical d'urgence en attendant l'arrivée du médecin légiste et des techniciens de scène de crime. Deux gars en treillis avaient déboulé d'un quad, écusson doré « BIS » brodé sur la poitrine, et s'étaient mis à régenter tout le monde. Randy Saroyan restait hébété dans son coin, grelottant sous une couverture de survie. L'autre ranger, l'agent Cynthia Dupree, ne cessait de tourner autour des deux policiers. Vince alluma une cigarette, se passa une main sur le visage. Putain de froid ! Putain de soirée ! Saroyan lui était tombé dessus, hagard, livide, alors qu'il remontait rapidement le parc pour regagner le havre de sa piaule, tourneboulé par le malaise du père Roland. Le gars lui avait déballé son histoire en postillonnant, essoufflé, affolé, et le flic en Vince s'était senti obligé d'intervenir. Mais à présent il ne s'agissait plus d'une simple bagarre ayant mal tourné. Le meurtrier s'était enfui avec une gosse. Le signalement concordait trop avec ce que lui avait raconté Snake.T pour qu'il puisse s'agir d'une coïncidence. Un clochard noir. Une petite fille blanche. Un clochard capable de donner la mort. Venait-on, par le plus grand des hasards, de débusquer l'assassin jamais arrêté des petites filles ? Avait-il toujours été là, à la fois aussi visible que le nez au milieu de la figure et aussi invisible qu'un intouchable, en lisière, en marge ? L'anormal marginal.

Nouveau vrombissement. Un officier, tenue réglementaire d'hiver, sauta d'un quad et attendit quasiment au garde-à-vous qu'un autre homme descende plus lentement, engoncé dans un épais blouson beige, Stetson enfoncé sur la tête. Le shérif et son fidèle second. En deux secondes ils eurent mis tout le monde au pas. Ils interrogèrent rudement Cynthia Dupree, qui semblait au bord des larmes, puis Saroyan, qui répétait tout le temps la même chose. Enfin, l'officier en tenue parut s'aviser de la présence de Vince et se précipita vers lui.

– Identité ? aboya-t-il.

Vince lui tendit ses papiers. L'homme les examina brièvement. Il était grand, bien bâti, avait l'œil limpide et la mâchoire carrée. Aucun cheveu ne dépassait de sa casquette à oreillettes.

– Qu'est-ce que vous foutiez près de l'entrée F ?

Voix claire, limite tonitruante. Le genre de type qui parle haut et fort, jamais gêné qu'on l'entende. Un badge épinglé à sa poche de poitrine indiquait « Officier Patterson ».

Vince s'expliqua une fois de plus. Il avait la bouche sèche et les pieds gelés. Il regrettait amèrement d'avoir pris le temps d'écouter Saroyan au lieu de le planter là. Il en avait pour la nuit, à présent. Mais aurait-il pu rentrer sans attendre de savoir ce qui allait se passer ? L'officier Patterson lui décochait des regards soupçonneux, genre : était-il un complice du suspect en fuite ?

– D'après le rapport de l'agent Dupree, vous avez bu !

– J'étais à pied, officier, je ne risquais pas de causer un accident.

– L'ivresse sur la voie publique n'est pas tolérée ici, monsieur.

– Mettez-moi une amende, puisque apparemment vous n'avez rien de mieux à faire, aucune urgence à régler…

– Je n'aime pas votre attitude, monsieur.

Vince ferma les yeux une demi-seconde. Bleds pourris de comtés pourris, avec tous ces roitelets ivres de pouvoir ! Ils auraient vite été broyés dans l'engrenage corrosif de New York, redevenus des pions minuscules renversés et projetés en tous sens par la puissance de la ville, sa violence latente, son perpétuel grondement quasi animal. Mais là ils pouvaient se la jouer et se croire importants.

– Laisse tomber, Patterson. Monsieur a toujours eu une grande gueule.

Vince se redressa. Le shérif Ben Friedman le toisait du haut de son mètre quatre-vingt-dix. Ses cheveux blonds grisonnaient un peu mais il avait gardé un air juvénile grâce à son nez en trompette. Vince porta deux doigts à sa tempe.

– Salut, Friedman. Alors, c'est toi le patron, maintenant ?

– Exact. On essaie de mener tout ça avec un peu plus de rigueur que ce pauvre vieux Blankett. Les temps ont changé, pas vrai, Limonta ? La preuve, t'as été viré de la police…

Une simple constatation, sans animosité particulière. Vince vit l'officier Patterson tiquer en découvrant à qui il avait eu affaire : un proscrit.

– Ça doit faire mal de se retrouver sans rien, reprit Friedman de son ton tranquille. Mais le pire, c'est sans doute d'avoir tué une innocente.

Il avait toujours parlé comme ça, avec la voix cool de la star de l'équipe de base-ball, prêt à vous signer un autographe, là tout de suite. Difficile de se mettre en colère contre un type qui vous disait tranquillement que vous étiez un raté. Un exclu. Un paria, comme ce clochard noir qui avait enlevé une gamine. Un assassin. Ça faisait quoi, d'avoir pris une vie sans raison ? Ça faisait vomir.

– Où est le ranger Moore ? demanda soudain Friedman en tournant les talons sans attendre de réponse de Vince.

Cynthia marmonna qu'il était parti sur les traces du suspect.

– C'est pas son job. Rappelez-le illico. Le BIS est en charge de l'affaire, pigé ? S'il arrive quoi que ce soit à la gosse, je veillerai à ce que M. Moore rejoigne M. Limonta au club de l'aide sociale.

Vince eut presque envie de sourire en entendant ce bon vieux Benny-j'suis-l'meilleur faire son numéro. Vince avait joué les gros bras, lui aussi, les durs de durs, les patrons, les tyrans. Et maintenant ? Maintenant, on était à deux jours de Noël et, une fois de plus, une petite fille avait disparu.

7

Moore n'avait pu ignorer les bips stridents plus de dix minutes. Sommé de rentrer, tout de suite. La BIS prenait le relais. Laissez-moi rire ! Tout le monde allait patauger dans la neige et Black Dog aurait le temps de filer jusqu'à Buffalo ! Et la gosse ? Était-elle assez couverte pour affronter le froid ? Allait-on la retrouver dans un fossé, aussi raide qu'un chat écrasé ?

De retour sur les lieux du crime, il s'était fait passer un savon par le shérif. Le légiste était arrivé, avait constaté le décès, était reparti. Le service médical avait embarqué le corps, direction la morgue. Tout le monde était frigorifié. Le shérif avait décidé de regagner son bureau et laissé sur place un jeune adjoint, prêt à mourir pour la patrie, enveloppé dans un drapeau de glace. Kepler et Wallace attendaient l'arrivée imminente des forces vives de la K9, du renfort et du matos. L'officier Patterson avait été envoyé patrouiller en voiture dans les rues au cas où… on ne savait pas trop quoi. Une fois au poste de police, un beau bâtiment payé par les contribuables soucieux de l'ordre, Cynthia avait été nommée préposée à la machine à café et un autre jeune adjoint avait laborieusement tapé – pas à cause du clavier, mais en raison de son orthographe défaillante – les déclarations de Saroyan et de Vince, qui avaient eu l'autorisation de rentrer chez eux après qu'on eut enregistré leur déposition.

Tout en remontant la fermeture Éclair de son blouson et en cherchant ses clopes, Vince faisait le point en silence.

Le défunt, Bud Reiner, était connu des services de police. Un trublion plusieurs fois verbalisé pour des peccadilles. Braconnage. Ivresse. Bagarres. À jeun, c'était un brave garçon solide et travailleur, *amen*. Il bossait pour l'entreprise de jardinage de son père. Sa mère, divorcée, était caissière dans un supermarché. Bref, rien qui le prédestinât à se recevoir un coup de pioche dans le crâne. À croire que le destin les distribuait de-ci de-là sur des accents de blues.

À un moment, Vince s'était approché de Ben Friedman occupé à jouer les chefs débordés pour lui demander s'il pensait que le type en fuite, ce Black Dog, aurait pu avoir un rapport avec les meurtres commis une quinzaine d'années auparavant.

« De quoi tu parles, Limonta ?

– Des meurtres du Noyeur. Susan Lawson, Debbie Eastman et les autres.

– Oh, ça ! Le serpent de mer d'Ennatown ! Tu crois que c'est le moment de rouvrir le dossier ? On n'a rien d'autre à faire ce soir ?

– On ne peut pas ignorer le fait que ton suspect est en fuite avec une petite fille. Et que la ville en a déjà perdu cinq. Même si c'était il y a quinze ans. »

Friedman avait soupiré en remontant son ceinturon.

« Il faut toujours que tu te mêles de tout, hein ? T'as

jamais su rester à ta place. Je ne me souviens pas que Douglas Forrest ait jamais été suspecté. Mais on va vérifier. Quand on aura le temps. Tu devrais rentrer te pieuter, Limonta, t'as une tête à faire peur, avait-il calmement ajouté. Laisse donc bosser les pros. »

Laura Atkins était fin saoule. Délicieusement et irréversiblement saoule. Allongée sur le canapé blanc, elle écoutait chanter Charlie Winston en essayant de ne penser à rien, ce qui était plus facile, vraiment plus facile, fastoche même, quand on était bourré. « *Like a hobo from a broken home, nothing's gonna stop me.* »

— Tu peux baisser le son ? fit la voix aigre de son mari. Tu nous casses les oreilles.

Laura chercha vaguement la télécommande de la chaîne hi-fi. Par terre, sans doute. Pas envie de bouger. N'avait qu'à la chercher lui-même.

— Laura, bon Dieu ! Les voisins vont finir par appeler les flics !

Ridicule. Les voisins étaient eux-mêmes à la fête une demi-heure plus tôt, et puis Charlie Winston, parlez d'un tapage nocturne... Elle aurait dû mettre Eminem. Eminem, c'était bien aussi quand on avait envie de lancer quelque chose à la tête de son mari. Époux. Maître. On ne disait plus « maître », on disait « partenaire ». La sémantique du couple. Mascarade !

— Tu m'entends ? gronda Bob. Tu as encore trop bu !

Sonnerie du téléphone. Stupide musiquette de l'hymne national, choix du Partenaire.

— Tu vois ? Je t'ai dit que c'était trop fort, bordel ! Allô ?... Oui... Merde ! Quand ?

« Quand ? » : donc pas les voisins. Le père Roland ? Il était mort ?

– J'espère qu'ils vont le choper vite fait…

« Choper » quelqu'un : donc pas le père Roland. Alors, de quoi s'agissait-il ?

– OK OK, merci d'avoir appelé.

Laura renversa un peu de vodka en essayant de se redresser.

– Bud Reiner a été assassiné, lâcha Bob.

Le beau et bête garçon qui était venu élaguer leurs arbres le printemps précédent ? Laura lui avait offert une bière. Et son corps. Debout dans la remise.

– Assassiné par qui ? parvint-elle à demander.

– Par ce taré de clochard noir que tu as laissé entrer ici il y a quinze jours !

– Je lui ai juste proposé une tasse de thé ! Il était en train de chaparder du linge dans le jardin de Kate et je me suis dit qu'il devait avoir soif…

– Tu es complètement à la masse, Laura ! Eh bien, il a tué Bud Reiner à coups de pioche !

Le SDF noir ? Il avait l'air si doux. Il avait volé son collier avec les breloques, elle s'en était aperçue après son départ. Et non, elle n'avait pas couché avec lui, il sentait trop mauvais. Et puis il avait cet air buté, comme les enfants quand ils ne comprennent pas ce qui se passe autour d'eux.

– Il a le QI d'un môme, dit-elle. Et il n'est pas agressif pour un sou.

– Ah ouais ? Fracasser le crâne de Bud Reiner à coups de pioche, c'était amical, peut-être ? Quelle conne tu fais, parfois !

Merci pour la conne, Partenaire.

– Qui t'a prévenu ? voulut-elle savoir.

– Diggerman.

Pompes funèbres Diggerman. À votre service depuis 1954. De père en fils, comme leurs clients. Laura pouffa.

– Ça te fait rire ? T'es malade ?

– Pourquoi Digger t'a-t-il appelé, toi ?

– Parce qu'il vient de recevoir le corps, pour l'entreposer à la morgue. Parce que Digger est mon partenaire de golf, si tu te souviens. Ce qu'on appelle un bon camarade.

Camarade. Bud Reiner n'était pas un bon camarade et il était mort. Tous ces muscles lisses et bronzés, morts. Un beau mec, mais pas très attachant. Trop con. Laura n'avait jamais voulu le revoir. D'ailleurs, elle ne les revoyait presque jamais.

– Je vais me coucher ! lança Partenaire Bob. Je suis crevé et j'ai du boulot demain.

Sous-entendu : « Pas comme toi, feignasse. Bonne à rien. Branleuse. » Si tu savais… Pas rire, pas rire, Bud Reiner est mort. Avait-elle encore des pastilles de menthe ? Pas question d'asphyxier ses lecteurs avec des relents aigres de vodka. Elle se retourna sur le canapé, s'endormit avec la voix apaisante de Charlie Winston, bavochant sur les beaux coussins blancs, le verre renversé à ses pieds.

Nothing's gonna stop me.

Il ne me reste sans doute que quelques heures.

J'ai vomi du sang. Je ne peux plus bouger.

Sa fureur ! Oh, Dieu, sa fureur !

Il m'a frappée, frappée.

Plus de dents. Nez et mâchoire brisés, côtes cassées. Douleur dans les poumons à chaque inspiration.

Quelques heures… Oh Amy mon ange ma vie oh Amy trouve quelqu'un s'il te plaît ma chérie dépêche-toi maman n'en a vraiment plus pour longtemps.

Je voudrais te revoir encore une fois.
Ma petite fille à moi.

Eddie Schultz revenait du supermarché en sifflotant *I Will Survive*, version Gloria Gaynor. Peu de gens savaient que cette chanson si célèbre était en fait inspirée de la musique d'un film français, *Dernier Domicile connu*[1] – une fugue de Bach retravaillée. Mais Eddie était un monsieur curieux et cultivé. Et simple. Il avait acheté une cuisse de dinde et un pack de bière qu'il comptait siroter en regardant la retransmission du show de lingerie Victoria's Secret. Âgé de 82 ans, il était veuf depuis cinq ans et s'en accommodait comme il pouvait, se réservant des petits plaisirs tranquilles.

Daddy remonta du sous-sol. Il grinçait des dents et ses yeux allaient et venaient de droite à gauche à toute vitesse. Nystagmus d'anxiété. Il allait avoir une crise. Il avait une crise. Sa femme n'était pas là, heureusement. Besoin d'air frais. Il sortit en courant, s'arrêta, haletant, sur la pelouse bien taillée.

La salope. La salope ! Comment avait-elle pu ! Treize ans qu'il s'occupait d'elle, qu'il la nourrissait, qu'il lui faisait partager sa puissance sexuelle, et cette salope…

Il aurait dû supprimer le bébé à la naissance, lui écraser la tête contre le mur en ciment, ou par terre, d'un coup de talon, jeter le corps à la poubelle avec les autres déchets. Il avait été trop bon.

Où était-elle à présent ? Où était cette vipère de

1. Réalisation de José Giovanni, musique de François de Roubaix.

gosse ? C'était forcément elle que Black Dog avait enlevée. Putain d'enculé de Black cinglé ! Il pouvait l'avoir emmenée n'importe où ! Il se trimballait avec une bombe, une bombe prête à sauter sous son cul à lui !

Eddie Schultz achevait de se garer avec précaution dans l'allée adjacente. Il salua gaiement Daddy en agitant ses clés, avant de changer d'expression.

– Ça ne va pas, mon vieux ? Vous ne vous sentez pas bien ?

Daddy grimaça. Il avait l'impression que ses yeux allaient jaillir de ses orbites, une douleur intense au plexus, mais il ne pouvait pas se permettre d'avoir l'air en colère, en fureur, au bord de l'implosion, STOP ! Il inspira à fond et assura ce gros con de Schultz que tout allait bien.

Mais Schultz, dans son élan de sollicitude, s'était approché trop près et, grâce à ses nouvelles lunettes à verres progressifs, il distinguait nettement les gouttelettes de sang sur la chemise bien repassée.

– Vous vous êtes blessé ?

– Non, articula Daddy. Non, ce n'est rien.

– Vous êtes sûr que vous ne voulez pas appeler un médecin ? Votre épouse n'est pas là ?

– Non, grogna Daddy, dont le cerveau reptilien reprenait lentement le contrôle et évaluait froidement sa proie.

Casse-toi, Schultz, casse-toi, vite.

Il vit le regard de son voisin aller de sa chemise à la porte entrouverte. Cet imbécile ne croyait tout de même pas qu'il avait zigouillé sa femme ?

Daddy maintenant se sentait tout mou et il était en

sueur. Le contrecoup de son explosion de rage. Ses genoux vacillaient.

– Il faut que je m'assoie, grommela-t-il.

Schultz le suivit, embarrassé. Ce vieux crétin était toujours disposé à se montrer serviable, histoire d'avoir de la compagnie quelques instants. Il l'entendait souvent jacasser avec sa femme, par-dessus la haie. Elle ne l'invitait jamais à entrer parce qu'elle savait que son mari avait horreur que des étrangers mettent un pied dans la maison. À l'époque, Daddy avait dû ramener Susan inanimée dans un grand sac de sport et à la tombée de la nuit, au cas où les Schultz l'apercevraient – la vieille était encore en vie et aussi aimablement casse-couilles que son mari.

Daddy ouvrit le robinet de la cuisine et fit couler l'eau froide sur ses poignets, ce qui le calma. Il se sentait bien mieux.

Il se retourna et vit Schultz, toujours debout, qui observait le sol. Daddy suivit son regard. Nom de Dieu ! Les gouttes formaient une ligne irrégulière qui menait à la porte du sous-sol. Incrédule, il contemplait sa première erreur. Si sa femme avait été présente…

C'était la première fois qu'il se montrait négligent. L'évasion d'Amy l'avait mis hors de lui. Il avait quasiment perdu les pédales. Et Schultz…

Schultz avait vu. Il oublierait… Ou pas.

Schultz avait peut-être bien besoin de se reposer dans une pièce sombre et fraîche. De se reposer long-temps. Toujours.

– Un café ? demanda Daddy.

– Non merci, dit Schultz, je dois y aller.

Il ramassa son sac de provisions et se dirigea vers la porte, lui tournant le dos.

Mauvaise pioche.

147

La lame du couteau à viande lancé d'une main sûre s'enfonça dans sa nuque et il bascula en avant. Daddy fut sur lui en une enjambée. Il se pencha pour l'égorger posément, de gauche à droite, comme un daim. Les jambes de Schultz tressaillaient et il gargouillait, mais bon, ça ne dura que quelques secondes.

Daddy consulta sa montre. Il avait quinze minutes. Il se rendit au garage, y prit une bâche, enveloppa dedans le corps grassouillet, descendit au sous-sol, manœuvra la fausse cloison, pianota sur le digicode et poussa Schultz dans un coin. De la compagnie pour Susan, qui l'aiderait à méditer sur l'avenir.

Il referma soigneusement, puis entreprit de nettoyer. Sa femme était méticuleuse. Il prit une bonne inspiration et s'entailla la main : ça expliquerait le sang. Il ôta sa chemise, la porta à l'incinérateur à déchets, ainsi que les torchons dont il s'était servi pour nettoyer, et mit l'appareil en marche avant d'enfiler une chemise propre.

Sa femme poussa la porte et le trouva en train de passer sa veste.

– Tu ressors ?

– Oui. Tu as besoin de quelque chose ?

– Non, j'avais pensé qu'on pourrait regarder un film…

Elle montrait un DVD, *Trop jeune pour elle*, avec Michelle Pfeiffer.

– Pas ce soir, désolé. Regarde-le, toi. De toute façon, tu sais, moi, les films sentimentaux…

Elle soupira.

– Tu t'es blessé ?

– C'est rien, une coupure. À tout à l'heure.

Elle hocha la tête et alluma la télé tout en se préparant un thé. Encore une fois toute seule dans cette grande maison.

Et à mille lieues d'imaginer ce que recélait son sous-sol.

Daddy démarra en douceur. Il en avait marre de Susan et d'Amy. Fini. Elles avaient fait leur temps. Il lui fallait une nouvelle fiancée, jeune, fraîche. Docile. Une qui comprendrait son amour et saurait le lui rendre.

Il fit craquer ses doigts, puis sa nuque. Retrouver Amy et s'en débarrasser. Lentement. Et douloureusement. Parce qu'il était le maître.

Il a tué quelqu'un. Il a tué quelqu'un d'autre que moi. La première personne que je vois depuis tout ce temps, et c'est un cadavre. Un homme. Vieux. Je distingue son visage sous le plastique, sa bouche ouverte, le sang. Qui est ce monsieur ? Pourquoi l'avoir tué ? Quelqu'un a-t-il deviné quelque chose ? Pourvu que ce ne soit pas la personne qu'Amy aura réussi à prévenir. Pourvu que ce soit juste une coïncidence. Laissez-moi encore un peu d'espoir pour ma petite fille, pour ma petite Amy, elle n'a que 5 ans, s'il vous plaît.

Black Dog courait. Les jambes de son pantalon, trempées, le tissu craquelé de gel, collaient désagréablement à sa peau. La neige fraîche s'était insinuée en paquets dans ses godillots. Il jetait des regards affolés par-dessus son épaule, redoutant d'entendre les aboiements des chiens. Les chiens, c'était pas toujours sympa. Des fois ça vous léchait les mains en vous souriant de toutes leurs babines et puis des fois ça grognait et montrait les crocs. Ouais, les chiens c'était pas trop fiable, sauf ce bon vieux Scooby-Doo, son préféré des chiens de films, parce qu'il était grand et gros et qu'il aimait les hamburgers autant que Black Dog.

Si les flics le trouvaient, est-ce qu'ils lui tireraient dessus ? Y a des chances, mon commandant. Les flics, c'était comme les chiens. Pas trop fiables.

Et est-ce qu'ils tireraient sur Army ? La police ne tirait pas sur les petites filles, voyons ! Personne ne doit faire de mal aux petites filles. Mais ça, c'était pas toujours vrai. C'était pas vrai y a longtemps, quand certaines avaient été assassinées. Fallait pas y penser, c'était moche. Mais c'était VRAI. Vicious disait que le type qui tuait les petites filles, c'était rien qu'un sale *spychopathe*, et il faisait semblant de se battre avec lui. Personne l'avait jamais attrapé, le *spychopathe*. Il devait être mort. Mort et enterré, croix de bois croix de fer. Comme Vicious. Penser à la mort de son ami, déjà si maigre à l'époque, presque transparent, penser à Vicious lui donnait trop envie de pleurer. Pas possible, pas possible. Il renifla, s'essuya les yeux d'un geste rageur.

Il aurait dû ramener Army chez elle, se dit-il. Dès le début il aurait dû la ramener chez elle. Mais où ? Elle avait surgi dans les bois. Elle habitait peut-être une cabane… Il s'arrêta au creux d'un vallon pour reprendre haleine. Souffle fumant dans la nuit givrée. Il se pencha vers le chariot.

– Ça va là-dedans ?

Amy hocha la tête. Le chariot était comme un nid douillet où elle suçait son pouce, balancée à droite et à gauche au gré de la course erratique de Black Dog. Elle vit son large visage marron s'encadrer au-dessus d'elle.

– Écoute, Army, faut y dire à Black Dog, d'où tu viens. Y sont où, tes parents ?

Amy tressaillit. Elle jeta des regards affolés autour d'elle. Des larmes débordèrent soudain de ses grands yeux bruns. Black Dog déglutit. Army devait pas pleurer ! Pas maintenant, avec la police sur leurs talons et ce type mort…

– Pas pleurer, lui dit-il, tout va bien, pas pleurer. Black Dog s'occupe de tout. On va aller dans la montagne. T'inquiète, ma poulette, tout roule sur des roulettes !

Elle lui lança un coup d'œil à travers ses doigts, amusée malgré elle. Renifla. Il lui tapota la tête et se remit en route. Il avait de l'avance, il se déplaçait rapidement et il connaissait bien tous les environs pour y avoir roulé sa bosse pendant plus de quarante ans.

Luke Bradford s'était garé près du bâtiment flambant neuf de la sécurité publique et il mâchonnait un bâton de réglisse tout en observant l'agitation qui régnait aux abords de la bâtisse blanc et bleu. Il repoussa une boucle de cheveux roux en arrière, fit craquer ses longs doigts. C'était l'heure de se jeter dans l'arène. Un meurtre ! Voilà qui allait un peu réveiller ce bled assoupi depuis les enlèvements dont il avait rendu compte le matin même. Un bon vieux meurtre dans le parc. Un suspect idéal, grand, gros, idiot. Et une petite fille kidnappée. Tous les ingrédients nécessaires à un remake de *Frankenstein s'est échappé*. Du carburant non taxé pour son clavier. Il était passé deux heures plus tôt, en rentrant du concert *electro house* au pub. Il faisait tous les soirs un tour au poste pour glaner des infos et il était tombé sur Cynthia Dupree, tout affolée. Elle l'avait foutu dehors en piaillant que

« le chef de la police allait arriver et que c'était pas le moment de traîner par ici, pas avec ce qui s'était passé, le chef recevrait la presse plus tard, quelle histoire, non mais quelle histoire pour son premier mois de boulot, on lui avait assuré que c'était un coin tranquille, tu parles… ». Dix minutes de ce régime et il était au courant de tout.

Trop nerveuse, la Dupree. Et trop dodue à son goût. Il préférait les femmes minces, longilignes. Classe, quoi. Comme Laura Atkins. Un super bon coup. Ouais, enfin, manquait un peu de chaleur humaine. Elle faisait tout ce qu'il fallait, mais par moments Luke s'était dit qu'elle aurait pu être en caoutchouc… Non pas que ça le dérange, c'était juste que, bon, c'était moins flatteur pour lui. En pleine action, il avait croisé ses yeux indifférents, sans expression… Chaude des fesses, froide du cœur. Bon, c'était pas le sujet de la soirée. Il s'extirpa du véhicule en fredonnant un vieux morceau des Beatles, *Lucy in the Sky with Diamonds*, et mit le cap sur son prochain article.

Vince sortit dans l'air vif, remontant sa capuche. Il était presque 23 heures. Friedman avait refusé son assistance, sans prendre de gants. Snake.T devait roucouler dans les bras de sa conquête. Le père Roland luttait sur un lit d'hôpital. Un meurtrier était en fuite, une gosse sous le bras. Vince avait demandé à Friedman si quelqu'un avait signalé la disparition d'une fillette. « Personne », avait répondu l'un de ses assistants. Donc des parents dormaient paisiblement sans savoir que leur gamine avait été enlevée. On ne pouvait tout de même pas sonner le tocsin.

Randy Saroyan sortit à son tour et partit récupérer son 4 × 4, un gros machin hérissé de phares et de barres chromées, garé sur le parking de la patinoire. Il ne lui proposa pas de le raccompagner.

Une portière claqua. Vince tourna la tête. Un jeune type venait vers lui. De sa taille à peu près. Cheveux roux frisés coiffés en boule, grosse veste en agneau retourné. Woodstock 1969.

– Ils vous ont relâché ? lança le nouvel arrivant en souriant.

Dents blanches bien plantées, sourire carnassier. Un petit air Kennedy jeune. Kennedy déguisé en hippie. Mais c'était la mode, non ? *Revival 70's. Qu'as-tu fait de tes pattes d'éph', Vince ?*

– Je n'étais pas suspect, répliqua Vince. Mais *vous* vous devriez leur plaire.

– Oh ! Je plais toujours à tout le monde, répliqua l'autre sans forfanterie. J'ai un bon capital sympathie.

Il tendit une grande main carrée, aux ongles propres.

– Lucas Bradford. On m'appelle Luke.

Ah ! L'apprenti journaliste qui avait ouvert les vannes du passé. Vince ne l'aurait pas imaginé comme ça. Il se présenta à son tour, tout en notant que le garçon ne portait ni sacoche ni caméra, ni même un calepin. Il tenait juste un smartphone à la main.

– La pression monte, là-dedans, on dirait, dit Bradford en désignant la porte restée entrouverte, d'où s'échappaient des sons discordants de bipeurs, de sonneries de téléphone et de crépitements radiophoniques.

Vince acquiesça et fit mine de le contourner. Il n'avait pas spécialement envie de faire la causette, surtout avec un gamin frais émoulu de l'école.

– C'est quand même bizarre, reprit Luke Bradford, que personne n'ait signalé la disparition de la gamine. D'après le témoignage de Hilda Barnes, elle a aperçu le clodo et la petite ce soir vers 18 heures à la patinoire.

Hilda Barnes ? Bradford avait déjà dégotté la vieille dame évoquée par Snake.T ? Voilà un jeune homme qui ne chômait pas.

– Je me suis permis de l'appeler, malgré l'heure, précisa Bradford. Elle était dans tous ses états. Elle était sûre que le SDF était bizarre et la petite…

– La petite lui a dit quelque chose ? coupa Vince.

– Non, rien. Elle lui a juste tendu une feuille de papier, mais le temps que Hilda trouve ses lunettes le gars est arrivé et il a embarqué la gosse. Point final.

– Une feuille de papier ?

– Ouais. Vous pensez comme moi, genre demande de rançon… Je sais pas, c'est pas net, tout ça.

Meurtre et enlèvement, non, ce n'était pas « net ».

– Ça s'est passé vers 18 heures et depuis personne ne s'est aperçu que sa gosse avait disparu… Personne ne l'a signalé… insista Luke Bradford.

– Elle peut venir d'une famille à problèmes, suggéra Vince.

– Y en a pas tant que ça par ici, à part à Summit Camp.

Le camp de caravanes évoqué par Snake.T. Il hébergeait un peu de tout, retraités désargentés, familles surendettées, paumés solitaires, avec un fort pourcentage d'abonnés aux drogues licites ou illicites. Le petit peuple en marge du système. Les règles de la défonce n'étaient pas celles de la vie de famille, Vince avait (été) payé pour le savoir. Des mères qui n'avaient aucune idée de l'endroit où pouvaient bien se trouver leurs mômes, d'autres qui ne s'apercevaient même pas que le bébé posé sur le canapé était mort depuis des heures.

– « Le zoo de l'Assistance », comme on dit, continua

Bradford. Mais quel intérêt de kidnapper une gamine dont les parents n'ont pas un rond ?

– Il ne s'agit peut-être pas d'un kidnapping classique.

– Ah ! Pédophilie ! approuva Bradford en claquant des doigts. Ouais. Mortel, ça. Ou alors ce Black Dog l'a enlevée ailleurs, loin d'ici. Ce qui expliquerait que le shérif n'ait pas encore reçu de signalement.

– Difficile pour un SDF noir de se déplacer avec une petite fille blanche sans se faire remarquer.

Bradford acquiesça avec un sourire ironique, essayant de se donner l'air vieux et blasé.

– Ça c'est vrai, surtout qu'on ne peut pas dire que les Noirs pullulent dans le coin. Plutôt monochrome, la toile de fond. Blanc sur blanc. Au dernier recensement, il y avait 97,91 % de Blancs, 0,34 % d'Afro-Américains, 0,31 % d'Indiens, 0,45 % d'Asiatiques et 0,99 % de métis, récita-t-il. Là-dedans, vous comptez 1,09 % d'Hispaniques. On est loin de la marée noire. Vous faites quoi dans la vie, Limonta ?

– Je suis jardinier. Je travaille pour le père Roland.

Bradford claqua de nouveau des doigts – un tic, apparemment.

– L'infirmière doit m'appeler si le pauvre vieux passe l'arme à gauche. Une gentille petite.

Vince le détesta pour cette phrase. Bradford secoua sa crinière bouclée, regarda Vince puis le poste, dont la porte était toujours entrouverte.

– Vous partez ?

– Le shérif n'aime pas qu'on traîne dans ses jambes.

– Ouais, ils disent tous ça. Faut pas se laisser impressionner. C'est sur vous qu'est tombé Saroyan en fuyant les lieux du crime, hein ?

– Qui vous l'a dit ?

– Cherchez pas. Parfois on ne me dit rien, et c'est

comme si on me disait tout. Vous avez donc vu le corps. Un petit mot pour nos fidèles lecteurs ? Une réaction à chaud ?

– Non.

Le jeune journaliste commençait à lui taper sur les nerfs. Il en avait trop côtoyé. Des vampires émotionnels. Avides. Totalement dépourvus de compassion.

– Il saignait beaucoup ? Le sang écarlate, la neige blanche, ce genre de truc ? On sentait la violence bestiale d'un SDF aviné ?

– D'après Friedman, Black Dog ne boit pas d'alcool. Pas une goutte.

– L'impulsion sauvage d'un cerveau dégénéré ? Le manche de la pioche dépassait du crâne de Reiner ? Allez, un petit effort ! Vous êtes un des éléments du drame, mon vieux. Un témoin !

– On n'est pas à la télé, Bradford. Les cadavres, ce n'est pas marrant.

– Ouais, mais les lecteurs adorent ça, les descriptions atroces. Les faits divers contribuent à sauver la presse écrite ! Et même la lecture tout court. Regardez Internet : autant de mots que d'images.

– J'ai lu votre papier ce matin. Un peu léger.

– Je manquais d'éléments. L'ancien shérif, Blankett, m'a fourni un maximum d'infos malgré son Alzheimer débutant, mais je n'ai pas eu accès aux vrais dossiers. Friedman m'a envoyé bouler : « Pas la peine d'évoquer ces vieilles histoires jamais résolues », singea-t-il d'une voix de rogomme. Quel bled ! *Cold Case* ne passera pas par là ! Si jamais Black Dog est un tueur en série, Friedman aura l'air d'un con.

– Il n'était pas aux commandes à l'époque.

– Ouais. Mais là, ne pas faire le lien… Encore une petite fille enlevée, merde !

– Elle n'a pas le profil, objecta Vince.

– Pardon ?

– Les autres gamines, c'étaient des gosses de familles aisées, mignonnes, propres, des enfants modèles.

– Des petites princesses, approuva Bradford. Et celle-là, d'après Hilda Barnes, elle est maigre, sale et mal habillée. Ouais, je vois ce que vous voulez dire. Mais il s'est peut-être rabattu sur la seule gosse à sa portée à ce moment-là. Je me demande ce qui se serait passé si Reiner et sa bande d'abrutis n'avaient pas surgi.

– Saroyan affirme que la gamine n'avait pas peur de Black Dog, objecta Vince. Que c'est elle qui lui a passé la pioche. Ça devrait plaire à vos lecteurs, ça. Du moche, du lourd !

– Une petite fille de 5 ans complice de meurtre ? Difficile à avaler. On peut imaginer qu'elle était terrorisée et conditionnée à obéir. Ou que Saroyan était trop bourré pour être un témoin fiable. Raison de plus pour que j'aie un entretien avec le shérif Friedman, conclut Bradford d'un air déterminé. Il ne peut pas s'asseoir sur le droit à l'info.

– Bon courage. Pour un flic, la presse c'est comme une grosse mouche à merde. On n'a qu'une envie : l'écraser pour qu'elle arrête de vrombir.

– Oh ! Monsieur est de la maison, peut-être ?

– Plus maintenant.

– OK. Là j'ai pas le temps, mais filez-moi vos coordonnées.

Vince considéra le jeune homme, avec sa drôle de dégaine. Un gamin qui se prenait très au sérieux. Qui s'apprêtait à noter les infos sur son smartphone. Smartphone qu'il tenait un peu plus haut qu'il n'aurait dû... Pour le prendre en photo, le salaud !

Il saisit brusquement le poignet de Bradford, le forçant à se baisser.

– Hé ! Qu'est-ce qui vous prend ?

– Ne me faites jamais de coup en douce, Bradford. Je ne suis pas un homme tranquille.

– Vous me faites trop peur… ricana le jeune homme.

La musique du générique de *Mad Men* les interrompit et Bradford prit l'appel.

– Ouais… Ouais… Ah… Merde !… OK… Merci d'avoir appelé, c'est sympa. Tu finis à quelle heure ?… OK, on ira petit-déjeuner. L'infirmière, expliqua-t-il après avoir raccroché. Le père Roland a fait un deuxième infarctus. Il est mort.

Vince le dévisagea, interdit, en proie à une sensation étrange.

L'annonce avait été si banale, si calme. Il avait parfaitement entendu et compris que le père Roland était mort. Et en même temps une partie de son cerveau jouait les étonnées, voulait être sûre… répétait « Mort ? ».

– Ouais. Il avait le cœur foutu, si j'ai bien compris, expliquait Bradford en fourrageant dans sa tignasse, embarrassé. En temps normal, ça aurait fait la une, mais là, avec tout ça…

Le père Roland relégué en page 2. Comme Vince.

– Je vais à l'hôpital, annonça-t-il.

– Je peux pas vous prêter ma caisse, faut que je sois prêt à bouger.

Vince hocha la tête et commença à s'éloigner, sous le choc. Le père Roland mort. Trop vite. Trop tôt. Comme toujours, sans doute.

– Je vous appelle un taxi ! cria Bradford en pianotant sur son cellulaire.

Vince le remercia d'un signe, attendit sur l'esplanade déserte pendant que Bradford s'engouffrait dans le poste, les pans fourrés de sa veste lui battant les flancs. Il se sentait bizarrement engourdi. Hébété.

Il n'avait vraiment plus nulle part où aller, maintenant. Plus de refuge. Plus de père de substitution. Plus personne pour s'intéresser à lui. Et très bientôt plus de boulot et plus de logement, si le nouveau curé ne voulait pas le garder. Et tous les pauvres types dans son genre que le prêtre maintenait hors de l'eau à la force du poignet, de réunions d'AA en réunions de NA[1], comités d'entraide, assistance auprès des autorités, un boulot de fourmi qui remuait des montagnes jour après jour… Tous ces pauvres types orphelins. Seuls. Il ne savait même pas quel âge avait le père Roland. 60 ? 65 ? L'âge qu'aurait eu son père à lui.

L'hôpital, cette ambiance si particulière de sons et d'odeurs, les éternels néons, le sol rayé qui tanguait, l'infirmière, si jeune, la porte de la chambre qu'on pousse le ventre noué, l'homme allongé sur le lit. Blême et cireux. Les yeux clos. Des poils de barbe sur les joues. Vince avait contemplé plus de morts que la plupart des gens. Il n'éprouvait à leur vue ni crainte ni répulsion. Mais toujours le même fugace étonnement à l'idée que la lumière pouvait s'éteindre si vite et si définitivement en chacun de nous. Il avait posé sa main sur la main froide et rigide. Ses yeux brûlaient mais les larmes ne sortaient pas, elles ne sortaient jamais, elles restaient enfoncées dans son cœur comme des griffes. Ce n'était pas juste. Une fois de plus.

Un aide-soignant attendait pour prodiguer à la

1. *Narcotics Anonymous* : Narcotiques anonymes.

dépouille les soins post mortem nécessaires et Vince, gêné, ne s'attarda pas. Prier lui semblait artificiel, ce n'était pas spontané. Il dit simplement au revoir au prêtre, et merci pour tout.

Il se dirigea vers la station de taxis devant l'entrée de l'hôpital public d'Ennatown et allait grimper dans une voiture quand un pick-up freina et fit un appel de phares.

– Limonta !

Il se retourna. Wayne Moore lui faisait signe.

– Qu'est-ce que vous faites ? lança le chauffeur de taxi. Vous montez ou pas ?

– Je ne sais pas encore.

– Allez vous faire voir !

Il démarra sur les chapeaux de roue. Vince rejoignit Moore, qui l'invita à prendre place à côté de lui.

– Le père Roland est décédé, annonça Vince.

Wayne sembla accuser le coup.

– Ah ! Je travaillais avec lui sur des dossiers sensibles, des gamins en perdition, des mineures enceintes... Il va nous manquer à tous.

Ils observèrent tacitement un bref silence.

– Je suis chargé d'aller à Summit Camp, reprit Wayne.

– Vérifier qu'aucune petite fille n'a disparu ?

– Exact.

– Ce n'est pas la brigade d'intervention spéciale qui s'en occupe ?

– Ils sont sur les dents. Ils poursuivent un meurtrier. Par contre, ce genre de boulot de concierge est tout à fait dans les cordes d'un garde champêtre. Mais au cas où, un vrai ex-flic pourrait s'avérer utile.

La route grimpait vers les collines et les phares puissants hachuraient la nuit.

– J'aurais préféré courser Black Dog, reprit Wayne. Je me sens plus à l'aise dans les bois qu'avec la racaille blanche. Je ne parle pas pour vous, précisa-t-il avec un léger sourire.

– Ah ! Grand Sachem pas aimer *American Way of Life*. Vous êtes seneca, c'est ça ?

– J'étais. À présent, je suis un valet de l'impérialisme. C'est mon oncle Jake qui disait ça. Mon oncle Jake était un ami du père Roland. Ils jouaient au foot et ils chassaient ensemble. Deux armoires à glace.

De nouveau un bref silence, peuplé d'hommes disparus, de coutumes désuètes, une époque révolue aux couleurs criardes de film en Technicolor. Vince se força à se concentrer.

– Vous le connaissez bien, Black Dog ?

– Comme on peut connaître un SDF qui ne parle presque pas et qui vit tout seul dans son coin depuis des années. Le genre d'homme qu'on ne connaît jamais vraiment, sans doute. C'est un débile léger, d'après son dossier. Il ne sait ni lire ni écrire. Coïncidence, pendant un temps il a traîné avec un mec de Summit Camp. Un Blanc. Un ancien de la guerre du Golfe, défoncé au crystal meth et malade du sida. Sidney Landford, dit Sid, dit Vicious. Il laissait traîner des cailloux partout, pire que le Petit Poucet…

– Et ?

– Devinez… Il est mort. Black Dog a été très affecté. Il n'a pas dû avoir beaucoup d'amis dans sa vie.

Wayne prenait les lacets sans ralentir malgré la petite couche de neige fraîche et le pick-up chassa un peu.

– Pas de panique, je maîtrise la bête ! Je n'ai pas eu le temps de vous *googleliser*, mais j'ai cru comprendre que vous étiez originaire d'ici.

Vince hocha la tête.

– Oui, l'enfant du pays, le natif.

– Le natif, c'est moi. Vous, c'est les envahisseurs. Vous connaissez donc Summit Camp…

– Dans mon enfance, c'était surtout un camp de vacances. Caravanes, mobil-homes et camping. Il y avait quelques résidents permanents, des gens un peu marginaux, un peu fauchés. Le camping a fermé et les résidents sont devenus plus nombreux. Les problèmes aussi.

Wayne opina.

– Une sorte de bidonville sur roues, à l'écart de nos beaux quartiers résidentiels. Petits Blancs mais grands alcooliques et défoncés notoires. Les laissés-pour-compte du rêve américain.

– On dirait du Steinbeck.

– Jamais lu, je ne suis pas trop lecture. Mais j'ai vu *Les Raisins de la colère*, le DVD, avec Henry Fonda. Puissant. On est arrivés.

Il coupa le contact. Summit Camp dressait ses caravanes au creux d'une colline, à côté de la Summit, une petite rivière à truites. Les deux hommes descendirent. Il faisait encore plus froid là que dans la vallée. Vince souffla sur ses doigts à travers ses gants. Summit Camp avait commencé à se dégrader quand un nouveau centre de vacances avait ouvert de l'autre côté de la vallée, au bord du lac. Propriété d'un fonds de pension qui investissait dans le tertiaire. Impeccables rangées de mobil-homes flambant neufs, jeux vidéo, attractions, bingo, DJ, concerts et cinéma… Impossible de lutter contre une telle concurrence.

Ils gagnèrent l'entrée, dépassèrent une guérite branlante et taguée. Autrefois, l'endroit avait été clôturé, mais il ne restait que des vestiges de palissade. Le pylône de la compagnie d'électricité était recouvert de graffitis. Un vieux panneau publicitaire déchiré et décoloré montrait un couple hilare devant un barbecue de saucisses grassouillettes et des enfants extasiés jouant avec un ballon rouge et bleu au bord d'une rivière débordante de poissons. Un rêve chasse l'autre.

Les caravanes et les mobil-homes semblaient posés au hasard sur le champ enneigé, comme de gros cailloux blancs. Pourquoi presque toujours blancs ou beiges ? se demanda brièvement Vince. Pourquoi pas un camping-car vert pomme ou rose bonbon ? De la lumière scintillait derrière quelques fenêtres. Un chien aboya. Un gros. Il devait être attaché, car il s'égosillait sans se rapprocher. Bruit de ferraille. Wayne alluma sa lampe torche, une Maglite.

Une jeune femme se tenait devant eux, emmitouflée dans un gros blouson fourré. Très mince dans ses leggings en lycra noir, chaussée de bottes en caoutchouc jaunes. Les traits marqués, de longs cheveux bruns s'échappant de son bonnet en laine, des yeux gris, effrayés.

– Putain, vous m'avez fait peur ! J'sortais la poubelle.

Elle avait une voix douce et lasse. Wayne se présenta.

– Il est pas là, lança-t-elle en amorçant un demi-tour pour regagner sa caravane délabrée, un vieux modèle à deux chambres posé sur des parpaings.

– Qui ça ?

– Joss. Il est pas là. Il est déjà en taule, alors c'est pas la peine de venir nous emmerder en pleine nuit. Il sort dans trois mois. Revenez à ce moment-là, officier, on vous fera du thé.

– Vous êtes Anita, la femme de Joss ?

– Putain, vous êtes trop fort, vous ! Vous auriez dû faire autre chose que flic.

Vince s'avança.

– Anita, on se fout complètement de Joss. On cherche une petite fille.

– Laissez les miennes tranquilles ! Vous avez pas le droit de les emmener ! La vieille conne de l'assistance, elle peut pas me blairer, mais les petites manquent de rien.

Wayne fit un geste d'apaisement.

– On ne parle pas de vos filles, Anita. On parle d'une petite fille de 4 ou 5 ans, cheveux noirs, maigre, vêtue d'un jogging rose. Elle a été enlevée ce soir.

– Enlevée ? Et vous croyez que c'est quelqu'un d'ici ? Évidemment ! Le 11-Septembre, Fukushima, Amy Winehouse : c'est nous.

– Elle a été enlevée par un SDF, compléta Vince. Mais pour l'instant ce n'est pas le ravisseur qu'on cherche, expliqua-t-il aussi patiemment que possible, c'est la famille de la petite fille. On ne sait pas qui elle est.

– Ben, pourquoi vous dites qu'elle a été enlevée, alors ?

– Notre homme a tué un type et s'est enfui avec elle.

– Ben même ! C'est peut-être son père.

– On parle de Black Dog ! lâcha Wayne.

– Black Dog a séché un mec ? Et kidnappé une môme ? Et c'est moi qui me défonce, soi-disant ? Je rêve !

– Y a-t-il à Summit Camp une enfant correspondant au signalement qu'on vient de vous donner ? coupa Vince, frigorifié.

– Nan, ça me dit rien. Y a pas grand monde en ce moment. C'est plus animé l'été. Vous pouvez vérifier. Vous avez le clan des vieilles biques aux yeux en trou de pine, quelques vieux rescapés des années 80 qui sucent leur méthadone, et sinon on n'est que trois familles. Mes filles dorment, je viens de les coucher, y m'en manque aucune. Beth a quatre garçons et Sandy deux filles et un bébé, mais ses filles elles sont blondes, et loin d'être maigres avec tout ce qu'elles s'envoient. Alors, votre gamine, elle vient pas d'ici. Peut-être que c'est la sienne, à Black Dog, et qu'il est allé la récupérer dans un foyer, fit-elle observer.

— Un beau conte de Noël, dit Wayne. Et pour fêter ça il assassine Bud Reiner à coups de pioche.

Anita se pinça la lèvre inférieure entre le pouce et l'index. Ses pupilles étaient dilatées, ce qui aurait été normal dans l'obscurité mais l'était un peu moins avec le puissant faisceau de la lampe qui les éclairait tous les trois, même si Wayne l'avait baissée pour ne pas aveugler la jeune femme.

— Reiner, des jardineries Reiner ? dit-elle enfin, étonnée.

— Le fils, oui. Au fait, Carl Larochette, ça vous dit quelque chose ?

— Il est camionneur, il fait des livraisons, il joue parfois au billard avec Joss, concéda-t-elle. Pourquoi ?

— Il n'est pas venu ici cette nuit ?

— Putain, sergent ! On était le trou du cul du monde et nous voilà soudain le centre de l'univers ?

— Je ne sais pas ce que vous fumez, mais ça vous réussit ! lui renvoya Vince. De vraies envolées poétiques. Excusez-nous pour le dérangement. On va aller voir vos aimables voisins.

— Attention au chien de Hilly, c'est pas vraiment Scooby-Doo, il pourrait vous bouffer les roubignolles.

Wayne agita sa lampe sans répondre. Ils se dirigèrent vers les autres caravanes, mais Vince savait déjà qu'ils allaient faire chou blanc.

Il les entendait. Les chiens. Foutus chiens ! Quand il était petit, disons de la hauteur du bureau de Mlle Halloway, il devait faire un peu de ménage dans la maison de retraite attenante à l'orphelinat – « Rendons la charité que l'on nous fait ! » – et Hazel, la très vieille dame noire – « notre petite centenaire » –, elle disait que les chiens ils déchiraient les mollets des esclaves en fuite, et elle montrait ses vieilles jambes brunes où manquaient deux gros morceaux de chair. Il n'était pas un esclave, non monsieur, il était un homme libre, mais il était quand même de couleur, non ? Les chiens policiers savaient-ils faire la différence entre les hommes de couleur libres et les esclaves ?

Il serra le chariot contre lui. La bandoulière du sac de marin lui cisaillait le torse. C'est difficile de courir dans le froid, mon commandant, plus difficile qu'au printemps, quand il était jeune.

Brinquebalée en tous sens, Amy étreignait la couverture sale, un coin entortillé entre ses doigts. Elle n'avait pas froid. Ni même peur. Elle ne savait pas ce qu'elle éprouvait. Tout était si étrange. Tout ce nouveau monde. La PIZZA, le PÈRE NOËL, la LUNE, le monsieur MORT… Elle avait pleuré et même somnolé un petit peu, et maintenant, les yeux ouverts au fond du sac fleuri, elle attendait en suçant son pouce et en espérant que les vilains CHIENS ne les rattraperaient pas.

Black Dog avait le souffle court. Une des chansons idiotes de Vicious lui trottait dans la tête. « Arrête de tourner en rond, tu me files le bourdon. » C'était Vicious qui les appelait des « chansons idiotes », Black Dog ne savait pas pourquoi. Lui, il les trouvait très jolies. Tourner en rond. C'était ce qu'il faisait. Monter, descendre, courir. Comme un poulet sans tête. Il devait gagner les montagnes. Mais il était trop chargé. Lais-

ser les sacs ? La tente ? Pas possible. Laisser Army ?
Army ne servait à rien. C'était juste un poids. Mais
un poids chaud. Ri-go-lo. Le sac de marin n'était pas
ri-go-lo. Mais il contenait la gamelle, les allumettes,
les bons trucs, quoi.

Occupé à réfléchir, il ne vit pas la racine. Il trébucha dans la pente glissante, battit des bras et tomba
à genoux. Le chariot cogna violemment contre un
tronc d'arbre, avec un bruit sourd. Affolé, il souleva
le rabat, se pencha.

– Ça va, Army ? Pas mal ?

Un visage pointu. Deux grands yeux bruns. Elle
hocha la tête. Un peu de sang coulait de son arcade
sourcilière droite, égratignée par le choc.

– Bobo ? demanda-t-il à voix basse.

Elle cligna des yeux sans répondre. Il lui caressa
brièvement la tête puis se remit sur pied. Une douleur fulgurante dans sa cheville gauche lui arracha un
grognement. Il reprit son souffle, s'essuya le front,
en sueur malgré les – 15 °C. Se redressa de nouveau,
lentement. Voilà, comme ça, très bien.

Très mal. Il se pencha pour examiner la mauvaise
cheville. Enflée au-dessus du cuir éraflé du godillot.
Pas bon, ça. Pas bon du tout. Black Dog avait marché
une grande partie de ses soixante-trois années d'existence. Ça, c'était une entorse, mon commandant, et ça
empêchait de courir.

Il ne pourrait pas gagner les montagnes. Et Army
était blessée. Fou-tu ! Soudain, l'idée clignota dans sa
tête comme une ampoule – les idées, ça s'allumait en
faisant tilt, pareil que dans les dessins animés –, et il
décida de revenir sur ses pas. Revenir vers les beaux
quartiers tandis que les flics le chercheraient dans les
bois avec leurs chiens. Il pensa à la dame blanche qui

l'avait vu en train de voler du linge et qui lui avait offert du thé au lieu d'appeler la police et éprouva le sentiment confus qu'ils seraient en sécurité avec elle, Army et lui.

Pataugeant péniblement dans la neige, il fit demi-tour et commença à redescendre, les dents serrées, le chariot sous le bras. Chaque pas lui envoyait une décharge de douleur aiguë. Mais il ne pouvait pas s'arrêter. Pas avec Army sage comme une poupée dans son sac.

Vince alluma une cigarette. Wayne avait refusé d'un geste et entrouvert la vitre en s'excusant : « Ma femme... » Ils roulaient vers la ville en silence. Les étoiles étaient de sortie à présent, toute une flopée de luminaires célestes scintillant comme une guirlande lumineuse.

– Ça va pas durer, dit Wayne. Demain, il neige de nouveau.

– Vous connaissez Luke Bradford ?

– Oui, pourquoi ?

– Il suggère que Black Dog est peut-être le Noyeur.

– Vous rigolez ? Le Noyeur n'était certainement pas un simple d'esprit, sinon on l'aurait attrapé depuis longtemps. C'était un tueur organisé, pas un impulsif incapable de se maîtriser. Et Blankett n'aurait pas pu passer à côté de ça !

– Je suis d'accord avec vous. Mais cette enfant vient bien de quelque part, fit observer Vince.

– C'est sûr, approuva Wayne. Mais on ne peut pas fouiller toutes les maisons du comté pour découvrir les mauvais parents qui ne se sont pas encore aperçus que leur gamine s'est évaporée...

– Aucune disparition n'a été signalée, coupa Vince.

– Cela dit, Black Dog est assez fort pour s'introduire

chez les gens. Il pourrait avoir emporté la gamine pendant leur sommeil. Mais je suis surpris. Franchement, son truc c'est les bijoux, ce qui brille. Une vraie pie voleuse. Il rapporte tout dans son nid. Mais pas les gosses. Ça ne colle pas.

– Et pourtant, elle se trouve avec lui, constata Vince. Une petite fugueuse ?

– Si jeune ?

– On voit des bouts de chou s'enfuir suite à une grosse colère.

Sans parler de ceux qui voulaient juste se cacher, un moment, pour éviter les coups.

– Elle peut aussi s'être perdue. Et c'est lui qui l'a trouvée, hélas, ajouta-t-il.

– Ça se tient mieux. Mais ça ne répond pas à notre première question : pourquoi personne ne s'inquiète d'elle ? Et ça n'empêchera pas notre brillante BIS de le descendre après la première sommation. Ils ne prendront aucun risque. Quitte à s'excuser ensuite auprès du cercueil.

– Le témoignage de Saroyan me chiffonne, avoua Vince. Comme quoi la gamine a passé la pioche à Black Dog... Si c'est vrai, ça confirme qu'elle est avec lui de son plein gré.

– Personne n'a cru Saroyan. Vous l'avez vu : complètement ivre et en état de choc. Son témoignage ne tiendrait pas deux secondes au tribunal.

– Ça ne veut pas dire qu'il ment.

– Exact. Je vous dépose quelque part ?

Vince lui fit signe d'attendre une seconde et composa le numéro de Snake.T, lequel, contre toute attente, répondit aussitôt.

– Alors ? demanda Vince.

– Je me casse de la soirée. Seul. Arleen a éprouvé une fission nucléaire pour DJ Atomik.

– J'arrive. T'es où ?

Vince répéta l'adresse à voix haute et raccrocha, laissant Snake.T s'égosiller.

– Je vais récupérer un pote, dit-il à Wayne.

– Je le connais ?

– Snake.T. Le fils de McDaniel, le camion à pizzas de la marina.

– Ah oui ! McDaniel fait partie du Comité inter-confessionnel, comme moi. Il était là, ce soir. Son fils, c'est le rappeur estropié ?

– Ne dites jamais ça devant lui. Quelle est votre position au sein du Comité ?

– Je représente la bonne conscience. Et accessoi-rement le folklore seneca. La spiritualité indienne et tout ça. Avec une plume dans le cul, je pourrais faire chaman et go-go boy…

Il s'interrompit pour répondre à la radio de bord. Cynthia qui venait aux nouvelles. Non, toujours rien au sujet de la gamine, elle aurait aussi bien pu débar-quer d'un vaisseau spatial, lâcha Wayne. Puis ce fut le tour de Ben Friedman : la BIS et la K9 traquaient le suspect, sans résultat pour l'instant. On avait retrouvé Carl Larochette ivre mort dans la cabine de son camion. Le peu qu'on avait pu en tirer n'apportait rien de neuf. D'après sa version, Reiner, Saroyan et lui étaient partis se balader, sans aucune intention de braconner, ça non, pas la moindre. Ils voulaient juste déconner. Et pour déconner, ça avait déconné. Ils avaient un peu bu, mais à peine, entre mecs, quoi, et plaisanté avec ce SDF noir, Black Dog. Un vrai chien, le gus. Ça avait dégénéré et ce cinglé avait tué Bud. La gamine, il avait vaguement pensé que c'était la fille d'un autre clodo.

Que peut-être le vieux nègre s'envoyait la petite… Elle avait l'air… pas malade mais peut-être bien… maltraitée, avait-il précisé. Et, non, il ne l'avait pas vue tendre la pioche au SDF.

— Si cet enfoiré de clochard a violenté la gosse, je lui arrache les couilles moi-même ! conclut Friedman.

— Si ce Black Dog avait des pulsions pédophiles, on le saurait, depuis le temps, risqua Vince.

— Ah, Limonta ! Toujours sur la brèche ? Moore, qu'est-ce que vous foutez avec un civil à bord ?

— Il était à pied, je le raccompagne chez lui.

— Magnez-vous.

— Tu ne m'as pas répondu, insista Vince.

— Je n'y suis pas tenu, rétorqua Friedman entre deux grésillements. Et de toute façon, pour pouvoir te répondre de façon certaine, faudrait reprendre toutes les enquêtes bâclées par Blankett.

— Les petites filles enlevées et assassinées il y a quinze ans, lança une voix près de lui, que Vince reconnut aussitôt.

Luke Bradford savait décidément mener sa barque. Vince échangea un regard avec Wayne, qui grimaça. Les choses ne s'arrangeaient pas pour Black Dog.

— Bradford me tanne avec ce Noyeur que Blankett a jamais été foutu de dénicher, grommela Friedman.

— Tu bossais avec lui, non ? lança Vince.

— J'étais jeune, je me contentais de suivre les ordres. Blankett n'était pas du genre à déléguer. Bon, Vince, c'est pas que je m'emmerde à te faire la causette, mais j'ai du boulot. Rentre donc te boire un coup ou deux. On t'a dit que le père Roland était mort ?

— Oui.

— Désolé, c'est la vie !

Il coupa la communication après avoir ordonné à

Wayne Moore de passer chez lui chercher son fusil à viseur à infrarouge. Le sergent soupira.

– Par moments, je regrette vraiment de ne pas avoir passé les tests pour entrer dans l'armée. Je n'ai rien contre le shérif, mais il a le chic pour vous donner l'impression d'être un moins que rien.

Vince opina en silence.

– Vous avez bossé sur ces meurtres, vous ? reprit Wayne.

– Tout le monde me pose la question. Mais non, je ne sais que ce que le shérif Blankett m'en a dit à l'époque. J'irai le voir demain matin. Il connaissait bien le père Roland, lui aussi.

Une bouffée d'émotion le submergea à la pensée du prêtre et il toussa, se tournant vers la vitre. Il désigna une silhouette appuyée sur des béquilles en bas d'un entrepôt réhabilité.

– Snake.T est là. Merci.

– Dites-lui de monter, je vous ramène tous les deux. Vous n'allez pas marcher dans ce froid…

– Putain, je me les gèle ! lança Snake.T en se tortillant pour s'asseoir à l'arrière. On est en état d'arrestation ?

– Sergent Wayne Moore. Vince m'a donné un coup de main pour tenter de retrouver une petite fille disparue…

– *Ma* petite fille ? Celle dont je t'ai parlé, Vince ? Il l'a enlevée ? Le clochard l'a enlevée ?

– On ne sait pas, dit Vince, qui lui expliqua la situation.

Puis, sans transition, il lui annonça que le père Roland était décédé.

– Merde ! lâcha Snake.T. Quelle nuit de merde !

Friedman avait décidé d'organiser une battue. La BIS et les chiens, OK, mais là il y avait une petite fille en péril, il fallait sortir le grand jeu. Il ne serait pas dit qu'il n'aurait pas fait tout ce qui était en son pouvoir pour régler le problème avant de devoir éventuellement, et la mort dans l'âme, prévenir la police d'État ou, pire, les technocrates de l'agence fédérale. Il chargea sa secrétaire de battre le rappel des troupes. Être obligé de recourir à des forces de police extérieures, ça signifiait non seulement la honte, mais aussi des heures d'emmerdements et de paperasseries. La ville comptait assez de grands garçons pour se débrouiller seule sans réclamer l'aide du comté ou de l'État, toujours prêts à vous donner des leçons.

Daddy raccrocha, à demi satisfait. Friedman faisait appel aux bons citoyens, c'était parti ! Il lui fallait son équipement spécial pour affronter le froid et la neige. Peut-être que la petite ordure allait crever congelée et qu'il la retrouverait déjà raide, les pattes en l'air. La prochaine, il ne l'engrosserait pas, oh non ! Pas une seule goutte de son précieux sperme ne coulerait dans son petit trou. D'un autre côté, être obligé de porter un préservatif, ça gâchait le plaisir. La question ne s'était pas posée avec ses petites princesses, bien sûr. Il ne fallait donc pas les garder après qu'elles avaient eu leurs règles. Voilà où avait été son erreur : tolérer qu'elle grandisse et perde sa magie. Il fallait avoir le courage de Peter Pan et supprimer les enfants perdues dès qu'elles devenaient pubères[1]. « Grandir est contraire au règlement. »

1. Dans le texte de J. M. Barrie, Peter Pan exécute les enfants perdus qui deviennent grands.

– Qu'est-ce que tu fais ? marmonna sa femme, à moitié endormie, le ramenant à la réalité.

– Le shérif organise une battue pour retrouver la gamine disparue et ce clodo, Black Dog.

– Mais on est en pleine nuit !

– On ne va pas à un pique-nique. On cherche un meurtrier.

– N'oublie pas ta casquette fourrée.

Comme s'il était assez con pour sortir tête nue ! Il chassait depuis qu'il était môme. Il avait l'habitude de partir avant l'aube pour gagner les affûts et d'attendre que le jour se lève dans un froid mordant, immobile, silencieux, son souffle caressant le métal du fusil. Il enfila une deuxième paire de chaussettes et fourra dans chacune de ses bottes et dans ses poches des Multiwärmer, ces sachets thermiques qu'il suffisait de triturer pour qu'ils dégagent une agréable chaleur pendant près de deux heures.

Une fois qu'il aurait réglé son compte à Amy, il reviendrait pour évacuer celle qui avait été sa Susan et qui était devenue un déchet en putréfaction. C'était parce qu'elle avait vieilli. Elles ne devraient jamais vieillir. Jamais se révolter, l'obliger à les haïr. Jamais l'obliger à sentir sa bouche s'assécher et ses yeux brûler, devenir incandescents, et son thorax se serrer comme s'il avait une crise cardiaque, et qu'est-ce qu'il pouvait faire sinon ce qu'il faisait ? Qu'est-ce qu'il pouvait faire contre *ça* ? Il les aimait tellement au début, si douces, si frêles, si tendres. Il les serrait contre lui et les embrassait, ses princesses, il leur donnait à boire et à manger. Mais elles devenaient laides, sales, avec de la morve, des larmes, des cris, et il avait envie de les secouer, de les empoigner, de les frapper, de les… L'amour était destructeur,

174

l'amour avait besoin de déchirer, de mordre, l'amour est un chien enragé qui gronde, sa proie inerte entre les dents.

Le processus était inévitable, il le comprenait à présent. Une adorable petite fille se transformait fatalement en femme répugnante. C'était pour cela qu'il fallait en changer. Par hygiène, en quelque sorte. Susan était laide et souillée. Un morceau de chair sans âme. L'idéal serait de la démembrer et de jeter les morceaux dans la chaufferie. Comme ce bon M. Verdoux[1]. L'emporter pour la jeter dans le lac serait trop risqué, ça s'était beaucoup construit en quinze ans.

Bon, il verrait ça plus tard. Chaque chose en son temps. Il avait toujours été organisé et méticuleux. Il vérifia que sa veste matelassée était bien boutonnée, qu'il avait des piles de rechange pour sa torche, que sa gourde était pleine.

La coupe était pleine, ha ha ! Et ce n'était pas lui qui allait trinquer, se dit-il en refermant la porte sans bruit derrière lui.

De retour chez lui, Vince brancha l'ordinateur. Les chances que Black Dog soit coupable des meurtres commis quinze ans plus tôt étaient très minces. Mais il voulait cependant vérifier certaines choses.

Snake.T se pencha par-dessus son épaule.

Vince lui montra le peu qu'il avait trouvé.

– Comme je l'ai fait remarquer au sergent Moore, la gosse que toi et les autres témoins décrivez ne ressemble pas à celles-ci.

Il pointa les photos des fillettes alignées sur l'écran,

1. *Monsieur Verdoux* : film de Charlie Chaplin (1947) évoquant le docteur Landru.

toutes boucles et fossettes dehors. « Les victimes du Noyeur », disait l'article.

– Le nautonier des Enfers, laissa tomber Snake.T.

– Elles ont été éventrées avant d'être noyées, rappelle-toi.

– Il les ouvre en deux et les jette à l'eau, soupira Snake.T. Comme des poissons pas frais. Je n'arrive pas à comprendre pourquoi des gamines blanches de famille aisée accepteraient de suivre un vagabond noir, poursuivit-il. Regarde-les… Des petits anges bien sages. Pas le genre à copiner avec un clochard inconnu. Surtout qu'il est immense. On dirait un croquemitaine.

– Je suis d'accord avec toi. Et pourtant tu m'as dis toi-même que la petite fille que tu as vue ce soir était partie avec lui de son plein gré.

– Il l'a prise dans ses bras.

– Mais elle n'a pas crié, ne s'est pas débattue, fit observer Vince. Terrorisée ?

– Non, je ne crois pas. En fait, il me semble qu'elle lui a souri.

Vince tapota sur le rebord de la table.

– Saroyan affirme que c'est elle qui a passé la pioche à Black Dog…

– Ouh là ! Espérons qu'il se trompe.

– Ça irait pourtant dans le sens de ce que tu as observé. Une complicité.

Son portable sonna. C'était Wayne Moore. Vince l'écouta sans dire grand-chose.

– Ils organisent une battue, expliqua-t-il après avoir raccroché. Moore vient me chercher. Tu peux rester pioncer ici si tu veux.

Il se leva pour céder sa place à Snake.T, qui fit craquer ses doigts.

– Il nous faut plus d'éléments. Pour l'instant, je me concentre sur le passé et toi tu t'occupes de l'avenir.

Il cliqua pour afficher un plan détaillé de la ville.

– L'arrêt du car dont m'a parlé Rosa Hernandez est ici, lui indiqua Vince.

– À la lisière du parc, donc. Tu sais où les autres petites ont été enlevées ?

– Il faut recouper tous les articles de presse. J'ai commencé, regarde…

On klaxonna.

– J'y vais. Je reste branché.

– OK, mec. Bonne chance. Essaie de ne pas flinguer la gosse. Même si c'est une graine de tueuse.

8

Les hommes étaient énervés comme des gamins. Ils le dissimulaient sous des airs sérieux, des tapes dans le dos, des mugs de café chaud qu'ils buvaient à petites gorgées, la mine solennelle, mais Vince ne se laissa pas abuser. Chasse à l'homme, battue, froid, aube, traque : c'était le genre de mots qui donnait envie d'en découdre, des mots qui sentaient l'aventure, si rare dans les petites villes tranquilles. Les bons pères de famille étreignaient leurs torches lumineuses avec un regard à 100 watts. Pas de chiens. Les chiens spécialisés feraient le boulot, les autres restaient dans leurs niches douillettes, Friedman ne voulait pas d'un concert d'aboiements excités et de museaux dispersés pataugeant en tous sens. Certains avaient renâclé : leurs chiens de chasse étaient des pros. Mais bon… les ordres c'étaient les ordres. « Vous n'avez pas le droit d'utiliser d'armes à feu ! On ne chante pas, on ne bavarde pas ! Respectez les trois mètres d'écart entre vous, avancez en ligne et au pas, sans oublier de balayer l'espace devant vous en demi-cercle avec votre torche, comme un aveugle avec sa canne, mais vous, vous ouvrez les yeux, compris ? » leur avait seriné Friedman, déambulant devant ses troupes avec l'autorité martiale d'un

178

commandant Reisman haranguant ses trois fois douze salopards – comme dans le film.

Il n'avait rien dit de particulier à Vince, s'attachant à le traiter comme les autres, en néophyte. C'était ridicule. D'eux deux, c'était certainement Vince qui avait poursuivi – et abattu – le plus de criminels en fuite. Vince était pourri de défauts, mais il n'était ni vantard ni obsédé par le pouvoir. Friedman avait été un bon capitaine d'équipe de foot mais se révélait un piètre meneur d'hommes, trop imbu de lui-même pour savoir déléguer ou accepter la contradiction. *OK, arrête de donner des leçons, occupe-toi de ta brillante réussite, ex-lieutenant Limonta. Les leçons, t'aurais mieux fait de les écouter et de les apprendre.*

– On y va ! gueula Friedman. Respectez les consignes. En raison de sa connaissance du terrain, le ranger Moore sera notre officier responsable. Ne vous perdez pas ! On n'a plus personne pour aller vous chercher.

Ricanements complices. Depuis toujours les hommes aimaient les chefs. Ce qui était fort loin d'être réciproque. Vince considéra la petite assemblée. L'officier Patterson tirait la gueule parce que ce n'était pas lui qui commandait la colonne. Luke Bradford était présent, bien sûr, muni d'un superbe appareil photo numérique cette fois. Il avait enfilé un bonnet rayé d'où s'échappaient des touffes de boucles et enfilé de gros gants de ski. Il aperçut Vince et lui fit un clin d'œil entendu. Le garçon n'avait pas menti. Il savait se rendre sympathique à tout le monde, et dans son boulot, c'était primordial. Un requin déguisé en nounours. Il se tenait à côté d'un homme que Vince reconnut non sans surprise : John Lawson. Il avait énormément grossi et son anorak en Gore-Tex le boudinait. Ses traits empâtés ne reflétaient rien. La soirée devait être éprouvante pour lui : sa femme venait de le quitter et il participait à une traque qui devait le ramener treize ans en arrière. Son fils, Bert, semblait poser pour un magazine de snowboard. Il ne cessait de consulter sa montre d'un air impatient. Vince reconnut également Lou Miller, le patron du grand garage Chevrolet. Un petit teigneux habitué aux raids en raquette, qui trépignait sur place.

Il repéra Harry Jr, le seul Asiatique du groupe, qui souriait poliment à tout le monde. Un peu plus loin, Samuel McDaniel, engoncé dans une grosse doudoune verte, se tenait près d'un Noir que Vince ne connaissait pas. Regroupement ethnique. McDaniel le salua cordialement, sans plus. Tout le monde s'aligna. Marmonnements, piétinements, souffles chauds, mains froides. Vince se retrouva entre Bob Atkins et Jude Norton. Atkins, un blond athlétique dans la cinquantaine, lui serra la main. Norton, un brun sec à l'œil perçant, lui adressa un signe de tête. Tous les deux parfaitement équipés pour une balade d'hiver en pleine nuit. Sans paraître le reconnaître, ils se présentèrent. Ils faisaient partie de l'omniprésent Comité interconfessionnel. Atkins était baptiste et Norton presbytérien. Vince déclina son nom à son tour et Atkins plissa les paupières.

– Ah oui ! Limonta ! Vous êtes policier, c'est ça ?

Comme si tout Ennatown ne savait pas qu'il s'était fait virer comme un malpropre !

– J'étais. À présent, je suis le jardinier de Saint-Paul, grâce au père Roland.

– Paix à son âme, dit Atkins.

Les deux hommes se signèrent.

Luke Bradford avait fait circuler la triste nouvelle et une minute de silence avait été observée avant l'arrivée de Vince. Mal à l'aise, celui-ci aurait préféré ne pas faire équipe avec Atkins, à cause d'un vague scrupule remontant à ces quelques après-midi avec Laura il y avait… quoi ? Quinze ans ? C'était ridicule. Atkins n'en savait rien. Et Laura avait sans doute oublié cette brève aventure. Laura la ténébreuse. L'ensorceleuse. Vince et elle s'étaient croisés dans les années lycée sans vraiment se fréquenter. Sage et jolie. Le feu sous la braise. Il ne l'avait revue qu'après son mariage avec Atkins, un inconnu venu d'un bled voisin.

Brève passion sur banquette arrière près du lac, un ou deux motels miteux… Laura la nymphomane. Il se forçait à prononcer le mot, cru, laid, clinique. Laura, un puits insondable dans lequel il avait éprouvé l'envie irrésistible de se jeter. Elle était dangereuse pour lui, il l'avait compris à l'époque. Quand il voyait ses yeux aussi lumineux qu'indifférents passer sur lui comme sur un sex-toy jetable. Et qu'il éprouvait ce désir puissant, violent, de la forcer à le regarder, de la forcer à admettre qu'ils étaient des êtres humains tous les deux, pas des animaux en train de copuler, non un homme et une femme et les violons et les mensonges romantiques, *pauvre Vince, tu voulais la sauter, tu l'as sautée, alors arrête de bla-blater comme un vieux con*. Mais quand même… Laura la brûlure froide de la glace.

La soirée de réveillon qui devait se tenir chez les Atkins serait-elle maintenue malgré les événements ? Si oui, la disparition du père Roland lui donnerait un prétexte pour ne pas y aller.

À ce moment-là, un type déboula sur le parking, vacillant, éructant qu'il voulait se joindre aux recherches. Lester Miles.

– Pas dans cet état, mon vieux, déclara Friedman sèchement.

– Faut la r'trouver, faut toutes les r'trouver. Faut buter c'salaud ! J'vais l'buter, moi !

– Fermez-la et rentrez chez vous.

– J'suis chez moi nulle part. Pouvez comprendre ça, merde ? J'en ai pas, d'chez moi !

– Je vous en ai trouvé un. Dennis, mets donc monsieur en cellule de dégrisement.

Et sans plus écouter les protestations de Miles, entraîné par un énième adjoint bodybuildé, Friedman tira un sifflet de sa poche et donna le départ.

La troupe hétéroclite s'égailla entre les arbres, faisceaux entrecroisés, petites bouffées de buée s'évaporant dans l'air glacé. Le shérif marchait en tête, d'un air martial et conquérant, son fidèle Patterson sur les talons.

Daddy se demandait comment se séparer des autres, les semer. Il faudrait profiter d'un accident de terrain. La montée et les taillis allaient les disperser. Personne ne devait trouver Amy avant lui. Elle était à lui. Comme l'avait été sa traîtresse de mère.

Laura se réveilla en sursaut, à demi suffoquée par ses propres ronflements, la bouche plus sèche qu'une vieille chaussette. Le téléphone. Où était ce putain de téléphone qui lui couinait dans les oreilles ? Là, dans sa chaussure.

– Résidence Atkins, s'entendit-elle annoncer, d'une voix éraillée.

– C'est moi, Kate. Bob y est allé aussi ?

– Kate, bordel, ma chérie, de quoi tu parles ?

– De la battue.

– Ah oui ! Attends…

Elle se pencha pour trouver une clope, l'alluma, le téléphone coincé entre l'oreille et l'épaule.

– Bien sûr qu'il y est allé. Quel dommage qu'il n'y

ait plus de croisades ! T'imagines comme on serait tranquilles, pendant… quoi ? Trois ans au moins ? J'ai un de ces maux de crâne…

– Mme Vodka est une vieille sorcière. Tu dormais ?

– Coma total. D'ailleurs j'y retourne. Faut que je me lève demain.

– On est samedi, demain.

– Ah oui ? T'es sûre ?

– À peu près.

– Super ! Oh non !…

– Quoi ?

– Il y a la soirée à organiser. Le grand Charity Show du 24.

– Tu vas y arriver ?

– J'y arrive toujours, Kate. Tu le sais. Le parfait petit robot.

– Non, le robot ménager, c'est moi. Je viendrai te donner un coup de main. Tu ne trouves pas bizarre que Linda Lawson soit partie le soir même où on enlève une petite fille ? ajouta-t-elle soudain.

– C'est-à-dire ?

– Comme si elle l'avait su… On n'a jamais pensé que le tueur pouvait avoir eu un complice.

– Tu veux dire *une* complice ?

– Pourquoi pas ?

– La propre mère d'une des gamines ?

– Et alors ? À mon avis, tu as des dizaines de cas de ce genre dans les rayons de ta bibliothèque.

– Kate, je dors debout…

– Tu es couchée.

– Ne chipote pas. Je vais raccrocher.

– Ne fous pas le feu au canapé avec ta clope.

– Comment sais-tu que je suis sur le canapé ?

– Parce que nos petites vies sont terriblement bien

réglées, Laura. Comme des coucous suisses, avec leurs petits personnages qui rentrent et qui sortent en rythme.

– Kate, tu as décidé de nous psychanalyser intégralement cette nuit ? On peut remettre la séance à demain ?

– J'ai peur, Laura. Peur pour toi, pour moi. Peur de ce dans quoi on est en train de s'enfoncer.

– Je ne t'écoute pas, je dors.

– C'est bien le problème. Excuse-moi, reprit-elle après un silence, je suis désolée, je t'embête. Dors vite. N'oublie pas de boire au moins deux litres d'eau demain pour te réhydrater.

– Mmm.

Laura coupa la communication et se laissa retomber sur les coussins. Elle avait bavé dans son sommeil. Elle avait froid. Soif. Si seulement Kate ne l'avait pas réveillée ! Elle imagina les citoyens d'Ennatown, petits soldats de plomb bien rangés, en train de monter à l'assaut de l'*ennemi* : un vieux SDF noir déboussolé.

Cependant, quelqu'un avait bien kidnappé et assassiné ces petites filles, une quinzaine d'années plus tôt. Et c'était très certainement un des hommes qui participaient à la battue ce soir.

Elle s'enfouit sous les coussins pour se tenir chaud et essaya de toutes ses forces de se rendormir.

Amy avait du mal à rester réveillée. Elle avait un peu de sang qui lui coulait sur les joues à cause de sa tête qui avait heurté l'arbre, encore plus fort que quand Daddy la cognait contre le mur. Et son bras droit aussi avait souffert. Il lui faisait mal, elle ne pouvait pas le bouger. Et puis la pizza l'avait barbouillée et elle avait vomi et la couverture était toute puante et humide. Elle s'était enfouie encore plus au fond, sous les chiffons sales de Black Dog, et elle suçait son pouce qui avait un goût de tomate. Elle avait 5 ans et elle était épuisée. Elle pensa à sa maman, sa maman qui l'attendait, et un gros sanglot la secoua, un sanglot silencieux qu'elle réprima de son mieux. Daddy n'aimait pas du tout qu'on pleurniche.

Vince se félicitait d'avoir mis le gros blouson fourré et les gants épais de son ancienne tenue d'hiver. Il l'avait déjà appréciée lors de la dernière enquête à laquelle il avait participé, des meurtres de prostituées à Long Island, de longues heures passées sur la lande battue par les vagues, entre les averses de neige et les rafales de vent à plus de soixante kilomètres-heure. Ici, les éléments n'étaient pas déchaînés. C'était un froid calme, intense, l'impression de se déplacer dans un paysage de conte de fées. Dans les recoins que n'éclairait pas la lune, la nuit reprenait tous ses droits, vous obligeant à avancer avec prudence, à guetter malgré vous ce qui pouvait surgir de l'obscurité…

– Là ! s'écria soudain John Lawson, sa lampe éclairant une chevelure foncée.

Mais ce n'était qu'une belette, à moitié ensevelie sous la neige, déchiquetée par les autres prédateurs nocturnes.

Plus loin, des traces de sang, des douilles. Reiner, Saroyan et Larochette à la chasse aux lapins. De-ci de-là, des canettes vides, des mégots, des vestiges de feux de camp illégaux allumés par des ados. L'odeur encore prégnante du shit. De vieilles flaques de vomi, gelées.

Ils s'enfonçaient à présent dans les profondeurs du parc, ligne ondulante soufflant de la buée. Le froid s'épaississait, devenait consistant. Empreintes de renards, de daims, de mulots ou d'écureuils.

Ils atteignirent la Tanner Creek, par endroits ruisseau,

par endroits torrent. L'impétuosité de son flot l'empêchait généralement de geler et le grondement cristallin
de l'eau tourbillonnante évoquait une envolée de harpe.

Trois jeunes adjoints portaient sur leur dos des
plaques en PVC gris qui, assemblées, formaient une
passerelle. La bonne vieille efficacité américaine.

– Les chercheurs d'or se servaient de planches de
bois, lança Jude Norton. Mais on va quand même se
mouiller les pieds.

– L'important, c'est de retrouver cette petite fille,
lui renvoya son ami Bob Atkins.

Vince acquiesça. Atkins se révélait le champion des
évidences. Le genre de type sentencieux qui lui tapait
sur les nerfs. Norton, c'était autre chose. Il ne disait
que des choses politiquement correctes, bien sûr, mais
on n'était pas sûr qu'il les pense. Une seule chose
semblait l'intéresser vraiment : lui-même.

Murmures. Profitant de la pause, Bert Lawson fonçait sur Luke Bradford. Celui-ci se retourna, souriant,
innocent, Ryan O'Neal dans *Love Story*, et lui tendit la
main. Coupé dans son élan, Bert s'immobilisa, considéra la main tendue avec dédain, mais sans se laisser
démonter Bradford lui secoua le poignet et lui parla
avec chaleur.

– Je voudrais tant pouvoir faire quelque chose pour
votre famille, dit-il. Ce n'est pas juste que ces enfants
sombrent dans l'oubli. La justice ne se dissout pas
dans le temps. J'ai essayé de rencontrer votre père…

Ils pivotèrent et le reste de la phrase devint inaudible.
Mais Bert n'envoya pas son poing dans le visage de
Bradford. Au contraire, il l'accompagna jusqu'à John.
Lequel, d'abord véhément, se calma rapidement. Bientôt,
les trois hommes discutaient à voix basse.

Le service du génie improvisé avait fini. Moore

vérifia l'installation, puis leur fit signe de passer, un seul à la fois, sous le regard excédé de Patterson, furieux de voir quelqu'un d'autre que lui donner des ordres. Quand ce fut son tour, Vince vit ses rangers patauger dans deux centimètres d'eau et se félicita de leur coque étanche.

Le passage prit du temps, même si tout le monde faisait de son mieux pour se dépêcher. Moore, arrivé de l'autre côté le premier, examinait la pente rocailleuse, cherchait des signes. Soudain, sous un petit tas de brindilles, il repéra deux marques profondes. Des roues de chariot ! Ils étaient sur la bonne voie. Le vieux avait bel et bien traversé et il essayait d'effacer ses traces. Il rassembla ses troupes, pressé d'avancer.

Ils étaient en train de passer. Black Dog, le souffle court, aplati contre un rocher, absolument immobile, épiait la file d'hommes qui franchissait le ruisseau. Figurines en carton se découpant sous le rayon de lune. Il serra le chariot contre son torse. À cause de sa cheville, il avait dévalé une grande partie de la pente sur le dos, à la manière d'une luge, se dirigeant à l'aide de son bras libre. Là-haut, sur la crête, les chiens tiraient leurs maîtres et cherchaient, cherchaient… Le ruisseau les avait égarés et maintenant ils faisaient semblant, malins chiens policiers qui ne voulaient pas se faire gronder. Ils allaient entraîner les officiers jusqu'à l'orée des montagnes et puis s'asseoir, langue pendante, désolés mon commandant, on a fait de notre mieux, aboulez la gamelle ! Peut-être que les officiers leurs donneraient des coups de pied. Les gens frappaient souvent les chiens. Et les enfants.

Quand la taille de Black Dog ne dépassait pas celle de la table de la cantine, on l'avait beaucoup frappé.

Quand il avait atteint la hauteur des armoires métalliques du dortoir, beaucoup moins. Si les chiens étaient aussi grands que les gens, on ne les frapperait pas, non monsieur, on ramperait devant eux en suppliant « Ne nous mordez pas, gentil monsieur le chien ». Et les fourmis pareil, même qu'il avait vu un film noir et blanc une fois avec des fourmis grosses comme des éléphants et les humains se sauvaient et…

Il cligna des yeux et reporta son attention sur ce qui se passait. Le policier indien se courbait et examinait la neige, centimètre par centimètre. « C'est combien un centimètre, Vicious ? – Comme l'ongle de ton petit doigt. » Une fois, pour avoir un plus grand centimètre, Black Dog avait laissé pousser son ongle, long, long, il s'était fendillé et puis il s'était cassé et il avait failli pleurer.

Amy entendait de l'eau qui coulait et gargouillait et des gens qui parlaient. Des monsieurs. Pourquoi Black Dog ne faisait-il que courir dans tous les sens ? À cause du monsieur MORT ?

– Vite, vite ! disait une voix, claire comme la trompette dans le livre sonore des instruments de musique. Vite, vite !

– Voilà, voilà ! répondit une autre voix en écho.

– Allez, allez ! lança une troisième.

Il y eut des rires, étouffés.

Amy ne rit pas. Elle avala sa salive, les yeux écarquillés, le cœur battant.

« Allez, allez ! » venait de dire Daddy.

Là. Tout près.

Pouvait-il la sentir, sentir la vilaine Amy, comme les loups sentaient leur proie ? Tout son corps se mit à trembler, et ses dents s'entrechoquèrent. Si Daddy la trouvait, si Daddy la trouvait…

Parcourue de spasmes, elle tira la couverture sur sa tête et sombra dans un puits noir, le puits magique où elle n'entendait et ne sentait rien.

L'Indien se relevait, agitait sa torche, rassemblait les traînards. Allez, hue, mon commandant, en avant ! L'esclave en fuite est passé par là, il repassera par ici, allez, chaaargez ! Ils piétinaient tous le sous-bois en rythme, les faisceaux des torches se promenaient comme des pinceaux sur un tableau, sur les tableaux que les gens peignaient près du lac, et même que Black Dog aimait les regarder, il n'y avait rien d'abord, que de la toile blanche, comme la neige ce soir, et puis hop hop, du bleu, du rouge, du jaune, c'était joli et même mieux que ça, oui, encore mieux, ça devenait le lac et des parasols et des pédalos, des enfants, des ballons, les peintres avaient le monde entier dans leurs pinceaux.

Il secoua la tête pour sortir de sa rêverie. Army et lui étaient en danger, il devait les sauver. Une fois que leurs poursuivants se furent tous éloignés, Black Dog se faufila jusqu'au pont de métal et, autant pour épargner sa cheville blessée que pour être sûr de ne pas tomber, le franchit à genoux, tel un pèlerin en haillons.

Arrivé de l'autre côté, il se redressa en grimaçant. Mauvaise idiote de cheville. Mais il pourrait s'appuyer aux arbres, oui monsieur, il n'était pas né de la dernière pluie, ça non. Il n'en avait jamais rencontré, de ces bébés nés de la pluie. Est-ce qu'ils venaient au monde avec des parapluies et des bottes ? Est-ce que la pluie les déposait sur le seuil des maisons et tambourinait sur les vitres pour attirer l'attention ?

Il jeta un coup d'œil vers le ciel. La lune était entourée

de nuages. Ils allaient la recouvrir et il neigerait encore. Il huma l'air. Observa les feuilles qui frémissaient. Du vent. De la neige et du vent. Bientôt. Mais lui et Army seraient à l'abri, ça oui, et peut-être que les ennemis se perdraient dans le blizzard et mourraient de froid, oh oui mon commandant, ce qui compte c'est la santé.

Moore avait fait stopper la colonne. Il entendait les chiens, au-dessus d'eux, pas très loin. Il vérifia une fois encore son cellulaire : pas de réseau. Mais les bons vieux talkies-walkies fonctionnaient et il essaya de joindre Kepler ou Wallace.

La voix étouffée de Wallace, grésillante, résonna dans l'air cristallin. Non, les chiens n'avaient pas retrouvé la piste. Le passage dans l'eau les avait perturbés. Kepler et lui continuaient, avec Diggerman et la K9. Était-il vraiment utile d'organiser une battue avec les réservistes ? Ils géraient parfaitement la situation, Kepler et lui. C'était rien qu'un vieux clodo en fuite. Un meurtrier, certes, mais bon, c'était pas Ben Laden non plus, ha ha ha !, même s'il allait finir pareil, ha ha ha ! Patterson fit « tss tss », signifiant qu'avec lui ça ne se serait pas passé comme ça...

Friedman, rouge de colère, arracha l'appareil des mains de Moore et se mit à éructer qu'il était le patron et qu'il prenait en conséquence les décisions qui s'imposaient. De plus, le problème c'était surtout la petite fille.

Wallace n'était pas optimiste : ce salaud l'avait sûrement violée et étranglée et puis cachée dans un trou, un terrier ou quelque chose dans le genre. Et la police d'État n'avait pas à intervenir sur leur territoire. Ils allaient le retrouver et le coincer, cet enfoiré, sûr et certain. Bon, OK, et en attendant ? En attendant, ils continuaient vers les montagnes et le parc national.

Fallait donner l'alerte à tous les rangers et aux refuges. Une fois là-bas, ce serait leur problème à eux !

Communication coupée.

— Rien, lâcha Friedman en se retournant vers ses troupes un peu essoufflées par la longue montée. Ils n'ont rien pour l'instant.

— Nous non plus, fit remarquer Bradford. Qui vous dit que le bonhomme est dans le coin ?

— Par où voulez-vous qu'il se soit enfui après avoir abattu Reiner ? Les traces relevées sur la scène de crime montrent avec netteté qu'il s'est enfoncé dans le parc.

— Il a pu revenir sur ses pas en sautant de pierre en pierre pour ne pas laisser d'empreintes et se retrouver assez vite sur le parking, objecta Bradford.

— Et de là suivre n'importe quelle route… ajouta Jude Norton en soupirant. Monter dans un car…

— En pleine nuit ? Avec une petite fille blanche ? rétorqua Friedman, irrité. On n'est pas à New York ou à Chicago, on est à la campagne, dans un comté réputé pour ses érables, ses truites et sa tranquillité. Ça laisse peu de place pour les gens hors normes.

— Pourtant, y a bien quelqu'un qui a tué ces gosses, il y a treize ans, laissa tomber Bradford.

— Sûrement pas quelqu'un d'aussi voyant, répliqua Friedman. Mais on n'est pas là pour discuter. On va se séparer. Une moitié de la colonne prend le flanc latéral gauche sous le commandement de Moore, l'autre le flanc droit, avec Patterson et moi. Jonction au sommet.

— Et après ? demanda Lou Miller.

Friedman haussa les épaules.

— On redescend. Sauf si vous avez une meilleure idée.

— J'ai l'habitude des longues courses en montagne, j'aimerais accompagner les officiers Kepler et Wallace.

— OK, vous voyez avec eux. On y va !

– Le fait est que le fugitif a pas mal d'avance sur nous, insista Bradford. Il peut être n'importe où à cette heure.

– Merci pour ces encouragements.

– On ne peut pas abandonner, lança soudain John Lawson, son visage bouffi rougi par l'effort. Même si ça ne sert à rien, on ne peut pas abandonner.

– On ne va pas abandonner, John, je vous le promets, répondit Friedman, embarrassé.

Vince vit Bradford soupirer tout en filmant la scène mine de rien. Personne ne se méfiait de l'appareil photo qui pendait à son cou. Mais, après tout, il n'y avait rien de secret dans ce qui se passait. Le gamin devait ronger son frein en attendant le scoop.

Il s'aperçut soudain que, au lieu de faire plus clair, il faisait plus sombre. La lune avait disparu. Le premier flocon de neige toucha son nez. Il leva la tête. Une bourrasque balaya les cimes des arbres. La neige se mit à tomber dru, d'un coup, une épaisse averse tourbillonnante.

Un Noël blanc, se dit Vince, comme ceux de son enfance. Un Noël blanc. Et rouge.

Un piétinement, des bruits de branches, tout le monde se figea. Moore leva son fusil. Patterson était déjà en position de tir règlementaire. Wallace et deux hommes en uniforme émergèrent, et Vince crut entendre un soupir collectif à la fois soulagé et déçu.

– Liaison effectuée ! aboya Patterson dans sa radio, en écho aux glapissements des chiens dans les hauteurs.

Daddy n'avait pas froid. Il entendait les autres échanger des commentaires, renifler, il hochait la tête, approuvait, souriait. Mais il n'avait pas froid. Au contraire. Il était brûlant. Chaud brûlant. Bouillonnant.

Les autres ne pouvaient pas le voir, mais lui savait que sa peau s'était tendue sur ses membres, que ses joues s'étaient creusées comme celles d'un cadavre, aspirées par la fournaise qui consumait son cerveau et son estomac. Daddy avait le feu. Ce feu intérieur qui le rongeait par à-coups, le transformant en prédateur sur pilotage automatique. Il était conscient du changement qui s'était opéré en lui, et de l'impérieuse nécessité de le dissimuler à son entourage. Redoubler d'efforts pour tenir une conversation imbécile. Ternir son regard. Ne pas les abattre, là, tous, avec son arme, juste pour avoir la paix une seconde. Écouter la nuit. Trouver sa proie. Sa chose. Cette petite ordure issue d'une goutte de son sperme. Il aurait dû la noyer à la naissance, comme un chaton. Elles étaient là pour lui, pour son plaisir, elles étaient ses petites princesses dociles, ses poupées jolies, ses chéries si délicieusement étroites, avec leurs petits bourgeons qui ne deviendraient jamais de gros tétons obscènes et veinulés. Il grimaça à la pensée de la chair chaude et puante des femmes adultes.

Il lui en fallait une nouvelle, ça c'était sûr, se dit-il une fois de plus. Susan était usée. Répugnante. Une marionnette poisseuse dont la bourre s'échappait. Et Amy... Oh, Amy... comme elle allait regretter ! Il l'empalerait sur son arme quand il en aurait fini avec elle et il tirerait le coup final.

Un rictus déforma ses traits réguliers habituellement aimables et il toussa pour le cacher, sa main gantée effleurant son membre raidi à travers sa poche. Il s'obligea à respirer lentement, à revenir parmi le troupeau, à sourire à cette grosse loche de John Lawson. Le seul moment où la troupe se disperserait, ce serait pendant la redescente. C'est là qu'il devrait agir.

Il se rendit compte que Luke Bradford le dévisageait et il fit mine de s'étirer. Jeune connard avec sa coiffure style afro et son manteau de fille. Bradford observait à présent Limonta. Le fils du tailleur de pierres. Joues bleues de barbe. Blouson « NYPD ». Révoqué de la criminelle. Un alcoolo. Mais un flic. Dur, anguleux. Plus jeune que Lawson père mais beaucoup plus vieux que son pédé de fils. Tu ne peux même pas imaginer que ta petite sœur est enfermée chez moi, hein, Bertie ? Et toi non plus tu ne pourrais pas le croire, Johnny Couilles-molles que ta bonne femme vient de larguer ! ? Ça te rappelle quelque chose, cette course dans la nuit, ça te rappelle comme tu hurlais en cherchant la chair de ta chair ? « Bye Bye Birdie ! » L'oiseau s'est envolé !

Comme Amy. Amy qui le fuyait, lui ! Il se sentit grimacer de fureur et toussa de nouveau.

– On s'enrhume ? lui demanda son voisin, goguenard.

Il lui aurait volontiers écrasé la tête contre un tronc d'arbre et explosé le bas-ventre à coups de crosse.

– Quand le tabac sera interdit, je respirerai mieux ! répondit-il, souriant.

Son interlocuteur, un gros fumeur, haussa les épaules et se tourna vers quelqu'un d'autre.

Daddy n'avait jamais voulu tuer d'homme. Les hommes ne l'intéressaient pas, ne lui faisaient pas envie. Il n'avait pas *besoin* de jouir dans des hommes, ni dans des petits garçons. Mais depuis quelque temps les hommes le mettaient en colère. Les hommes, les femmes, tout le monde le mettait en colère. Pas dans l'état d'excitation et d'impatience et de toute-puissance qui le poussait – l'obligeait à… Non. Juste en colère. Très en colère. Il avait envie de détruire. De frapper.

Des idées de meurtres de masse lui traversaient l'esprit de plus en plus fréquemment.

Il se secoua. Se reprendre. Se garder. Se regarder. Être regardé. Offrir le visage convenu. Trouver Amy.

9

Snake.T leva quelques secondes les yeux de l'écran pour regarder la neige tourbillonner derrière la vitre. Ils n'allaient pas se marrer, dans les bois, avec ce blizzard. Il but une gorgée de Pepsi light et recommença à pianoter, fasciné.

Les petites filles avaient toutes entre 5 et 7 ans et avaient été enlevées sur une courte période. La première, Vanessa Prescott, le 2 mars 1996. La dernière, Susan Lawson, le 23 décembre 1998. Rien avant, rien après. Cinq gamines enlevées, quatre corps retrouvés, et puis *nada*. Le premier meurtre remontait donc à quinze ans. C'était loin, très loin. Il avait 11 ans, sa maman venait de foutre le camp, rien à foutre du drame des Blancs… Il cessa de chantonner, revint à la page « notes perso » qu'il avait créée.

Le Noyeur était-il venu s'installer en ville à ce moment-là ? Vérifier les nouveaux arrivants de l'époque. (Ce qu'avait certainement fait le shérif Blankett, mais bon…)

Était-il parti après avoir assassiné Susan Lawson ?

Les registres électoraux devaient contenir les réponses. Arrivées. Départs.

L'absence de témoins était surprenante. Le Noyeur avait agi à des heures de grande circulation, dans des zones résidentielles. Son aspect ne devait donc rien présenter de remarquable. Ce qui éliminait *a priori* Black Dog. Quiconque ayant vu un colosse noir de deux mètres, en haillons, traîner dans les coins où les fillettes avaient été enlevées s'en serait souvenu.

Snake.T étudia de nouveau le plan du parc. De fait, toutes les disparitions avaient eu lieu en lisière de son périmètre. Le shérif Blankett l'avait fait fouiller de fond en comble par ses hommes et par ceux de la police d'État. Sans succès. Friedman aurait-il plus de chance ? Peut-être, parce que Vince était là-bas, et Vince était un bon, ça Snake.T en était sûr.

Vanessa Prescott avait été retrouvée à l'automne 1996 dans la Summit, en aval de Summit Camp. Un pêcheur avait accroché son hameçon dans le cadavre à demi décomposé qui reposait au fond de l'eau, lesté de pierres. En voulant décoincer son hameçon, il avait tiré sec et remonté une petite main en lambeaux. Les portables n'étaient pas aussi répandus que maintenant et, après avoir copieusement vomi sur ses cuissardes, il avait couru jusqu'au camping pour donner l'alerte.

Il regarda la photo affichée sur le coin gauche de l'écran. Blonde, bouclée, des fossettes, un trou à la place d'une incisive. Pas de photo en ligne de la chose informe repêchée dans l'eau.

Debbie Eastman. Blonde, avec une queue-de-cheval, des barrettes en plastique rose, un grand sourire heureux. Avait refait surface – c'était le cas de le dire – une semaine après sa disparition, dans le lac Winnipek à l'occasion du repêchage d'un canot coulé. Panique et gerbe chez les plaisanciers.

Quand Loïs Carmelo avait disparu à son tour, en janvier 1998, Blankett, pas con, avait fait draguer tous les plans d'eau et la petite fille avait été très rapidement retrouvée dans un réservoir d'eau pluviale.

L'eau. Pourquoi ? Parce que c'était pratique ? Ou s'agissait-il d'un élément symbolique ? L'eau, la mère, élémentaire, mon cher Watson. Ouais…

Un tueur en série pédophile débarque dans notre bonne ville, s'en paie une tranche sur cinq adorables petites poupées blondes et disparaît, ainsi font font les petites marionnettes. Cher docteur Snake.T, merci pour cette contribution indispensable. Vous pouvez la remettre dans votre poche, on ne sera pas fâchés.

Snake.T pêcha un joint dans son jean et l'alluma pensivement. Reprendre l'enquête semblait très présomptueux, *yo man !*, Blankett avait certainement fait son boulot au mieux et mené la meilleure enquête possible, interrogeant, fouillant, compilant, comparant tous les témoignages. De ce côté, il fallait donc attendre d'avoir accès à ses dossiers ou à sa mémoire. Cependant, Snake.T se doutait que Vince et lui ne feraient pas mieux, pas après tout ce temps. La seule chose qui pouvait avoir échappé au shérif, c'était un schéma d'ensemble, susceptible de se révéler avec le temps. La *Gestalt* de ces meurtres. Le dessin du dessein. Ou l'inverse ?

À l'époque, Blankett était dans le mouvement, il n'avait pas de recul. Quinze ans plus tard, c'était différent. Comme dans l'expérience dite du chat de Schrodinger. Un chat est enfermé dans une boîte avec une substance mortelle dont on ne sait quand elle se libérera. On a donc un chat potentiellement mort et vivant. On ne peut savoir ce qu'il en est vraiment qu'en ouvrant la boîte. Il faut ouvrir la boîte, soulever le couvercle pesant sur ces assassinats et voir… quoi ? Qui ?

Les liens. Traquer les liens. Y en avait-il un entre l'enlèvement supposé – souligner « supposé » – de la petite fille aux cheveux noirs – souligner « noirs » – ce soir et ce qui s'était passé quinze ans plus tôt ?

Et si ce lien n'était pas Black Dog, alors…

C'était la petite fille ?

Délire total, mec, arrête les paradis artificiels. OK, ce qui faisait penser aux drames passés, c'était la présence de cette petite fille. Mais toute ressemblance avec des faits avérés s'arrêtait là. Black Dog avait buté un braconnier et s'était enfui en emmenant la gosse. Pas d'enlèvement sournois façon le Noyeur. Non, un gros truc bien visible façon « je pète les plombs ».

Le mystère, c'était elle. D'où venait-elle ? Pourquoi suivait-elle le SDF ?

Il s'efforça de se concentrer à nouveau sur la série tragique. Internet regorgeait de détectives amateurs déterminés à résoudre les grandes énigmes anciennes ou actuelles. Mais les meurtres d'Ennatown n'avaient pas intéressé grand monde. Quelques commentaires vindicatifs, genre « faut attraper ce monstre et lui couper les choses », « pédophiles êtres vils », etc., mais pas de site dédié. Le fait que les acteurs du drame, les parents des victimes, vivaient toujours dans la communauté avait sans doute empêché pas mal de concitoyens de se répandre sur la Toile.

Il se renversa en arrière sur sa chaise pour mieux réfléchir. Ses longs doigts battaient la mesure sur le rebord de la table, bam bam bam, son pied gauche sur le sol, le genou droit se contentant de tressaillir. Cinq petites filles, bam bam bam, un seul petit cochon, bam bam bam, les maisons abattues par le souffle du loup, bam bam bam, cinq petites filles sur un mur qui picoraient de la mort dure, bam bam bam, cinq petites filles disparues, quatre retrouvées, une envolée, bam bam bam.

Où était Vera Miles ?

À l'instar du chat, était-elle vivante ou morte ? Tant que l'on n'avait pas retrouvé son corps, la question restait théoriquement pertinente.

Mais bon, il était quasi certain que le Noyeur l'avait massacrée elle aussi. Alors où se trouvait son corps ? Tous les points d'eau alentour avaient été fouillés minutieusement par Blankett et ses hommes. Le Noyeur avait-il emporté le corps beaucoup plus loin, jusqu'aux Finger Lakes et leurs centaines de milliers de mètres cubes de tombeau liquide ?

Et si c'était le cas, ça conduisait à se demander pourquoi il avait dissimulé les autres si près.

Ouais, ouais, y avait une rupture dans son comportement et c'était intrigant. Quatre gosses retrouvées à proximité immédiate de la ville, une volatilisée. Qu'avait-elle de différent qui justifie que le Noyeur la traite différemment ? Que représentait Vera Miles pour lui ? Ouais, ouais, bam, bam, y a un truc qui colle pas.

Il inspira profondément, puis exhala doucement la fumée. Vince allait gueuler à cause de l'odeur du shit. Pas grave. L'herbe apaisait la rage qui le rongeait en permanence depuis son accident. Rectification : depuis la tentative de meurtre dont il avait été victime. Rage et amertume. Il s'efforçait de présenter un visage cool à son entourage, humour et blagues à deux balles, d'oublier qu'il avait eu un corps parfait dont le déhanché donnait des frissons aux filles. Difficile quand on avait tant investi dans l'apparence corporelle de se reconstruire sur les joies de l'esprit ! Heureusement que ses neurones turbinaient à fond. S'il n'avait pas abandonné ses études pour la musique, il serait sans doute devenu enseignant. Un geek binoclard donnant des cours à des étudiants qui écouteraient du rap en le traitant de vieux branleur.

Impossible de remonter la rivière du temps. Mais peut-être possible d'empêcher Black Dog et la gosse inconnue d'être emportés dans les chutes de l'avenir. Retour à l'ordinateur.

Il leva les yeux. La neige tourbillonnait. Ils devaient se les geler, dans les bois.

Et le père Roland était mort. Ça lui revint d'un coup, comme s'il l'avait réellement oublié pendant deux heures. Qu'est-ce que Vince lui avait dit ce matin – ce matin à peine ? Ah oui ! Le père Roland les invitait à un réveillon chez les Atkins et il souhaitait que lui, Snake.T, fasse un peu de musique avec Mlle Hannah. Les Atkins fréquentaient la même église que son père et Bob Atkins avait le total profil ligue de vertu. Le genre à prôner l'usage du sécateur pour les doigts des fumeurs et l'amputation de la langue chez les alcooliques. Et Mme Atkins… Aussi ravissante que déglinguée. Dans la lignée des blondes névrosées qui plaisaient tant à Hitchcock. Et à Vince, sauf erreur. Quant à Mlle Hannah, c'était une très gentille vieille fille, prof de piano et dévouée à sa mère souffrante, un modèle démodé depuis les années 60 mais qui avait réussi à perdurer dans ce bled.

Et Snake.T avait râlé en pensant à cette soirée merdique. Sans se douter bien sûr que le père Roland ne serait pas là pour y assister.

Un sacré coup dur pour Vince, cette mort soudaine. Snake.T admirait l'homme bon et pieux, mais il n'avait pas avec lui un rapport aussi proche que Vince, pour qui c'était un mentor et un père de substitution. Le père Roland avait réussi à le bloquer dans sa descente aux enfers et Snake.T craignait qu'elle ne reprenne de plus belle, conduisant Vince jusqu'à un bout de trottoir qu'il partagerait avec Black Dog et autres laissés-pour-compte.

À toi de jouer maintenant, mon vieux, se dit-il, *à toi de tenir la tête de ton pote hors de l'eau.* Enfin, façon de parler : « hors de la bibine » aurait été plus approprié.

Un diagramme. Il imprima le plan de la ville, y reporta les indications glanées sur la Toile : les adresses des petites victimes, les lieux de leur disparition et ceux où elles avaient été retrouvées. Petits points de couleur et numéros, comme dans les magazines pour enfants. Peu de chance, hélas, qu'en les reliant on voie apparaître le visage du tueur.

Black Dog était revenu sur ses pas, lentement, patiemment, en s'aidant d'une branche cassée pour marcher. Il ne sentait ni le froid ni la douleur, tout entier tendu vers son but. Sortir des profondeurs du parc. Se cacher près des jolies maisons. Dans la petite guérite en ciment qui abritait l'ancien *transfromateur* de l'électricité. Personne n'y allait jamais parce qu'il y avait les panneaux de mort dessus, avec le petit bonhomme renversé par la foudre. Vicious lui avait expliqué qu'il ne fallait pas approcher de l'appareil à moins de *ça.* Il montrait la longueur du bras. « Jamais à moins de *ça.* Sinon t'es mort ! Total mort ! » Il fallait rester contre la porte, sans bouger. Une bonne cachette, ça oui. Et qui les protégerait de la neige.

Il chassa celle qui s'était accumulée sur ses cils, ses joues, essayant de se repérer. Il distingua la faible luminosité d'un lampadaire et se força à avancer. Il ne pourrait pas marcher sur la route, on le remarquerait tout de suite. Il fallait se déguiser, oui monsieur. Vicious aimait bien ça les déguisements, il se nouait un foulard dans les cheveux et en avant les pirates, allez, à l'abordage ! Black Dog extirpa d'une de ses poches béantes un passe-montagne gris et mité qu'il enfila avec soin. On ne voyait plus que ses yeux et ses gros gants dissimulaient ses mains. Ah ah, il était presque blanc à présent !

Il déboucha sur le parking, épuisé. Personne. La neige et le vent étaient ses amis. Il se traîna jusqu'à l'arrêt du car et jeta la branche sous le banc en plastique orange. Il était bien, assis. Il tapota le chariot et murmura :

– Tout va bien, Army, tout va super bien !

Le premier car de la journée passait à 4 h 50. Ouvriers de la scierie, femmes de ménage, infirmières, il n'était jamais vide, et le chauffeur ne fut pas surpris de voir quelqu'un à l'arrêt malgré le temps pourri. Suréquipé pour affronter les éléments, son car était plus sûr que bien des voitures.

On ne distinguait rien du type, emmitouflé des pieds à la tête, mais il mesurait au moins deux mètres ! Il grimpa lentement en hissant son chariot et, sans composter sa carte, claudiqua jusqu'à une place du fond, laissant derrière lui une odeur de saleté humide. Le chauffeur n'avait aucune envie de commencer sa journée par une dispute. Le type se débrouillerait avec ses collègues contrôleurs. Il mit son clignotant et reprit sa route.

Amy sentait les vibrations dans son sommeil agité. Elle rêvait de sa maman. Elle rêvait que sa maman et elle se promenaient dans la neige immaculée et montaient dans le traîneau du Père Noël, ça secouait, ça s'arrêtait, ça repartait, et Maman riait, mais elle riait trop, et Maman toussait et toussait et… et Daddy… Daddy arrivait en criant et… Amy changea de rêve. Elle s'enfonçait sous la neige, creusait un tunnel et rencontrait un lapin. C'était mieux, bien mieux. Elle n'avait même plus froid.

Un échec total, se dit Vince. Les hommes redescendaient le plus rapidement possible, aveuglés par le blizzard, glissant et trébuchant, pressés de regagner leurs pénates et de raconter leurs exploits. La grande battue. Un attardé mental de 63 ans accompagné d'une gamine leur avait filé entre les doigts, mais c'était pas grave. Empourprés par le froid, la goutte au nez, le fusil en bandoulière, les héros revenaient de la traque.

Vince remua les doigts dans ses gants pour tenter de les réchauffer. L'humidité commençait à s'infiltrer dans ses super chaussures. Il devait avoir le nez aussi rouge que ceux de ses camarades. Des clowns. Des clowns pour le grand cirque céleste. *Notre père Roland qui êtes aux cieux, priez pour nous, pauvres pécheurs. Donnez-moi la force de résister à la tentation.*

Comment ? Pourquoi ? Pour qui ?

Donnez-moi la force, bordel ! Aidez-moi.

Daddy pataugeait dans la neige, comme les autres, prêt à épauler et tirer. La neige brouillait le paysage, la nuit épaisse s'était refermée sur eux comme un couvercle, une de ces boules de plastique qu'on retourne et qu'on secoue pour faire tomber des paillettes. Black Dog avait réussi à leur filer entre les pattes, le privant de sa proie. Daddy ne décolérait pas. Il comprenait soudain comment les sorcières se rendaient au sabbat. À califourchon sur sa fureur, il aurait pu faire le tour de la Lune. Tous ces cons autour de lui, leurs voix, leurs appels, leurs ricanements. Des cloportes, comme Amy. Une petite vermine à écraser, entendre la colonne vertébrale craquer sous la semelle, crac !, comme la carapace d'un cafard.

Il ressassait sans cesse les mêmes pensées, en boucle. Une roue dentelée qui tournait sous son crâne et dont chaque cran lui imprimait une secousse. Il lui fallait une poupée neuve. Une jolie. Blonde. Tendre. Sage. Très sage. Sinon Daddy serait obligé de la punir. Et punir et punir encore. Comme on l'avait puni, lui. Dans sa chair.

Les cicatrices. Ne pas penser aux cicatrices. Ni à ce qui avait provoqué les cicatrices. Ni aux gros seins mous pressés contre ses lèvres. À la main qui le torturait pendant qu'Elle se frottait contre lui en ahanant. Flamme noire devant les yeux, brûlure sourde sous sa peau. Déchirure intime. Ne pas penser à ÇA.

Penser à ses petites épouses. Combien de ces spectres qui l'entouraient avaient de jolies poupées toutes douces dans leurs maisons formatées ? Il se concentra sur l'idée d'une nouvelle petite princesse. Laquelle allait-il choisir ? Quelle blondinette au sourire d'ange toute prête à aimer tendrement son Daddy ? Mais d'abord se débarrasser de la vieille Susan et de sa progéniture, de son engeance.

Il avait presque envie de l'appeler : « Amy, Amy ! Viens voir Daddy » pour la voir surgir d'entre les arbres, rampant vers lui comme un chien. Mais il ne pouvait pas. Et ne pas négliger le fait que Black Dog avait réglé son compte à Bud Reiner. Hésiterait-il à tuer encore ? Il n'avait pas peur d'un vieux clodo, bien sûr. Mais était-il armé ?

Et avait-il déjà supprimé Amy ? Si seulement...

On lui parlait. Des mots. Quoi ? Ah oui ! Noël. Bribes de phrases, bourdonnantes comme un essaim de mouches. Le réveillon. Demain soir. Endeuillé par ces drames : la mort du père Roland et le meurtre de Bud Reiner. La fête. Pas possible d'annuler, ce serait injuste pour les esseulés qui comptaient là-dessus. Pourvu que ce cinglé de clochard n'ait pas assassiné l'enfant qu'il avait enlevée ! Un Noël tragique, hein ? Et bla et bla et bla.

Daddy hochait la tête, soupirait et abondait dans le sens de ses interlocuteurs. Le père Roland. Sa sincérité et son enthousiasme.

Cet illuminé ne faisait pas semblant, il croyait vraiment à la rédemption et au pouvoir de l'amour.

L'amour, c'était sale. Le sexe chaud et puant des femmes était écœurant. Les petites princesses étaient encore pures, elles.

Daddy avait souvent eu peur – non, pas peur, il n'avait peur de personne –, disons plutôt ressenti un léger malaise à l'idée que le père Roland le perce à jour, qu'il sente à quel point il n'avait pas envie d'être bon, pas tout le temps.

Être bon, c'était comme la flagellation, une punition pour le plaisir éprouvé à être mauvais.

Le père Roland le déstabilisait. Face à lui, il sentait parfois le rouge lui monter aux joues.

« Noël tragique. » S'il commençait à tirer dans le tas, là, maintenant, ça serait vraiment un Noël tragique, bande de cons. Mais s'il faisait ça, on l'enfermerait. On le priverait de ses poupées. On le priverait de leur douceur. Et Daddy ne pouvait pas vivre sans douceur.

Snake.T avait les paupières lourdes. Il se sentait un peu embrumé. Il avait trop bu et pris trop de trucs, il ne se souvenait même pas quoi, et deux trois joints par là-dessus... Ouais, il flottait léger, léger, et sentait ses yeux se fermer et...

Blondes. Elles étaient toutes blondes. Toutes sur le même modèle. La femme du Noyeur était-elle blonde ? Sa mère ? Sa fille ?

Lui-même était-il blond et enlevait-il des gosses qui lui ressemblaient ? Pour passer inaperçu ? Non, les fous meurtriers n'allaient pas jusque-là. Ils obéissaient non pas à des critères pragmatiques, mais à des pulsions irrésistibles. Blonde. Poupée blonde. Princesse.

Était-il amoureux d'une sœur inaccessible ?

Sexe, violence, meurtre.

Colère. Neuf fois sur dix dirigée contre la sacrosainte Big Mama, bien plus intrusive que Big Brother pour les cerveaux détraqués des schizos paranoïdes.

Sociopathe. Un sociopathe capable de présenter aux autres un visage normal, capable de dissimuler sa folie sous le masque lisse de la normalité, avenant, poli, sans doute un peu rigide mais pas au point d'alarmer qui que ce soit. Un bon père tranquille.

Père... Le Noyeur était-il père de famille ? Une perspective qui le rendrait encore plus écœurant. Snake.T se jeta sur son moteur de recherche et fureta dans de nombreux sites, écartant toutes les digressions et zappant les forums. Il voulait des faits, pas des émotions, surtout aussi superficielles et égotistes que celles répandues sur la Toile, la plupart des interlocuteurs donnant l'impression de plus se soucier de placer joliment leurs smileys que de développer correctement leurs pensées.

Écartant les diatribes virulentes et les appels à la peine de mort contre ces « monstres » de pédophiles meurtriers, il se connecta aux sites spécialisés, hyper bien documentés. Incroyable, la somme d'informations disponibles ! Il résista à l'envie de commander sur-le-champ le bouquin édité par le FBI sur la question et se concentra sur sa recherche, se prenant au jeu tout en ayant conscience que ce n'en était pas un et que Vince le trouverait certainement ridicule. Mais bon, c'était sa manière à lui de contribuer. L'Archiviste contre le Noyeur. Et Vince ? Ce serait qui ? Desperado Cop – ça sonnait bien. Encore que Vince ait un côté berserker, ces guerriers celtes capables de se transformer en animaux. Même quand il était calme, on sentait le crépitement d'une violence contenue, juste sous la peau.

Après s'être farci des listes effrayantes de tueurs sadiques et le détail abject de leurs méfaits, Snake.T en vint à la conclusion que la plupart de ces assassins d'enfants n'en avaient pas eux-mêmes. Ceux qui étaient mariés et pères de famille étaient une minorité. Cela avait-il un sens ? Il n'était pas psy, il n'en savait rien. Il ne pouvait que constater que d'un côté il y avait les parents, hélas trop nombreux, qui martyrisaient leur propre progéniture et de l'autre les prédateurs esseulés à l'affût des enfants d'autrui. Donc concentrer ses investigations sur un homme arrivé un peu avant 1996 et *a priori* sans enfants. Célibataire ?

C'était nul de jouer les détectives amateurs. Nul et

prétentieux. Mais il ne savait pas quoi faire d'autre, en cette nuit glaciale et merdique où le père Roland était mort, où une petite fille avait été enlevée, où un Noir meurtrier était traqué comme un sanglier blessé, et alors que le Noyeur guettait peut-être une nouvelle proie. Snake.T avait cruellement conscience de ne servir à rien ni à personne, et d'ailleurs rien ne disait que le nouveau curé voudrait encore de lui pour tenir l'orgue. Comme la plupart des handicapés, il dépendait d'une sorte de charité institutionnalisée. De la bonne volonté de la communauté. Mener l'enquête ne servait peut-être à rien mais c'était un moyen d'occuper le hamster qui pédalait dans son cerveau en permanence.

Même s'ils étaient en vie, Vince et lui s'étaient égarés, à l'instar de ces petites filles assassinées. Ils avaient pris le mauvais chemin au mauvais moment.

Ennatown, la ville des enfants perdus.

Laura n'arrivait pas à se rendormir. Une impérieuse envie d'uriner l'avait réveillée et elle avait titubé dans l'escalier jusqu'à leur imposante salle de bains. La vue des doubles lavabos en marbre blanc l'avait inexplicablement déprimée. Celui de Bob avec ses accessoires virils et efficaces rangés par taille, mousse à raser, triples lames, gel après-rasage, after-shave, déodorant sans paraben, boîte d'aspirine, ciseaux à ongles, dentifrice médical et peigne parfaitement propre. Et le sien, en désordre, cheveux accrochés à la brosse en poils de sanglier, tube d'Alka-Seltzer mal rebouché, savon à la noix de coco sans noix de coco, fioles, onguents et crèmes, tout l'attirail de la sorcellerie moderne pour marâtre de Blanche-Neige. Miroir, miroir, dis-moi qui est la plus saoule ? Bravo !

Elle avait l'impression de porter une casquette en plomb trop serrée. Un demi-litre d'eau n'avait pas suffi à étancher sa soif. Sa langue en carton était trop grosse pour sa bouche. Sans compter les nausées. Elle avait vraiment fait fort. Super Laura avait assuré, mais la cryptonite à 55 °C avait eu raison d'elle. Et dire qu'il fallait recommencer demain. Pas demain : ce soir. Ce soir ? On était déjà le 24 ? Elle ne pourrait jamais superviser les préparatifs ! Quelle stupide idée d'enchaîner la soirée mensuelle du comité et le traditionnel réveillon semi-caritatif ! Comme si on n'avait pas pu déplacer la réunion ! Mais non, pas question, la réunion avait lieu tous les 23 du mois, même en temps de guerre ou de catastrophe naturelle, c'était une règle aussi immuable que la dinde de Thanksgiving. Bob ne voyait pas le problème. Évidemment, ce n'était pas lui qui gérait les réceptions et, en ce qui concernait ce merveilleux Noël, le traiteur, le fleuriste, le putain de sapin, les menus cadeaux, etc., etc. Rien que les « etc. » lui donnaient envie de se fourrer un oreiller sur la tête jusqu'à la fonte totale des pôles.

Debout près de la baie vitrée de la salle à manger, les bras serrés autour du buste, elle frissonnait en se balançant légèrement d'avant en arrière. Rafales blêmes, traversées d'éclairs bleutés. Un orage de neige. Tous les hivers, la ville connaissait des épisodes de blizzard et de poudrerie. Le charme rustique du Nord. Laura aimait l'orage, la foudre, le fracas, le ciel déchiré de lumière. Elle aurait dû être chasseur d'ouragan. Oui, et puis plongeur sous-marin, et agent secret, et Angelina Jolie.

Un nouvel éclair illumina la pelouse et elle cligna des yeux. Avait-elle aperçu une silhouette là-bas, près de chez Kate ? Un joggeur ? Avec ce temps, ce serait surprenant. Plus surprenant qu'une épouse respectable qui s'était envoyé la moitié de la ville ? Ne jamais sous-estimer à quel point la vie peut être surprenante. Elle fixa l'obscurité, cherchant à percer le tourbillon de flocons. Là ! Tout au fond du jardin, du côté du vieux transfo, une masse sombre et en mouvement. Donc pas un arbre, les arbres ne marchaient pas, sauf dans *Macbeth*. Un rôdeur ? Prêt à attaquer l'opulente demeure des Norton ? Laura hésita un instant à téléphoner à son amie. Mais la silhouette n'avançait plus. Elle s'était fondue dans les frondaisons du parc. Et Laura n'était plus très sûre de l'avoir réellement vue. Et puis les chiens n'avaient pas aboyé. Ni leur vieux Grizzly, un berger allemand arthritique, ni Lola, le beagle de ses amis.

Elle avait carrément froid à présent. Elle se pelotonna sur le canapé en se demandant à quelle heure Bob allait rentrer et s'ils avaient attrapé ce pauvre vieux type. Il lui avait semblé si doux. Pourquoi avait-il tué Bud Reiner ? Bud était un blanc-bec aussi arrogant que stupide, un mélange détonant chez les mâles. Il avait dû provoquer le clochard au-delà de la limite acceptable pour cet homme.

À peine allongée, elle se rendormit, d'un sommeil haché et agité, dans les relents aigres de l'alcool.

À l'abri. Ils étaient à l'abri. Pelotonnés contre la porte métallique. Black Dog avait tapoté la tête d'Army, toujours blottie dans le chariot, lui avait déniché un vieux bout de sandwich au jambon qu'elle avait grignoté du bout des lèvres, les yeux mi-clos. Il sentait sa petite tête aux cheveux noirs contre son flanc. Dormir. Il fallait dormir. Se reposer. À l'abri.

Amy mâchonnait le jambon et le pain, un peu rassis, comme les sandwichs que rapportait parfois Daddy. La seule évocation de Daddy la fit frissonner et elle faillit régurgiter sa bouchée. Elle ne pouvait pas bouger son poignet droit, il avait enflé, il avait dû se tordre quand ils étaient tombés. Maman avait souvent les poignets enflés. Maman. Où était-elle ? Où était la chambre ? Peut-être qu'Amy était maintenant à des centaines de kilomètres de Maman. Mais non, puisqu'elle avait entendu Daddy il n'y avait pas longtemps. Elle devait trouver du secours. Tout ce qu'elle avait fait c'était de voir la forêt et un monsieur mort et maintenant il fallait se cacher, encore et encore, et personne n'allait aider Maman ! Elle n'était qu'une sotte et vilaine Amy. Elle n'avait pensé qu'à découvrir l'extérieur au lieu d'accomplir sa mission. Et elle avait dormi et vomi – pas pleuré, elle ne pleurait jamais, elle n'avait pas de larmes dans les yeux, pas de voix dans la gorge, et ça ne servait à rien, comme d'habitude. Si Daddy rentrait dans la chambre avant qu'elle ait trouvé la police… Amy cessa de mâcher, glacée d'une terreur primitive. Si seulement elle avait pu crier !

Si peu de temps… Tellement de sang. Noirceur des ténèbres. Noirceur du silence. Je vis dans une tombe depuis si longtemps. Ça ne me changera pas beaucoup. Mais j'ai quand même peur. Je ne pensais pas avoir peur. J'ai peur du moment où tout va disparaître à jamais. Malgré la souffrance, malgré la terreur, j'ai peur de mourir. Comme un animal accroché à la dernière goutte de vie, comme ces gens dans les camps prêts à tuer pour une patate, je voudrais tant vivre et que ce salaud crève !

Les larmes sont chaudes sur mes joues froides. Je m'applique à respirer, juste à respirer. Tout en guettant le bruit si terrible de la serrure.

10

Le soleil tentait une percée. Un soleil pâle et brumeux, scintillant au-dessus des plaines et des bois blanchis. Les gens s'affairaient à déneiger leurs allées, la voirie se démenait dans les rues de la ville, la consultation des sites météo s'emballait, salons de coiffure et instituts de beauté se préparaient à l'affluence. Ce soir, c'était le 24 décembre. Tout devait être parfait pour le petit Jésus, éternel invité d'honneur du solstice d'hiver.

Debout dans le chariot, Amy écoutait. Rien. Il faisait froid, mais moins froid que dans la forêt. Les remugles puissants émanant de Black Dog emplissaient la minuscule pièce, masquant l'odeur plus ancienne des objets métalliques. Il ronflait, avachi, la bouche ouverte. Il avait beaucoup couru, il était fatigué. Une faible lueur passait sous le seuil. Le jour ? Elle s'extirpa laborieusement du sac, une vraie petite souris, tâta la porte de sa main valide et l'entrebâilla le plus silencieusement possible.

C'était le MATIN. Elle n'en avait jamais vu. UN MATIN brumeux. Elle se glissa dehors, repoussa le battant derrière elle. Toujours emmitouflée dans la couverture bleue, elle regarda le ciel changer de cou-

leur, passer du gris au bleu pâle. Son premier matin !
Le bruit des AUTOMOBILES lui arrivait étouffé mais de
plus en plus continu. Une silhouette se détacha au loin
sur sa droite et elle se plaqua contre le mur. C'était
un monsieur en SURVÊTEMENT avec un bonnet sur la
tête. Il courait, comme Ed dans le livre, il faisait son
JOGGING. Black Dog ne faisait pas de jogging, sauf
pour échapper à la police, Black Dog était PAUVRE.
Le monsieur ne la vit pas, tout occupé à souffler
de la vapeur. Jappements de chien pas loin. Elle se
recroquevilla.

— Tais-toi, Lola ! lança une voix de femme.

Le chien Lola insista un peu. Il n'avait pas beaucoup
de voix. Ce devait être un petit chien.

— Arrête, tu me casses les oreilles ! Tiens, va chercher la balle !

Le chien et la madame se trouvaient dans le jardin
derrière la cabane. Amy observa le muret d'enceinte
et la haie bien fournie. Le chien Lola ne pouvait pas
sortir. Bien. Elle s'adossa de nouveau à la paroi et
recommença à observer le monde.

Kate rentra dans la maison, la chienne sur les
talons. Dès que Jude serait parti, elle irait la faire
courir dans le parc. Il dormait, le pauvre chéri, il
récupérait de la Grande Traque. Il était rentré vers les
5 heures du matin, elle l'avait entendu se doucher et
pester en se cognant dans quelque chose. Elle s'était
levée pour lui demander comment ça s'était passé,
avait vu le tas d'habits trempés, la barbe naissante,
le regard contrarié. OK, ils n'avaient pas attrapé le
vieux clodo. Elle lui avait proposé du café, mais il
avait refusé et était allé se coucher. Elle avait eu du
mal à se rendormir. Elle bâilla tout en allumant la

cafetière à expressos. Le même modèle que Laura. Une de celles vantées par George Clooney. Quel homme séduisant ! Jude était un beau brun lui aussi, mais il n'avait pas cette bonhomie dans le visage, ce côté cool. Heureusement, il n'avait pas non plus le côté sévère, quasi militaire, de Bob. Comment Laura pouvait-elle supporter cette grenouille de bénitier tout droit sortie d'une pub pour chrétien fondamentaliste ? Eh bien, elle ne le supportait pas, elle le trompait depuis des années. Pourquoi ne divorçait-elle pas ? Kate avala une gorgée de café colombien. Elle savait pertinemment pourquoi Laura ne divorçait pas. Parce qu'elle n'avait rien à reprocher à Bob, le mari parfait, et qu'elle se retrouverait sans un sou, obligée de déménager et sans doute de quitter Ennatown. Retrouver un job, recommencer à zéro. Comme Linda Lawson.

Vince ouvrit les yeux, hébété. Mais pas de la torpeur de l'alcool, non, juste du manque de sommeil. C'était presque reposant, de se sentir simplement fatigué.

– Debout les morts ! lança Snake.T.

Il lui tendait une tasse de café filtre. Vince avait dormi par terre, sur la couette roulée en boule. À son retour, il avait trouvé Snake.T affalé sur le lit, tout habillé, dans des remugles d'herbe, l'écran de l'ordinateur figé sur les photos des petites victimes.

Vince but lentement le café franchement dégueulasse et pas sucré. Snake.T avait une sale gueule lui aussi, les yeux cernés, mais il était jeune, ça passait mieux. Il n'avait pas encore le côté fripé des hommes mûrs saisis à l'aube. Vince fit jouer les muscles de son cou, de ses épaules, puis se releva.

– Vraiment nécessaire, le réveil aux aurores ?

– Un, on doit se briefer mutuellement. Deux, visite à Blankett. Trois, se renseigner pour la suite des événements. Réveillon à la con, inhumation du père Roland.

– On dirait qu'il va faire beau, éluda Vince.

– J'ai surfé sur les infos. Black Dog court toujours, suivi par une horde de rangers haletants. Parti comme c'est, ils vont courir jusqu'aux Rocheuses. Et personne ne s'est manifesté par rapport à la petite fille.

– En tout cas, il ne neige plus.

– Bordel, Vince ! Arrête de jouer les petites mémés sibyllines. Bouge-toi !

– Relax, gamin. J'ai besoin de me dérouiller les neurones.

– Plus personne ne dit « gamin » ni même « relax ». T'es pas ton père, Vince.

– Connard !

– C'est mieux. Allez, debout ou je te flanque un coup de canne.

– Merdeux !

– Bien ! Magne-toi, je crève de faim, et y a rien dans ta turne pourrie.

Après avoir acheté un paquet de donuts indus-triels au glaçage multicolore, accompagnés du café pur dégueu du distributeur de la station-service, ils prirent un car rutilant pour se rendre à la Résidence des Ormes, la maison de retraite médicalisée qui hébergeait le shérif Blankett. C'était le même car qu'avait emprunté Black Dog quelques heures plus tôt et, sans le savoir, ils s'assirent en face du siège qu'avait occupé le fugitif.

Le trajet contournait le parc par la route touristique.

Forêts majestueuses, campagne paisible, horizon de montagnes impressionnantes, que du beau, du lourd, du bucolique, se dit Vince en dépassant une ferme modèle devant laquelle paissaient des vaches beiges et propres. Il se sentait particulièrement triste ce matin, triste à cause du père Roland, et triste de lui-même. Images éparpillées où se mêlaient le passé et le présent, la voix de son père et celle du prêtre. La plupart du temps il était en colère, c'était presque plus agréable. La tristesse vous donnait un coup de mou. Les mots qui lui venaient à l'esprit, « vies gâchées », s'appliquaient à tant de gens… Il s'efforçait de partager l'enthousiasme de Snake.T, mais mener un ersatz d'enquête comme un rat de bibliothèque, et de surcroît sur une affaire quasi classée…

– Arrête de soupirer dans le vide, putain, on dirait un gosse qui vient de comprendre qu'il va grandir !

– T'es vraiment un philosophe, Snake.T. Tu devrais écrire des bouquins : *Surmonter nos traumatismes*, *Positiver nos deuils*, ce genre de trucs…

– Le Noyeur, à sa façon, c'est un résilient lui aussi. Il réussit à vivre avec le fait d'avoir commis des meurtres atroces.

– Ça n'a pas une allure de blasphème, ce que tu dis là ?

– Le problème avec vous autres, les catholiques bornés, c'est que vous êtes bornés.

– Prochain arrêt, coupa Vince en se levant pour aider Snake.T. Bienvenue chez les vieux.

À la Résidence des Ormes, qui était effectivement entourée d'arbres vénérables, une infirmière blonde à qui Vince donna 14 ans les conduisit jusqu'à la chambre de Blankett en babillant de tout et de rien. Son regard ne cessait de courir sur les bagues et les tatouages de Snake.T. Celui-ci lui balança son sourire électrochoc et lui demanda quel était son genre de musique préféré. Les Jonas Brothers et Bruce Springsteen.

– Du jeune Blanc et du vieux Blanc... Pas de bol ! répondit Snake.T, tout gracieux.

Elle haussa les épaules et les annonça au shérif en haussant la voix, « Des visiteurs pour vous ! », avant de s'éclipser en faisant claquer ses sabots en caoutchouc.

C'était une petite chambre aux murs peints en blanc, au sol moquetté bleu foncé, qui sentait les produits de nettoyage. Lit, commode, armoire, un bureau d'angle : des meubles modernes en pin blanc. Une petite télé trônait sur la commode et une pile de magazines, *National Geographic* et revues d'armes et de chasse, était bien alignée sur le bureau. Blankett était assis dans un fauteuil à bascule près de la fenêtre. Du grand gaillard corpulent il ne restait qu'une enveloppe ratatinée, coiffée d'une casquette de la National Basketball Association. Ses grosses mains noueuses posées sur son giron, il regardait le parc et tourna à peine la tête quand ils entrèrent.

– Shérif Blankett, je suis Vince Limonta, déclara Vince en s'asseyant sur la seule chaise disponible pendant que Snake.T se posait sur le bord du lit fait au carré. Le fils de Joe, le marbrier.

Blankett leva lentement vers lui des yeux à l'éclat bleu terni.

– Joe Limonta, j'm'en souviens bien, on était potes, lui, le père Roland et moi. Le père Roland, c'est lui qui nous a mariés, ma femme et moi. Ouais. En 1962. Il vient souvent me voir, le père Roland, après le déjeuner.

Mal à l'aise à l'évocation du prêtre, Vince ne répondit pas.

– Joe, c'était un mec bien, marmonna Blankett. Pas eu de chance, le pauvre. Sa femme malade, son fils ivrogne…

– Je suis son fils, insista Vince malgré la rougeur qui lui était montée au front. Le lieutenant Limonta.

C'était drôle d'employer son grade. Usurpation. Et pourtant, Dieu sait à quel point il était flic, dans sa substantifique moelle, dans ses os et dans son cœur. Blankett continua à le dévisager puis regarda de nouveau par la fenêtre.

– C'est loin tout ça, dit-il enfin. Qui c'est, le gamin noir ?

– Michael McDaniel, le fils de Sam.

Blankett gloussa.

– Le Fils de Sam[1] ! Elle est bonne celle-là.

– Le fils de Samuel McDaniel, précisa Vince.

Blankett claqua des doigts, ravi.

– Je me souviens de lui ! C'est plus facile de se rappeler les Noirs que les Blancs, il y en a moins. Comment va ton père ? demanda-t-il sans tourner la tête. Toujours les pizzas ?

– Oui. Vous aviez un chien qui s'appelait Winnie.

Blankett ferma les yeux et Vince pensa qu'il s'était endormi mais il les rouvrit soudain.

– Ouais, il était collant comme un pot de miel, ce bon vieux Winnie. Il est mort y a une paire d'années… soupira Blankett. J'me rappelle plus. Vous avez de la famille dans cette piaule ? continua-t-il.

– C'est vous que nous sommes venus voir, répondit

1. David Richard Berkowitz, dit le Fils de Sam, célèbre tueur en série américain.

Vince en essayant de capter le regard du shérif. Vous vous souvenez des crimes du Noyeur ?

Long silence.

– Comment je pourrais oublier ? murmura enfin Blankett. Je reconnaîtrais pas ma propre mère, mais le Noyeur, putain, y m'a démoli, entraîné tout au fond.

Il inspira profondément, gratta une touffe de poils gris près de sa pomme d'Adam.

– J'ai la maladie d'Alzheimer. On me file des tas de cachets, et puis je dois participer à des ateliers, musique, peinture, yoga ! Des trucs de bonne femme. Je me retrouve à faire du macramé comme une vieille rombière ! Putain de sort ! Putain de sort qu'il m'a lancé, le Noyeur ! Y a rien de pire que les noyés. Quand tu les sors de l'eau et que la peau se décolle et te reste dans la main, comme un vieux gant retourné… Elles tombaient en lambeaux, le visage boulotté par les crabes et les poissons, un putain de film d'horreur ! Ça, hélas, j'ai pas oublié ! C'est quoi déjà, ton nom ?

– Limonta. Vince Limonta.

– Ah oui ! Le jeune flic alcoolo. J'ai jamais touché à la boisson. Une bière par-ci par-là, c'est tout. Une bière. Me souviens plus le goût que ça a. Vous avez pas une bière, les gars ?

– Non, désolé, la prochaine fois. Vos dossiers sur le Noyeur, ils sont restés au poste ? Vous n'avez rien gardé avec vous ?

– C'est le petit Friedman qui a tout ça, maintenant. Un brave petit. Il a pas inventé la poudre mais il veut bien faire. Y des chiens comme ça, ils sont nuls à la chasse mais ils remuent la queue et ils te lèchent les mains, toujours joyeux. Alors tu leur envoies la baballe pour leur faire plaisir. Mais y te servent à rien, quoi.

L'analyse était aussi juste que cruelle, se dit Vince. Et joyeux, Friedman ne l'était plus. Juste plein de bonne volonté.

— Vous n'avez pas gardé des notes ? Vous n'avez jamais soupçonné personne ? lança Snake.T.

Blankett regarda ses doigts, comme étonné de les voir déformés par l'arthrose.

— J'étais un vachement bon tireur. Je suis sûr que je pourrais encore faire mouche sur la statue, là-bas.

Il désignait un buste d'homme posé sur un socle, à une cinquantaine de mètres, près d'une petite pièce d'eau bordée de chaises en toile jaune. Personne ne fit de commentaires sur le tremblement qui agitait ses mains.

— J'ai toujours aimé ça, la chasse. C'est de ça qu'il s'est servi pour les ouvrir comme des poissons. D'un couteau de chasse. Vous êtes là pour Douglas ? reprit-il sans répondre à leur précédente question.

— Non, répondit Vince, qui commençait à s'impatienter. Nous sommes venus pour vous parler du Noyeur.

Il se rendit compte qu'il parlait fort et articulait exagérément.

— Ils ne l'ont pas rattrapé, Douglas, lui assura Blankett. Pas encore. Ils l'ont dit à la télé. Pas rattrapé. Y z'auraient dû m'emmener !

— Vous parlez de Black Dog ? fit Vince.

— Douglas, oui. Vous êtes sourd, jeune homme ? Moi non. Ni sourd ni aveugle, c'est juste le cerveau qui part en couilles.

— Vous connaissez Douglas Forrest ?

— Un peu, mon neveu ! Il a fait tous les instituts psychiatriques du comté. Je l'ai alpagué cent fois pour des bêtises. Pas méchant. Pas gentil non plus. Une fois il m'a soulevé du sol et projeté à deux mètres. Un sacré costaud.

Il ferma les poings, mimant un boxeur, leur fit un clin d'œil.

– Moi aussi, j'étais costaud. Maintenant... ils ont dû me donner des nouveaux habits parce que les miens sont trop grands. J'ai rétréci.

– Vous pensez que Douglas est le Noyeur ? demanda Snake.T.

– Tu rigoles, fiston ? Il en a rien à foutre des petites filles blanches. Il est pédé.

Vince et Snake.T échangèrent un regard surpris.

– Pédé ! Euh... vous voulez dire...

– Ben, qu'il aime les hommes. Bon, à l'époque, personne parlait mariage gay et tout ça, hein ? La première fois que je l'ai pincé, il devait avoir 16 ans, c'était dans des chiottes près de la gare des cars. Il se laissait tripoter par de vilains bonhommes. Des vieux dégueulasses. Vous savez que j'ai travaillé jusqu'à 70 ans ? Cinquante ans de carrière tout rond. M'ont pas donné de médaille, même en chocolat. Ma femme, elle est morte avant que je tombe malade. C'est plus pratique, en fait, conclut-il avec une sorte de détermination farouche.

– Il se prostituait ? Douglas ? insista Vince, éberlué.

Blankett parut réfléchir.

– Faire la pute ? Non, pas vraiment. Il est trop innocent pour demander du fric. Je dis même pas qu'il avait de vraies relations sexuelles avec eux, je dis pas ça : à mon avis il est puceau. Mais il tombe régulièrement comme qui dirait amoureux d'un type ou d'un autre. Il a des engouements, quoi. Le dernier, c'était un ancien soldat, je sais plus son nom.

– Sidney Landford, dit Vicious.

– Ouais, c'est ça. Sid Vicious. Un sacré cinglé. Médaillé de guerre. Toxicomane. Maigre, nerveux, une tête de petit Blanc du Sud. Quelle heure est-il ? Je n'ai pas raté le déjeuner ?

– Il n'est pas encore 10 heures.

– 10 heures du matin ? Pourquoi que j'ai sommeil ? Je ne me rappelle pas le nom de la sœur de ma femme mais je me souviens de Douglas et de Vicious.

– Et votre femme, elle s'appelait comment ? voulut savoir Snake.T.

– Martha. Martha Vineguard, de son nom de jeune fille. Mais sa sœur… elle est morte, elle aussi, je sais plus de quoi. Un cancer, peut-être. Ou une leucémie… Faudrait que je demande à ma femme.

– Vous savez que Douglas a tué le fils Reiner ? coupa Vince, déterminé à ne pas laisser le vieux s'égarer dans les méandres de sa mémoire.

Blankett haussa les épaules.

– Ouais, c'est ce qu'ils ont dit. Un bon à rien, celui-là. Bête comme ses pieds. Ça m'a étonné parce que Douglas n'est pas un tueur. Y a pas beaucoup de gens capables de tuer, en fait. Vous avez déjà tué quelqu'un ?

– Oui, répondit Vince. Plusieurs fois.

– J'ai jamais tué personne, Dieu merci. Qu'est-ce qu'elle fabrique, l'infirmière ? Elle doit m'apporter mes cachets.

– Elle va venir, lui assura Vince. La petite fille avec qui Douglas s'est enfui a les cheveux noirs et doit avoir dans les 5 ou 6 ans. On ne sait pas qui c'est.

– Il ne lui fera pas de mal, vous inquiétez pas. Pourquoi est-ce qu'il y a un jeune homme de couleur sur mon lit ?

– C'est le fils McDaniel.

– Ah. Il est venu se faire opérer les jambes ?

– Non, il m'accompagne.

– Ah ! Remarquez, j'm'en fous. On est bien traités ici.

– C'est qui, le Noyeur, à votre avis ? lança Snake.T.

De nouveau, Blankett haussa les épaules.

– Si je l'avais su…

– Vous pensez qu'il est mort ? demanda Vince.

– Comme ton père ? Il est bien mort, ton père ? Il aurait pu être le Noyeur. N'importe qui. N'importe quel homme d'Ennatown. Avec un chien.

– Un chien ? répéta Snake.T.

– Ne fais pas le perroquet, mon garçon. J'ai jamais eu de perroquet. Enfin, je crois pas.

– Pourquoi le Noyeur aurait-il eu un chien ?

– À cause des croquettes. Dans l'estomac des petites. Le légiste en a trouvé des traces chaque fois. Mais il n'a pas pu identifier la marque. C'est pas comme les cigarettes. Vous fumez ? Ils m'interdisent de fumer. Même ma pipe.

– Vous dites qu'on a trouvé des résidus de croquettes pour chiens dans l'estomac des victimes ?

Tout en posant sa question, Vince lui tendit une cigarette que Blankett considéra avec gourmandise avant de la planquer dans sa poche de poitrine et de le regarder d'un air ahuri.

– J'ai dit ça ?

Vince claqua des doigts pour récupérer son attention.

– Oui. Et ce détail n'apparaît nulle part, shérif.

– On n'allait pas le crier sur les toits ! protesta Blankett, les yeux soudain brillants. Ça permettait de resserrer le cercle. Parce que le type, il n'aurait pas acheté des croquettes s'il n'avait pas eu de chien, n'est-ce pas ? Faut que je pisse. Ma prostate.

Il se leva et se dirigea à petits pas vers une porte coulissante qui donnait sur une minuscule salle d'eau, avec lavabo, toilettes et bac à douche. Il ne referma pas derrière lui et se soulagea bruyamment en sifflotant.

– Il y a plus de chiens que de Noirs, dans cette ville, soupira Snake.T.

Blankett revenait d'un pas hésitant, la braguette mal reboutonnée. Il les considéra pensivement.

– Toi, t'es un flic, dit-il soudain en pointant l'index vers Vince. Et toi, t'es un délinquant, ajouta-t-il en direction de Snake.T. Moi, je suis à la retraite. Laissez-moi tranquille.

– On s'en va, lui promit Vince. Juste une dernière question : avez-vous gardé des dossiers sur le Noyeur ?

– Toutes vos affaires sont ici ? intervint Snake.T. Ce qu'il y avait chez vous ?

Vince, peu habitué à être interrompu pendant un interrogatoire, le foudroya du regard, tandis que Blankett les toisait avec commisération.

– Y a l'air d'avoir la place ? Ils voulaient que je bazarde tout mon barda, la vaisselle, les meubles, les papiers, mais je voulais pas, ma femme aurait pas été contente, alors ils ont tout mis au garde-meuble, ils ont dit que je pouvais le payer avec ma pension. Y m'ont peut-être menti, ajouta-t-il, soudain plein d'angoisse. Ils ont peut-être tout balancé.

– Ne vous inquiétez pas, chef, on va aller voir ! lui assura Vince. Vous avez l'adresse de ce garde-meuble ?

Blankett le dévisagea, perplexe. Puis il tendit la main vers le tiroir du petit bureau.

– Je sais pas, peut-être.

Il se laissa retomber dans le fauteuil à bascule, l'œil

rivé sur la pelouse tandis que Vince fourrageait dans le tiroir où, sous des paquets de kleenex et de vieux tickets de caisse, s'alignaient trois chemises en plastique : « Personnel », « Médical », « Administratif ». L'infirmière avait le sens de l'ordre. Les doubles des documents devaient se trouver au bureau central du bâtiment, mais il mit rapidement la main sur ce qu'il cherchait. « HOMEBOX, stockage sécurisé ». Une clé plate était jointe, ainsi qu'un code. Il empocha les deux. Personne ne s'en apercevrait. Blankett mettait à peine les pieds dehors.

Une infirmière arriva, une grande brune, et Blankett s'illumina avant d'entamer une série de récriminations. Ils prirent congé.

— Vos amis reviendront vous voir, ne vous en faites pas, lui certifia-t-elle gentiment.

— C'est pas mes amis, je les connais pas.

Ils étaient déjà dans le couloir. La voix éraillée de Blankett leur parvint une dernière fois :

— Et le père Roland, il doit venir quand ? Il vient toujours avant le déjeuner. C'est l'heure du déjeuner ?

Laura bâilla devant sa tasse de café. La longue douche brûlante l'avait un peu ranimée, mais, en peignoir, les cheveux mouillés, elle déambulait encore comme un zombie dans sa cuisine en désordre. Matilda, la femme de ménage, n'arriverait qu'à 9 h 30. Elle viendrait avec sa nièce, afin de tout remettre en ordre et d'arranger le décor pour la soirée. Mark, le jardinier, devait lui se charger de la décoration florale et lumineuse : le sapin d'extérieur, le Père Noël sur le toit, les rennes clignotants, deux mille dollars de culture américaine populaire. Bob n'avait pas le temps, n'avait jamais le temps. Il avait dû être furieux en la trouvant avachie sur le canapé, au milieu des cadavres de bouteilles. En sortant de la salle de bains, elle avait jeté un coup d'œil dans leur chambre : le lit n'était pas défait. Elle s'était avancée sur la pointe des pieds jusqu'à son bureau, à l'autre bout de l'étage. La porte était fermée. Il devait se reposer sur le canapé Chesterfield, dur et inconfortable comme lui, à côté de son râtelier à carabines et face à son écran télé plasma spécial matchs et chaînes de sport. Elle était sûre de le voir émerger à 8 heures pétantes, aussi impeccable que s'il avait passé la nuit dans son lit au lieu de crapahuter dans les bois. Il poserait sur elle son regard bleu pâle, avec la même sympathie que pour une merde de chien dans le salon. Il ne dirait rien, pas de reproches, pas de « Tu as encore trop bu » ou « Arrête de prendre ces saloperies de cachets », pas même « T'as vu ta tronche ce matin ? ». Non. Il boirait son café en regardant les infos sur son smartphone, mangerait un œuf dur et un bagel au saumon fumé, lâcherait une ou deux plaisanteries bon enfant – Bob était d'humeur égale et positive – et filerait vers sa sacro-sainte banque.

Bob était las d'elle, elle le sentait. Comme un père exténué par une adolescente rebelle et autodestructrice. Il avait baissé les bras. Il espérait peut-être qu'elle partirait. Elle s'imagina avec plaisir faire sa valise, empiler les vêtements avec frénésie. Puis en laissa mentalement retomber le couvercle sur ce fantasme. Partir pour aller où ? Faire quoi ? Être qui ? Où était passée la Laura d'antan ? Celle qui voulait mordre la vie à pleines dents ? C'était la vie qui l'avait mordue, laissant de profondes cicatrices. Des canyons souterrains couraient sous sa peau, charriant les torrents de boue de son âme. Non, ça c'était du Kate !

Grizzly grattait à la porte-fenêtre. Elle le fit entrer et il frotta son museau grisonnant contre ses mollets nus. Elle lui servit une ration de pâtée aux légumes spécial senior, vérifia que son bol d'eau était plein. Il n'y avait plus de croquettes, elle dirait à Bob d'en acheter, il pouvait bien faire ça au moins, surtout aujourd'hui, avec la soirée à préparer. Grizzly léchait son écuelle avec satisfaction. Il dormait dans une jolie niche remplie de coussins. Bob ne voulait pas de chien à l'intérieur de la maison, même vieux, même l'hiver. « Tu crois que les chiens de ferme dorment dans la chambre de leurs maîtres ? » OK, Bobby. Mais tu n'es pas fermier, on ne vit pas dans un putain de ranch, on a une maison créée en série pour les lectrices de magazines, et Grizzly est juste ton brave vieux clébard arthritique.

Elle souffla dans sa main pour vérifier son haleine. Beurk. Elle fila se laver les dents et entendit du bruit. Le claquement de la porte du frigo. Le ronronnement de la machine à café. Bob. Elle fit longuement couler l'eau. Pas envie de le voir, de lui parler.

– J'emmène le chien, l'entendit-elle dire. Ça le fera bouger un peu.

Pas besoin de répondre, de toute façon il n'en ferait qu'à sa tête. En fait, il aimait bien donner l'image du brave mec avec son vieux toutou à ses pieds dans son grand bureau à l'ancienne, un gentil banquier, avec du cœur, qui leur expliquait gentiment et fermement pourquoi il ne pouvait pas leur prêter d'argent et/ou devait faire vendre leur maison pour rembourser leurs dettes. Peut-être que le métier de Bob l'exaspérait plus que Bob lui-même. Peut-être que s'il avait été mécanicien elle ne serait pas devenue une putain alcoolique.

Elle le vit sortir le 4 × 4 du garage et faire grimper Grizzly à l'arrière. Deux secondes plus tard il était parti. Laura se rappela soudain que le père Roland était décédé. Ça pouvait paraître indécent de maintenir la soirée, mais d'un autre côté tous ceux qui seraient présents le connaissaient et l'appréciaient, ce serait une sorte de veillée funèbre avant l'heure, une veillée funèbre de Noël aux accents de *Jingle Bells* en attendant le glas. « À toute allure dans la neige… / Quel plaisir de rire et de chanter… / Les cloches tintent les cloches tintent / Et résonnent sur le chemin. » Elle chercha des yeux le téléphone sans fil pour appeler Kate.

Amy avait tourné la tête en entendant ronfler un moteur. Les moteurs faisaient VROUM VROUM. Le bruit venait de l'autre maison, là-bas. La haie était plus basse, on distinguait de larges fenêtres et une grosse voiture noire. Amy vit un chien Rintintin sauter sur la banquette arrière. Un grand chien beige et noir au museau pointu et gris. Puis la grosse voiture roula jusqu'à la route et disparut. Amy reporta son attention sur la maison et se retrancha vivement dans l'ombre des buissons. Il y avait quelqu'un derrière l'une des vitres. Une madame. Blonde, grande, mince, enveloppée dans un ~~PYJAMA~~, ~~ROBE DE CHAMBRE~~, PEIGNOIR blanc. Elle tenait une tasse entre ses mains et contemplait son jardin d'un air triste. Peut-être parce que la neige avait recouvert les fleurs. La madame recula, disparut à l'intérieur.

Amy leva un peu la tête et se figea, effrayée. Le Père Noël était en train de grimper sur le toit de la maison ! Elle voyait sa hotte débordante de jouets, ses bottes noires, sa main tendue vers la cheminée.

Mais il ne bougeait pas. Pas du tout. À la fois soulagée et déçue, Amy comprit qu'il était faux. C'était une poupée Père Noël, pas le vrai. Une DÉCORATION. Elle remarqua alors les guirlandes qui couraient sur la façade et dans les arbres. Des étoiles, des anges, des nounours… Elles étaient éteintes, mais demain elles brilleraient. Demain, c'était Noël. Le jour de la naissance de Jésus. Jésus aimait tout le monde et voulait que tout le monde s'aime. On l'avait cloué sur une croix.

Mais pour Noël on faisait la fête. John et Linda Smith invitaient Sonny et Lucy Fitzgerald et les enfants ouvraient plein de paquets et tout le monde souriait en buvant de l'*egg nog*[1]. Amy savait ce que c'était parce que Daddy en apportait toujours un petit gobelet.

Non ! Il n'en apporterait pas. Il serait trop fâché, et Maman…

Amy étouffa un sanglot, la gorge serrée. Elle avait mal à la tête. Et froid. Elle n'avait plus de pieds. Elle les secoua et les tapa sur le sol gelé. Se penchant encore un peu plus, elle examina les lieux à travers la haie et aperçut une ravissante petite CABANE en bois rouge, près du GARAGE. On aurait dit la maison d'un petit nain, avec sa petite fenêtre fleurie. Il devait faire bien chaud là-dedans. La madame ne pourrait pas la voir. Personne ne pourrait la voir. Elle se fraya un passage entre les branches, insensible aux griffures, et par petits bonds, comme un lièvre, atteignit la maisonnette.

Il n'y avait pas de porte, juste une sorte de rideau en plastique qu'il fallait pousser. Les fleurs aussi étaient en plastique. La fenêtre était fausse, peinte. Dedans, il

1. Lait de poule.

y avait des gros coussins couverts de poils et ça sentait bizarre. Une odeur forte, vivante. Brusquement Amy comprit : c'était la maison du Rintintin, sa NICHE. Il avait de la chance d'avoir une jolie petite niche comme ça pour lui tout seul. Elle s'allongea sur un coussin bleu, près d'un os en plastique tout mâchonné. Il faisait beaucoup moins froid dans la belle niche. Elle avisa une vieille couverture à carreaux, rongée aux extrémités, et la superposa à la couverture bleue de Black Dog. Le chien était parti se promener, elle allait juste dormir un peu au chaud, et après elle irait voir la madame, lui demander de l'aide. Et si la madame était méchante ? Si la police venait et mettait Black Dog et Amy en prison ?

Les larmes coulaient sur ses joues blêmes sans qu'elle puisse les arrêter. Pas pleurer ! Amy pas pleurer ! Elle serra les poings, le gauche du moins, parce que le droit ne voulait pas obéir, tout le bras était douloureux et raide. Elle se recroquevilla entre les coussins, le nez dans l'odeur âcre du chien, et sombra dans un sommeil agité et fiévreux.

Black Dog se réveilla en sursaut. Il sut instantanément où il se trouvait parce qu'il avait eu l'habitude toute sa vie de se réveiller dans des centaines d'endroits différents et qu'il était toujours sur le qui-vive. De même, il sut, avant de tendre la main vers le chariot, qu'Army n'était plus là. Sa chaleur manquait. Il se força cependant à tâtonner tout autour de lui dans le noir et à appeler « Army ! » à voix basse. Pas de réponse. Elle était partie. Toute seule. Dans le froid. Ils allaient l'attraper, elle d'abord, Black Dog ensuite. On l'engueulerait à cause de l'homme mort dans le parc, on voudrait peut-être même qu'il s'assoie sur la chaise, et pas pour dîner, ça non, mais pour être *eclectrocuté*, et pas question mon commandant, je n'ai fait que mon devoir !

Il entrouvrit le battant métallique avec mille précautions. Plus de neige. Pas de soleil non plus. Et pas d'Army. Du coin de l'œil, il repéra les petites empreintes qui longeaient les haies. Il ne pouvait pas les suivre. Trop risqué. Fallait rester caché. Mais si Army revenait avec le shérif ? Black Dog se prit la tête entre les mains. Il ne savait pas quoi faire. Son instinct lui disait de rester tapi dans la guérite. La neige qui était tombée avait recouvert les traces de leur arrivée. Rester caché. Il avait l'habitude. Vicious creusait des trous dans la terre et les faisait s'accroupir dedans, avec des branchages sur la tête. Attention ! Pas un mot, pas un geste ! « La patrouille des éléphants... » Black Dog avait envie de chanter la chanson du dessin animé, mais il se ferma la bouche de la main. Pas de bruit ! « Qui s'avance pesamment... » Mmm mmm. Silence dans les rangs ! Dès que la nuit serait revenue, il partirait. Tant pis pour Army. Il ne pouvait pas l'emmener, trop petite.

Cette décision le contraria et il se mit à bouder après lui-même, les bras croisés, les sourcils froncés. Puis il se rappela sa cheville contusionnée et passa la main par l'entrebâillement de la porte pour ramener une grosse poignée de neige qu'il appliqua sur la chair gonflée. S'il avait eu une mitraillette, il aurait pu tirer sur tous les policiers, tacatacatac !, et s'enfuir, Army sous le bras, jusqu'au Canada. Jusque chez les Esquimaux. Pas les glaces, les gens. Une fois habillé en Esquimau, on verrait même plus sa peau, il serait plus noir, il habiterait dans un igloo, glou glou, il devait faire froid dans les igloos, même habillé en phoque. C'était pas bien de tuer les phoques. Fallait pas faire de mal aux animaux. Jamais, Douglas, jamais ! Tu ne frappes pas, tu ne blesses pas, tu ne tues pas ! D'accord, mais hier soir c'était pas pareil, et puis le gars il avait tué des lapins, lui, alors c'était bien fait qu'il soit mort aussi. Et puis j'en ai marre de t'entendre, se décréta Black Dog, décidément autofâché.

Laura avait enfilé un survêtement Nike bleu ciel et noué ses cheveux en catogan. Matilda allait arriver. Elle se vaporisa encore un petit coup de menthol sur la langue et sortit le listing des choses à faire d'ici le soir. Bob lui avait installé un logiciel Excel sur son ordinateur pour « le prévisionnel du budget et la gestion de l'économie familiale », *sic*. Soit « penser à racheter des ampoules » ou la liste des courses. Comme si un bon vieux carnet à reliure ne suffisait pas ! Non, c'était mieux de tapoter sur un clavier et d'imprimer des tas de feuillets, à l'instar des trois quarts des Terriens, générant à l'arrivée plus de pollution mondiale que le trafic aérien. Et puis, pourquoi était-ce elle qui devait se charger de ça ? On n'était plus à la préhistoire, Bob ne partait pas chasser le mammouth, elle travaillait, elle aussi, et c'était lui le spécialiste des chiffres. Oui, mais elle gagnait moins que lui, beaucoup moins, alors elle la fermait et elle tenait les comptes, drivait les esclaves domestiques et entretenait les dieux lares. Point barre.

Kate n'avait pas pu papoter longtemps, Jude s'était levé et voulait lui raconter sa nuit épique dans les bois. Elle passerait dans un petit moment, avait-elle précisé à Laura. Kate ne travaillait pas, elle était bénévole dans des tas d'associations qui lui bouffaient son temps et son énergie. Elle était plus cultivée que Laura et l'enviait ouvertement pour son boulot à la médiathèque – « ce doit être génial de bosser au milieu de tous ces bouquins » –, mais, quand une des collègues de Laura avait pris sa retraite et qu'elle avait encouragé Kate à poser sa candidature, celle-ci avait refusé. Kate était réellement romantique, se dit Laura. Et elle préférait la déchéance sublimée d'un destin médiocre à la réalité d'un travail banal mais exigeant. Ce n'était pas une critique, juste une constatation. Elle aimait son amie comme elle était. Et Kate l'aimait de même. Sans illusions.

Amy se réveilla en entendant les voix. Des voix de madames.

– Hou hou ! Laura ! T'es morte ?

Ça venait de tout près. Elle se recroquevilla au fond de la niche, sous les coussins. Une Laura était morte ?

– Pas tout à fait.

Quand quelqu'un était blessé, il fallait appeler une AMBULANCE, et d'urgence.

Mais les deux dames ne semblaient pas pressées, elles riaient à présent.

– Entre vite, on se gèle ! dit la madame pas tout à fait morte. J'attends Matilda et sa baguette magique.

Une baguette magique ? Elles connaissaient une FÉE ?! Amy, les yeux écarquillés, s'approcha de l'ouverture. La madame blonde – Laura – faisait entrer une madame aux cheveux châtain foncé et refermait la grande fenêtre derrière elle. Pas trace de la fée. Elle allait arriver, avait dit la madame Laura. Amy ne voulait pas rater ça.

Une voiture se gara tout près, d'où descendit une autre madame, brune et dodue, escortée d'une jeune fille tout en noir maquillée comme un VAMPIRE dans

235

les BD de Scooby-Doo. Amy, dissimulée dans l'ombre de la niche derrière un coussin plein de poils, épiait leurs faits et gestes.

– Bonjour, Matilda ! lança la madame Laura, qui avait de nouveau ouvert la grande fenêtre.

– Bonjour, madame Atkins, bonjour, madame Norton, j'ai amené Isabel en renfort, lança la nouvelle madame d'une voix retentissante.

– Ah, Isabel ! Toujours gothique, alors ? demanda aimablement la madame Laura.

Elle avait une voix douce, traînante. La jeune vampire Isabel haussa les épaules sans répondre.

– Elle a mauvais caractère mais elle travaille bien, ajouta la madame brune.

– Tatie ! couina Isabel, furieuse.

– Venez, le café est prêt, déclara Laura. C'est le *Titanic* là-dedans.

Hop, toutes les madames dans la maison ! C'était quoi, un titanic ? Comme un tic-tac ? Isabel n'était certainement pas la fée. Trop jeune. La madame Matilda, peut-être… Elle n'avait pas trop une tête de fée, mais les fées ça changeait tout le temps, parce que entre la fée Clochette et la marraine de Cendrillon, par exemple, hein, bon… Une fée pourrait l'aider à retrouver Maman, et à prévenir la police, et à attraper Daddy, et à… à… à le jeter contre un mur !

Elle se sentait toute brûlante, comme une fois où elle avait eu de la fièvre fort, fort, et Maman avait imploré Daddy de rapporter de l'aspirine, au moins deux cachets. Elle avait envie d'eau fraîche sur ses yeux douloureux et de la main de Maman sur son front. Elle n'aurait jamais dû la quitter, la laisser seule, toute malade. Elle sentit de nouveau des larmes couler sur ses joues trop chaudes. Et le mal de tête, lancinant. Dormir. Dormir. Quand on dort on est à l'abri de tout.

L'ensemble de box privés qui constituait le garde-meuble n'était pas chauffé et Snake.T, qui avançait aussi vite que possible avec ses cannes, s'arrêta pour souffler sur ses doigts tandis qu'ils cherchaient le bon numéro.

– C'est celui-là, dit Vince en désignant un des containers.

Ils avaient fait le trajet en car, une fois de plus, Snake.T crapahutant entre les rangées de sièges en essayant de ne pas tomber malgré les secousses.

Un chien. Le Noyeur avait probablement un chien. Ou poussait la perversité jusqu'à nourrir ses captives avec des croquettes, pour les humilier, les avilir, en faire ses chiennes… Vince préférait penser qu'il possédait effectivement un chien à l'époque. Mais les deux hypothèses pouvaient parfaitement se combiner.

Ils entrèrent dans un espace d'environ 15 m² où était entassé le bric-à-brac de toute une vie. Cartons empilés, meubles des années 80 pas encore redevenus à la mode, babioles hétéroclites. Les ampoules basse énergie dégageaient une lumière jaunâtre, lente à monter en puissance, nimbant l'ensemble d'une aura de tristesse et d'oubli.

– La morgue des objets, soupira Snake.T.

Il souleva un carton.

– Je m'occupe de disséquer celui-ci.

Vince se pencha sur un autre, fendit l'adhésif avec son couteau de poche. Des tasses et des soucoupes.

– Il y a des étiquettes, lui lança Snake.T. Tu devrais apprendre à lire.

Vince haussa les épaules et attrapa un deuxième carton. « Papiers divers ». Bien. Voyons ce que « Papiers divers » avait dans le ventre.

Des papiers divers. À cette allure-là, ils en avaient pour des heures ! Pourquoi personne n'avait-il collé « Noyeur » sur une de ces boîtes ? Pourquoi le Noyeur lui-même ne s'était-il pas collé une étiquette sur le front ? Vince n'aurait eu qu'à presser sur la détente, comme d'hab. Son téléphone vibrait dans sa poche. Il le cala sous son menton pour répondre.

– C'est Wayne, Wayne Moore. Je vous dérange ?

– Pas du tout. Vous avez retrouvé Douglas Forrest ?

– Non. À présent, ce sont les rangers du parc national qui sont à sa poursuite. En vain, à mon avis.

– Pourquoi ?

– J'ai réexaminé les lieux, ce matin à l'aube. Quelqu'un a emprunté notre pont de fortune dans l'autre sens.

– On est tous repassés par là pour redescendre.

– J'ai trouvé une demi-empreinte sous la croûte de neige gelée où se sont imprimées les nôtres. Quelqu'un est passé seul, avant nous. Quelqu'un qui chausse au moins du 45.

– Vous avez prévenu Friedman ?

– Il m'a ri au nez. « Des empreintes sous des empreintes ! Celle-là on ne me l'avait pas encore faite ! » Je cite.

– Vous êtes sûr de vous ?

– À 80 %.

– Vous ne pouvez pas vous adresser à la police scientifique ?

– Sans l'aval de mon supérieur ? Vous déconnez ? Ça coûte cher, les recherches en laboratoire. Le contribuable aime qu'on les réserve aux cas importants. Et vous ? Du nouveau ?

– On peut se retrouver pour un café ?

– Où êtes-vous ? Je passe vous prendre.

Vince lui donna l'adresse.

– Le négro, l'*indian* et le *gringo*, persifla Snake.T dans son dos. Ça fait très western des années 70. *Le Bon, la Brute et le Truand.* Wayne c'est le Bon, toi t'es la Brute, et moi le Truand.

– Tu la fermes jamais ?

– Pas quand je trouve des trucs intéressants.

– Comme quoi ?

– Comme des carnets à spirale couverts de notes fiévreuses avec des dates. Genre Saint-Graal des enquêteurs.

– Fais voir.

Vince lui prit sa trouvaille sans ménagement.

Le journal de bord de Blankett. Des idées notées à la va-vite, des faits, des adresses, des pense-bête soulignés. Chaque carnet, couverture bleu marine, papier quadrillé, couvrait à peu près une année. Comme c'était beau l'organisation ! Vince songea aux notes jetées en vrac dans son ordinateur ou griffonnées sur les post-it qui encombraient son bureau, aux diagrammes tracés sur des serviettes en papier de fast-food, sans compter les alertes dans son smartphone. Non, là, c'était du classique. Il voyait presque Blankett coiffé d'un stetson tirer son crayon de derrière son oreille et en suçoter la mine avant de commencer à noter d'un air soupçonneux. Le shérif, quoi !

Vince proposa de chercher en priorité 98 et 99, tous les éléments de l'enquête étant alors réunis. Il manquait pas mal de carnets, mais Snake.T dénicha ceux qu'ils voulaient, égarés entre 1965 et 1974.

1998. Clinton et Monica. Les cinq jours de verglas en janvier qui avaient paralysé tout l'État. Lui, Vince, au volant de leur Chevrolet Impala bleu et blanc, faisant tête-à-queue sur tête-à-queue à Long Island et le lieutenant Hayes qui se marrait à côté de lui pendant que Janet Jackson leur chantait *Together Again*.

– Cameron Diaz, *Mary à tout prix* ! lança Snake.T en écho à ses pensées. Trop bon !

– Loïs Carmelo, répliqua Vince. Retrouvée le 3 janvier, la veille des intempéries. L'eau du réservoir a gelé quelques heures plus tard. Remarque, ça n'aurait pas changé grand-chose puisque son corps n'a mené à rien. L'arme du crime : un couteau de chasse en acier, à lame crantée de 23 cm, comme les trois quarts des chasseurs en utilisent pour dépouiller le gibier.

– Instrumentalisation de la victime ? lança Snake.T.

– Ou simple utilisation de ce qu'il avait sous la main, répondit Vince en tournant les pages rapidement jusqu'au 15 novembre.

Disparition de Vera Miles. Déposition du père, accablé. Des noms, des points d'interrogation, des visages rayés d'un trait noir, des horaires raturés. Linda Miles avait hurlé à son mari qu'elle ne lui pardonnerait jamais d'avoir laissé Vera toute seule à l'arrêt du car. Elle n'avait pas menti.

23 décembre. Rebelote. Enlèvement de Susan Lawson. Encore une famille effondrée. Toujours les mêmes questions, la même absence de réponses utiles.

– On dirait que Blankett s'est pas mal intéressé à Bert Lawson, observa Vince. Il l'a interrogé plusieurs fois.

– Le jeune Bertie aurait profité de la série de disparitions pour assassiner sa sœur haïe ? Un peu tiré par les dreadlocks, mon frère, lança Snake.T, qui feuilletait le carnet suivant. Tiens ! 17 avril 99, au siècle dernier, le corps décomposé de Susan Lawson retrouvé dans le lac Winnipek. Identifiable grâce à ses vêtements.

Pourquoi ils n'ont pas utilisé les profils dentaires, comme dans les séries télé ?

– Parce que les gosses de 5, 6 ans ne sont pas forcément passés par la case dentiste ou n'ont pas été l'objet de soins spécifiques. En tout cas pas Susan Lawson.

– Le Noyeur évite les gamines qui portent des appareils ? Il les veut parfaites ?

Des pas dans l'allée. Wayne Moore passa la tête dans l'encadrement de la porte.

– Les affaires de votre père ? demanda-t-il à Vince.

– Non, celles de Blankett.

– Les doguments zecrets ! ajouta Snake.T d'une voix gutturale.

Le regard de Wayne s'éclaira.

– Il vous a fourni une piste ?

– On ne sait pas encore. On va éplucher ça.

Vince montra les petits carnets à couverture bleue plastifiée.

– Bien joué ! dit Wayne.

Ils gagnèrent sa Jeep, d'où s'élevaient des aboiements.

– Ma chienne, Patsy, dit Wayne en ébouriffant la toison hirsute d'un bâtard de labrador noir installé dans le hayon à côté d'un sac de croquettes. Dis bonjour, Patsy.

La chienne montra les dents en remuant la queue.

– Elle mord ? demanda Snake.T en s'installant tant bien que mal sur le siège avant tandis que Vince montait à l'arrière.

– Pas tant que ça, répondit Wayne en démarrant.

Matilda et Isabel s'affairaient dans les pièces en désordre. Mark, le jardinier et homme à tout faire – qui n'avait aucune ressemblance hélas avec son homologue sexy de *Desperate Housewives* –, s'escrimait à installer les raccords électriques, son crâne dégarni protégé par un bonnet de marin et sa bedaine serrée dans son anorak. Pour le Père Noël escaladant le toit, il avait choisi cette année les guirlandes LED à piles, quarante-huit heures d'autonomie garanties. Grâce à la bienveillance indifférente de Laura Atkins, il pouvait tester des tas de nouveautés. Pas une seconde il ne jeta un coup d'œil à la niche du chien dans laquelle Amy, ensevelie sous les coussins et les couvertures puantes, somnolait par intermittence, terrassée par la fièvre.

Le gros monsieur au bonnet avait allumé le Père Noël ainsi que le grand SAPIN ROI DES FORÊTS dans le jardin. Mon beau sapin aux branches toujours vertes clignotait, rouge, blanc, bleu. Le Père Noël étincelait lui aussi, sa hotte scintillante comme remplie de DIAMANTS. Elle n'avait jamais vu autant de couleurs et de lumières. C'était BEAU. Le monde extérieur était BEAU. Elle ne voulait plus jamais le quitter, retourner dans la ~~chambre~~ PRISON, oui, la prison, l'horrible prison, plus jamais, jamais.

Dans la semi-pénombre du *diner*, Snake.T tournait les pages du calepin de Blankett d'un air inspiré pendant que Vince résumait la situation à Wayne. Celui-ci les informa que l'inhumation du père Roland aurait lieu le 26. Il serait enterré dans son propre cimetière, aux frais de sa hiérarchie.

Assombri, Vince touilla son énième café. Même amertume dans la bouche que dans le cœur.

Le carré des prêtres. Un espace à l'écart, à l'ombre de la nef, où s'alignaient six petites croix blanches, sans ornements. Une discrète plaque gravée avec leurs noms et dates d'entrée et de sortie de notre monde. Une ambiance militaire, nette. Sereine ?

Il n'y avait plus de marbrier en ville, à présent. C'était une entreprise établie en périphérie qui fournissait la moitié du comté. Les gens recouraient moins fréquemment aux sculptures et autres inscriptions dans le marbre. La tendance était à la sobriété et à l'économie, au sens littéral.

Il soupira, sans s'en rendre compte. La veille encore, Snake.T et lui lisaient l'article de Lucas Bradford. Il sortait d'une gueule de bois, le père Roland était vivant. En quelques heures tout avait changé, ils s'étaient trouvés propulsés dans une enquête sans queue ni tête, extratemporelle et douloureuse. Il s'appuya contre la banquette rembourrée, au skaï rouge défraîchi. De leur box, ils avaient vue sur le reste de la salle. Des clients entraient et sortaient continuellement, pour boire un café, pisser, acheter des clopes, échanger des nouvelles. La proximité de la patinoire amenait son contingent de mères de famille et d'adolescents en quête de tartes à la noix de pécan et autres douceurs. Vince s'aperçut qu'il reconnaissait pas mal de gens. Déprimant.

Les tables en formica, d'un autre temps, étaient propres, mais on distinguait d'anciennes brûlures de cigarettes, des initiales gravées au couteau. C'était un des « lieux de mémoire de la ville ». Vince appelait ainsi les endroits connus de toute une collectivité à travers plusieurs générations. Chez Murphy en faisait partie. Ados à banane des années 60, enfants-fleurs, punks, grunges y avaient consommé des hectolitres de soda : cinquante ans d'histoire américaine juvénile. Et idem pour leurs versions adultes. De ce côté-là, les choses ne changeaient pas. Le fils pianotait sur son smartphone l'après-midi, les yeux rivés sur la jeune fille qu'il convoitait, le père pianotait sur son smartphone le soir, les yeux rivés sur la femme du voisin qu'il convoitait.

Mais cependant il y avait une érosion. Chez Murphy était une institution, et comme toutes les institutions elle s'effritait lentement, oh, très lentement, concurrencée par d'autres modes de consommation, d'autres désirs, vieille chaussure confortable mais que l'on met de moins en moins. Une énergie fossile. L'endroit avait senti l'alcool, la sueur, le tabac. On y respirait un vague désodorisant aux relents d'anticafards. Les lieux ne revivaient vraiment que dans la fièvre du samedi soir, quand les groupes de jazz ou de rock locaux venaient mettre l'ambiance. Et encore… c'était fade, édulcoré, comme l'époque. Un monde sans saveurs et sans couleurs, uniformément high-tech et clean. *Bravo, Vince, tu causes comme un petit vieux ! Tu devrais prendre une chambre à côté de Blankett et finir ta vie à te lamenter sur l'Âge d'Or.* Il but une gorgée de café tiède.

– La réception chez les Atkins est maintenue, déclara Wayne. On ne peut pas faillir à la tradition du réveillon semi-caritatif, dont la presse fait toujours un compte rendu élogieux. Bob Atkins a déclaré que « le père Roland n'aurait pas voulu qu'on annule, tous ses amis seront là ce soir pour lui rendre hommage en même temps qu'à Notre-Seigneur ».

– Ça va être trop gai… grommela Snake.T. Mlle Hannah va pouvoir se déchaîner sur les lamentos… Waouh ! Meade était dans le collimateur de Blankett, ajouta-t-il sans transition.

– Meade comme dans « pasteur Meade, vertu et

244

rédemption » ? demanda Vince, la petite cuillère en suspens.

— Ouais, mon prince ! Meade a été aperçu non loin des lieux où Debbie Eastman et Vera Miles ont été vues pour la dernière fois, et dans la bonne fourchette horaire, soit moins d'une demi-heure avant leur disparition.

Vince s'empara du carnet, le feuilleta à toute allure.

— Blankett s'est fendu d'une visite à son domicile, « dans l'espoir que le pasteur ait aperçu quelque chose », résuma-t-il. Meade n'a rien vu ni entendu d'intéressant et a bien évidemment justifié sa présence : le matin, il fait sa tournée pour distribuer la bonne parole dans les boîtes aux lettres.

— Blankett s'est également penché sur les chauffeurs de cars scolaires, sans succès, précisa Snake.T. Et il a longuement interrogé ta vieille copine facteur sur ce qu'elle aurait pu voir ou savoir.

— Après chaque disparition, la ville devenait folle, commenta Wayne, les parents ne lâchaient plus leurs gosses d'une semelle. Ça durait ce que ça durait, jusqu'à la fois suivante. Blankett nous faisait patrouiller à cheval dans tous les coins du parc, mais, à part le lot habituel de camés et d'exhibitionnistes, on n'a jamais rien déniché de valable.

— Ah oui ! C'est vous qui êtes tombé sur Lester Miles qui cherchait sa fille, affolé.

Vince montrait une page raturée. Moore acquiesça :

— L'école avait appelé sa femme pour dire que la petite ne s'était pas présentée. Elle l'a prévenu à son bureau. Il a paniqué, il voulait fouiller le parc. Ça n'a rien donné, bien sûr.

— Susan Lawson a disparu elle aussi sur le chemin de l'école, fit observer Vince.

— Oui. Sa mère s'était arrêtée pour parler avec le

père Roland et la petite leur a faussé compagnie. Ils ont pensé qu'elle avait voulu aller voir les faons, dans l'enclos vingt mètres plus loin, et que le tueur l'avait interceptée.

Snake.T parut découragé.

– En tout cas, le type est très fort. Approcher ces gosses sans se faire remarquer, ne pas laisser d'indices…

– Pas forcément, dit Vince. La plupart des pédophiles bénéficient du trompe-l'œil de l'intégration sociale. Ce sont rarement des marginaux ou des gars avec un casier. Ils agissent au nez et à la barbe de leur environnement parce qu'ils se fondent dans la masse. On ne les remarque pas. Non pas parce qu'ils sont suprêmement habiles, mais parce qu'ils n'ont rien de remarquable. Le pasteur Meade distribue des brochures, le facteur fait sa tournée, les employés vont au boulot, l'équipe de nettoyage du parc balaie, le car arrive et repart, des enfants vont à l'école, des parents les accompagnent… Un vrai livre d'images. Le vilain méchant loup n'a pas à montrer patte blanche, il a les mains propres, il est des nôtres. Contrairement à la faune que je côtoyais à New York, il n'a rien de visiblement différent.

– Pas comme moi, dans ce cas, répondit Snake.T. Noir et infirme, ça se remarque.

Vince prit une seconde pour répondre.

– Oui. Comme on se l'est dit, c'est sans doute un Blanc sans caractéristiques particulières. Encore que… dans un petit bled comme Ennatown, toi aussi tu deviens un élément du décor. En fait, il suffit que chacun ait son étiquette, on ne va pas voir dessous.

– Je pense cependant, comme vous, que c'est un Blanc, intervint Wayne.

– Entre 30 et 97 ans, ajouta Snake.T, ses bagues

246

scintillant sous les néons. Parce que, même s'il a commencé jeune, treize ans ont passé. Donc on peut éliminer tous les moins de 30 ans. On cherche un homme d'âge moyen, d'aspect quelconque, menant une vie normale. M. Tout-le-monde, quoi. De plus, le fait qu'il souffre certainement d'un clivage du moi le rend d'autant plus difficile à détecter.

– Clivage du moi ? répéta Moore.

– Sigmund Freud désigne sous ce nom un puissant mécanisme de défense psychique contre le réalité qui fait coexister deux attitudes mentales : « je l'ai fait » et « c'est pas moi », expliqua le jeune homme.

Vince avala la dernière goutte de son café amer.

– Je ne savais pas que t'étais un expert !

Snake.T ôta sa casquette, découvrant le mot *shit* tracé à la tondeuse dans ses cheveux ras.

– Je me demande quand même pourquoi Blankett n'a pas fait appel à un profileur.

Vince haussa les épaules.

– Redescends sur terre, Super TV ! Les rares profileurs officiels sont attachés au FBI. Tu crois que les flics locaux aiment voir le FBI venir piétiner leurs plates-bandes ? À leur décharge, il faut dire que les profils psychologiques établis sont plutôt rigides et schématiques. De plus, la théorie actuelle, c'est que le profilage n'est autre que de l'analyse comportementale et que, ça aussi, c'est dépassé à l'ère de l'ADN.

– Oui, mais là on n'a pas d'ADN. On n'a rien. Il faudrait exhumer chaque cadavre pour refaire des analyses…

– Si tu crois une seconde que quelqu'un va signer l'autorisation d'ouvrir des tombes de petites filles pour rouvrir une enquête close, et tout ça aux frais du contribuable… C'est marrant, reprit Vince. En fait, on sait exactement quel genre d'homme chercher, mais on ne peut pas suivre notre intuition sans devoir se justifier par des discours et des théories. Et là, on perd toujours du temps.

– On ne peut pas faire confiance à son instinct, protesta Wayne, car personne n'est infaillible. Sinon, c'est le Far West ! Et ça s'est mal fini pour les natifs, ajouta-t-il en souriant. Je préfère la loi, l'ordre et les formulaires.

– C'est pour ça que vous avez encore un badge et que je n'en ai plus, soupira Vince, dont le regard s'égara vers la rangée de bouteilles derrière le comptoir étincelant.

– Trois Coca ! lança Snake.T à la serveuse. C'est moi qui offre.

– Trop bon, mec ! Y a pas à dire, ces rappeurs savent vivre ! *Yo man !* se moqua Vince.

Snake.T lui adressa un sourire étincelant, son sourire « oui, missié » comme il l'appelait, accompagné d'un doigt d'honneur.

La commande arriva, apportée par une femme d'âge mûr, trop maquillée, dont le badge annonçait « Liz ». Liz avait dû venir boire et rigoler ici quand elle était jeune et rebelle, sans se douter qu'elle y ferait carrière, un plateau à la main.

Deux types entrèrent et s'installèrent à une table d'angle. Norton et Atkins, accompagné d'un vieux clébard au museau grisonnant. Ils commandèrent le spécial du jour, le cheeseburger au Monterey Jack. L'heure de la pause déjeuner. Puis ce fut le tour de Lou Miller, avec un client potentiel : cappuccinos mousseux.

– Qui n'a pas de chien ? demanda soudain Vince.

– Que voulez-vous dire ?

– Les trois quarts des foyers de cette ville possèdent un ou deux animaux domestiques, dont un chien.

– On est à la campagne. Il y a beaucoup de chasseurs.

– Le pasteur Meade a un chien ?

– Oui. Deux, même, des carlins. C'est surtout sa femme qui s'en occupe. Pourquoi ?

– Pour rien. Un chien pourrait servir à attirer une enfant.

Ils ne lui donnèrent pas l'information communiquée par Blankett. Toujours garder un détail crucial par-devers soi. Ils ne connaissaient pas assez Moore pour savoir s'il était bavard.

– Ça fait longtemps que vous vivez à Ennatown ? demanda Snake.T à Wayne, faisant diversion.

– Une vingtaine d'années. J'ai grandi à la réserve. En comparaison, ici, c'est Las Vegas.

– Vos parents sont toujours là-bas ?

Le visage de Wayne se ferma, brièvement. Il prit sur lui de sourire.

– Mes parents sont morts dans un accident d'avion quand j'avais 5 ans. C'est mon oncle Jake qui m'a élevé. Un vrai Indien de western ! Il ne lui manquait que la coiffe emplumée.

Lucas Bradford fit son entrée, pilotant une jolie blonde en uniforme d'infirmière. Sans doute celle qui avait annoncé le décès du père Roland. Vince détourna la tête, avec un pincement. Heureusement, Bradford ne les vit pas, trop occupé à faire le joli cœur, et il choisit une table éloignée.

– Et votre tante ? demandait Snake.T. Indienne aussi ?

– Non. Blanche 100 %. Oncle Jake l'avait levée dans un casino. Une grosse blonde qui buvait sec. Oncle Jake était un type simple : il aimait les femmes faciles, la pêche et la chasse. C'est lui qui m'a appris à traquer le gibier, continua-t-il, changeant de sujet. Il connaissait bien Blankett, ils chassaient le daim ensemble. Mais il était déjà décédé, lui aussi, à l'époque des meurtres ! conclut-il en levant la main comme pour écarter l'hypothèse qui aurait pu être formulée.

Snake.T essayait de se représenter la femme blanche – serveuse ? strip-teaseuse ? – échouée dans la réserve, transformée en femme au foyer. Sa mère à lui avait suivi le chemin inverse. Il n'avait aucune nouvelle d'elle. Vingt ans de silence. Avait-il des frères et sœurs inconnus ? Des enfants qu'elle aimait ? Se souvenait-elle de lui, de son petit Michael ? Il éprouva une bouffée de colère et de peine. Si elle était morte au lieu de les avoir quittés, son père et lui, ç'aurait été moins douloureux.

Vince songeait à son propre père, disparu six ans plus tôt. Il n'aurait pas pu imaginer, même dans ses pires délires alcoolisés, que ce soit un pédophile assassin. Pas son papa, oh non ! Mais le tueur était bien le fils et peut-être le père de quelqu'un. Le père de la petite fille qui s'était enfuie avec Black Dog ? *Idée débile, Vince. Elle ne s'est pas enfuie. Elle a été enlevée.*

Les idées débiles prenaient le plus souvent racine dans les marécages de la métaconscience, là où un moi primitif nage dans les eaux glauques de l'intuition. Pas de raisonnement, pas de direction précise. Des flashs, éclairant d'une brève lueur des profondeurs abyssales où se tortillait une sorte de têtard : vous. Quelque chose de vous.

– Vince nous fait le coup de la Grande Révélation, entendit-il dire Snake.T.

– Quand tu as vu la gosse dans les bras de Black Dog, tu es bien sûr qu'elle ne pleurait pas ?

– Tout à fait sûr, mon frère. Je dirais même qu'elle avait l'air tranquille. Comme tes copines blanches entre mes gros bras noirs. C'est quoi qui t'agite ?

– Rien. Reprenons un peu ces carnets.

Ils se les partagèrent et se mirent à lire, survolant les pages.

– Alerte ! chuchota Snake.T en renfonçant sa casquette diamantée sur son crâne à moitié rasé.

Friedman lui-même venait d'apparaître et ils se tassèrent sur leurs sièges, mais M. Loi-et-Ordre ne resta au comptoir que le temps qu'on lui prépare un gobelet XXL de café, leur tournant le dos. Le gardien de la cité n'avait pas le temps de s'avachir sur une chaise.

Dehors, près d'un parcmètre, Patterson et Wallace, mains sur les hanches, discutaient avec la dynamique responsable de la K9. Imbus de leur rôle, les deux chiens-loups assis à ses pieds examinaient chaque passant avec suspicion. Des chiens policiers, se dit Vince. Des chiens partout. Fausse piste ? Il se retourna vers ses compagnons.

– J'ai repensé à ce que tu as dit, Snake.T : qu'un clochard ne pourrait pas s'attaquer à des enfants devant tout le monde.

– Et tu m'as répondu que Black Dog l'avait bien fait sans que personne réagisse.

– Parce que la petite fille était une inconnue. Personne ne s'est inquiété pour elle. Personne ne la connaissait. Ce qui n'est le cas d'aucune des victimes du Noyeur. Ce ne sont pas des jeunes touristes, des fugueuses, des prostituées précoces. Uniquement des enfants d'Ennatown, issues de familles honorables. De la classe moyenne. Sans doute le milieu qu'il fréquente, dans lequel il évolue.

– Je suis d'accord avec vous, dit Moore. Plus j'y pense, moins je crois que la disparition de cette enfant a quelque chose à voir avec le Noyeur. Elle ne correspond pas au profil de ses victimes.

– Ce qui laisse entier le mystère de son enlèvement, dit Vince. Un vrai sac de nœuds dans un nid de vipères, conclut-il dans un soupir.

– Ennatown… la ville des serpents d'eau, laissa tomber Snake.T. Les Iroquois savaient de quoi ils parlaient[1].

– Le lac et les marais en étaient infestés autrefois, dit Wayne Moore avant d'ajouter en souriant : Je ne sais pas pourquoi les Blancs adorent garder les noms des lieux dont ils ont supprimé et la faune et les habitants.

– Devoir de mémoire, ricana Snake.T. Les serpents d'eau, ça se faufile. Ça glisse, ça attaque en traître. Un nom prédestiné pour une ville où frappe un prédateur sournois et invisible, conclut-il.

Un nom de merde pour une ville de merde. Daddy les observait. Les écoutait. Présence discrète et silencieuse dont personne n'avait conscience. Il avait souvent l'impression d'être l'*alien* métamorphe du film de John Carpenter, *The Thing*, et d'habiter son hôte officiel, manipulant son visage, ses membres, voyant à travers ses yeux. À la fois présent et absent.

Invisible.

Daddy n'avait pas peur des mots. Il savait comment la société qualifiait ses goûts particuliers. Cela lui était

---

1. *Ennaton* : serpent d'eau (J. A. Cuoq, *Lexique de la langue iroquoise*, 1882). Par glissement, devenu Ennatown.

indifférent. Il ne ressentait aucune honte à se voir étiqueté comme « pédophile » ou « tueur en série ». Daddy n'avait pas peur des mots parce que les mots n'étaient que des mots. Contrairement à la plupart de ses congénères, Daddy, lui, ne se contentait pas de paroles. Il passait aux actes.

Il se demandait si tous les gens comme lui, ceux dont on parlait à la télé, dans les bouquins, dans les films, ces assassins, ces pervers honnis, si tous ressentaient ce décalage, cette sensation de dualité. Il avait lu des interviews, des études scientifiques, mais la plupart du temps c'étaient des « experts » qui bavassaient à n'en plus finir sur ce qu'étaient censés ressentir leurs objets d'étude. Les psychopathes – comme on les appelait – étaient bien moins prolixes. À part « je peux pas m'en empêcher » ou – variante destinée à sauver les meubles – « je regrette tellement », sans parler de « je me sens complètent différent à présent », en quasi-rédemption par le miracle de sainte Psy, ils ne donnaient pas vraiment d'explication sur leur *modus operandi* ni surtout sur leurs motivations. C'était difficile d'expliciter le besoin d'agir, le besoin irrépressible de satisfaire un désir tout aussi irrépressible. Demandait-on aux gens pourquoi ils mangeaient ? Pourquoi ils dormaient ou déféquaient ?

La question de savoir qui il était devenait parfois effrayante. C'était quoi, « être », c'était quoi, une « personnalité » ? Plutôt qu'un monstre à deux têtes, il se sentait un monstre à deux âmes. Parfois Daddy n'était pas là, comme s'il dormait dans un coin du cerveau de « l'autre », et parfois il se réveillait et prenait toute la place. À croire que ce Stevenson qui avait écrit *L'Étrange Cas du Dr Jekyll et de Mr Hyde* savait de quoi il parlait. Et avec quelle finesse il avait perçu

– décrit ? – l'ascendant que prenait Hyde, le plaisir indicible que procurait Hyde…

Tout être humain cherche à satisfaire ses pulsions, non ?

Ce qui le ramenait à sa perception de l'humanité. Daddy avait souvent l'impression que ceux qui l'entouraient n'étaient que des cafards, des insectes. Leur anéantissement ne lui procurait ni joie ni peine. Il avait du mal à savoir ce qu'il fallait ressentir et il avait parfois peur que les émotions qu'il affichait ne soient pas adéquates. Il s'entraînait devant son miroir en copiant sur les autres. De fait, il n'aimait que ses princesses. Totalement. À la vie à la mort.

Il ne s'inquiétait nullement des tentatives d'enquête visant le Noyeur. Ce pauvre Limonta et le jeune McDaniel ne trouveraient rien. Il était absolument insoupçonnable.

11

Dans chaque maison d'Ennatown, dans chaque appartement, des femmes anxieuses ouvraient et refermaient des fours, ouvraient et refermaient des placards, ouvraient et refermaient la bouche tout en se maquillant, en balayant, en rangeant, en maudissant leurs maris étourdis et leurs enfants indisciplinés. Quelques hommes s'agitaient devant les fourneaux, débouchaient des bouteilles. D'autres, la plupart, déambulaient dans les centres commerciaux bondés, comme montés sur ressorts, escortés de gosses braillards et larmoyants.

Veille de Noël, compte à rebours. La fusée du réveillon sera mise en orbite d'ici quelques heures, ultimes vérifications, *check list*, le petit Jésus va sortir.

Conte à rebours. Le sapin racornit, la dinde crame, le prêtre meurt, le pauvre est chassé, la petite fille pleure.

Un, deux, trois, prêts, partez !

Kate vérifie encore une fois que son ensemble pantalon ne la boudine pas trop. Elle demande à Jude, mais Jude, évidemment, s'en fout, il tente de nouer son nœud papillon tout en maugréant que toutes ces simagrées l'emmerdent.

Melinda termine une superbe composition florale qu'elle compte offrir à Laura Atkins. Elle n'a aucune envie d'aller à cette soirée, mais le boulot de Wayne comporte des tas d'obligations mondaines auxquelles elle ne peut toujours se soustraire. Et puis ce sera l'occasion d'écouter Mlle Hannah jouer du piano. Mlle Hannah a été concertiste. Pas comme Michael McDaniel. Quel guignol, celui-là, avec ses bagues et ses tatouages !

Laura essaie de ne pas boire la demi-bouteille de vodka planquée dans le panier à linge. Trop tôt, beaucoup trop tôt. Soirée pas commencée. Vérifier si tout est OK avec le traiteur. Ne pas s'envoyer le traiteur. Risque élevé d'être surpris par Partenaire rentrant plus tôt.

Amy a soif, elle lape l'eau dans l'écuelle du chien, mange une friandise salée en forme d'os, rabat la couverture sur sa tête et se rendort. La fièvre commence à tomber.

Black Dog ouvre les yeux, la bouche sèche. Où est passée la journée ? Où est passée Army ? Dès que la nuit sera tombée, il s'en ira. Chez les Atkins ils distribueront du lait de poule dans le jardin. L'an dernier, il en a bu un gobelet, c'était dégueulasse mais chaud. Et il y avait de la pizza, offerte par l'autre homme de couleur du camion rouge et jaune. Mais ce soir pas d'*egg nog*, pas de pizza, Black Dog trace la route, alléluia, Black Dog prend le A Train, il remonte au nord.

Seul. Tout seul.

C'est pas juste.

Dans le cimetière, Vince, tête nue malgré le froid mordant, effleure du bout des doigts les stèles minutieusement gravées par son père. Il réfléchit à ce qu'il voudrait faire inscrire pour le père Roland. Peut-être simplement « merci ».

Snake.T sort son banjo électrique de sa housse et plaque quelques accords pendant que son père se douche.

Il y a deux ans, le soir du réveillon de Noël, il sautait sur une scène envahie de fumigènes, devant une salle bondée, et les filles criaient son nom en soulevant leurs tee-shirts. *Tempus fugit. Tempus homini lupus est*[1].

Ennatown était un labyrinthe sans issue où des petites filles mortes erraient pour l'éternité, où le passé tenait lieu d'avenir.

Un Noël blanc teinté de sang.

La voiture. Amy se réveilla en sursaut. Une voiture. Les pneus crissaient sur le gravier verglacé. Une portière claqua, puis une autre. Cliquetis. Halètements. Le chien ! Le cœur battant, elle se mordit les lèvres et se plaqua tout au fond contre la paroi. Un museau pointu et poilu s'encadra dans la niche. Amy vit les petits yeux marron du chien s'écarquiller et il recula en aboyant. Une porte claqua à son tour.

Le chien revint à la charge, la truffe frémissante. Amy se recroquevilla, tétanisée, résignée à se faire mordre. L'animal rentra dans son logis, flairant chaque pouce de terrain, et se planta devant elle, sa gueule pleine de dents à hauteur de son visage. Son regard se riva à celui de l'enfant et Amy constata qu'il avait l'air de réfléchir. C'était bizarre, de se dévisager comme ça, face à face, dans le silence.

« Je m'excuse, lui dit-elle dans sa tête. Je ne savais pas où aller. »

Ce chien n'était peut-être pas plus méchant que Papa Ours, après tout ?

« J'ai juste mangé un bonbon », ajouta-t-elle, confuse.

---

1. Snake.T détourne la célèbre citation latine « *Homo hominis lupus est* », « L'homme est un loup pour l'homme ».

Bien qu'il n'ait rien pu entendre, le chien secoua la tête, ouvrit la gueule comme pour répondre, puis se ravisa et claqua des babines. Il se laissa tomber sur les coussins, observant l'intruse.

« Tu as l'air très gentil, reprit Amy. Et moi aussi je suis très gentille. »

Gardant son bras droit douloureux le long de son corps, elle tendit une menotte poisseuse vers lui. Après une brève hésitation, le chien lui fila un grand coup de langue. Amy lui sourit. Le chien se coucha sur le dos et se mit à remuer la queue. Amy avança la main et lui caressa le crâne. Le chien la lécha encore. Elle rit.

« Tu me chatouilles, monsieur le chien ! »

Il jappa et roula sur lui-même.

– Au revoir ! lança soudain la voix de la madame Matilda. Et Joyeux Noël ! Dis au revoir, Isabel.

– Tatie, je n'ai plus 5 ans ! grinça le vampire Isabel.

Moi, j'ai 5 ans, madame, se dit Amy. C'est grand. Je suis une grande fille. Je vais aider ma maman.

Elle porta la main à la poche pour tripoter son message tout froissé. Elle pouvait le déposer dans la maison de la madame Laura. Il lui suffisait de se faufiler à l'intérieur. Il faisait nuit à présent. Le jardin brillait, poudré de blanc. Les guirlandes scintillaient. Amy ébouriffa la fourrure rêche du chien, se serra brièvement contre lui – il sentait bon –, puis passa la tête dans l'embrasure de la niche.

Un coup de klaxon la fit sursauter et elle recula avec précipitation.

Une seconde voiture s'engageait dans l'allée. Un couple en descendit. Ils sonnèrent et la voix de la madame Laura lança :

– Entrez, entrez ! Vous êtes en avance !

– On avait peur du verglas.

La madame Laura avait des INVITÉS. Amy pointa de nouveau le bout du nez et de nouveau recula à toute allure. D'autres voitures arrivaient, se garaient devant la maison, des gens parlaient, riaient, passaient devant la niche, salués par les brefs jappements du chien, qui était sorti et remuait la queue.

– Oh, tais-toi, Grizzly ! Tu ne fais peur à personne, se moqua un monsieur gros et chauve.

Grizzly ? Mais ce n'était pas un OURS ! Elle le détailla à nouveau. Non, c'était bien un CHIEN. Cachée derrière lui, Amy se demandait combien il allait en arriver, des invités, pour le RÉVEILLON. Elle était un peu déçue parce que les madames n'avaient pas de longues robes du soir dorées et des trucs sur la tête avec des diamants. Les monsieurs, eux, par contre, portaient tous un costume sombre et une cravate. Elle vit une madame ôter des après-ski fourrés pour enfiler une paire d'ESCARPINS et se tordre la cheville sur le gravier verglacé. Un jeune homme passa, ses cheveux roux frisés faisant comme une auréole flamboyante autour de sa tête, et quelqu'un lança : « Alors, cet article ? » Puis ce furent deux monsieurs, aussi marron que Black Dog, un vieux et un jeune, et le jeune marchait en crabe, appuyé sur des béquilles. Il portait une sorte de guitare en bandoulière. Il allait y avoir de la musique.

Est-ce que sa maman était allée un soir à un réveillon ? Mais non ! Quelle idiote tu fais, Amy, sûrement pas !

Est-ce que Maman était morte ? Non, si sa maman était morte, elle aurait eu un grand coup de poing ici dans le cœur. Dépêche-toi, idiote d'Amy ! Va déposer ton message. Faufile-toi sur le côté, le long des voitures, cherche un endroit pour entrer dans la maison. Vite, vite, et sans faire de bruit. Non ! Pas tout de suite. Trop de monde.

Snake.T reposa son banjo, laissant Mlle Hannah se lancer dans un solo. Son père et lui étaient arrivés dans les premiers. C'était le côté Oncle Tom de son père, songea Snake.T. Il s'attendait presque à le voir se proposer pour aider au service. Laura Atkins les avait accueillis aimablement et avait dirigé Snake.T vers Mlle Hannah afin qu'ils accordent leurs violons, ha ha ! Laura Atkins souriait souvent et riait facilement, d'un air parfaitement indifférent. Snake.T la trouvait ravissante et glaçante. Il était moins dérangé par sa copine Kate, la petite brune aux gros seins, au visage tourmenté. Elle faisait plus réel. Il observa la pièce remplie de monde, mais pas de fumée : fallait aller dehors, ordre de missié Atkins. Un rouquin à tête de Ken coiffé afro distribuait des photos prises pendant la battue. Lucas Bradford. Il devait avoir son âge. Snake.T vit son regard bleu ciel se poser sur lui, les paupières battre comme un obturateur – clic-clic, musicien-infirme-noir-article ? –, et Bradford le gratifier d'un sourire « je suis vraiment cool et t'as l'air vraiment cool et on va se raconter des trucs vraiment cool ». Snake.T tourna la tête.

Hilda Barnes en doudoune de soirée racontait pour la centième fois comment la petite fille était sale, maigre et vêtue d'un simple survêtement et lui avait tendu un bout de papier qu'elle n'avait pas pu lire, et comment le monstre noir barbu avait emporté l'innocente enfant sans que personne – coup d'œil latéral vers les McDaniel père et fils –, personne fasse rien. Snake.T écoutait malgré lui. Entouré des fidèles Wallace et Patterson, Friedman soutenait haut et fort que l'absence de vêtements chauds confortait la thèse de l'enlèvement au pied levé : Black Dog s'était emparé de l'enfant dans une maison quelconque. Cependant, à cette heure, aucun parent, quelconque ou pas, n'était venu se plaindre. Ça rappelait à Snake.T les vieux livres de son enfance. Bourrés d'enlèvements, d'orphelins, de bohémiens rapaces. À quoi ça pouvait bien ressembler, un bohémien ? Et un dernier des Mohicans ? À Wayne Moore ? Oui, la petite fille avait sa place dans les vieux bouquins défraîchis de son père. Ou bien aux côtés d'une bande de jeunes routards errants. Une bande se déplaçant avec chiens et gosses, comme on en croisait près des centres commerciaux. Mais, en y réfléchissant, il n'y avait pas de gosses. Jamais.

Au choix, donc, une gamine de SDF, une clandestine, une petite Mexicaine sortie d'un camion-citerne. Elle était maigre, blême, sale : peu de chances qu'elle vienne d'une douillette demeure. Ou alors elle en avait été extraite depuis un bon moment, et dans ce cas-là les parents s'en seraient forcément aperçus et ça ne collait pas, merde ! Un truc à se mordre la queue. *Pas la mienne.* Intuition déplaisante : et si elle avait été maltraitée et que Black Dog ait voulu la soustraire à ses tourmenteurs ?! En parler à Vince.

Agacé, il regardait son père serrer des mains avec ferveur comme s'il venait juste d'être affranchi. *XXIᵉ siècle, papa, merde ! Arrête de cueillir le coton !*

Et ce bout de papier tendu à Hilda Barnes ? C'était quoi ? Un appel à l'aide ? Une demande de rançon ? Personne ne s'était penché sur le mystère du bout de papier.

Bob Atkins fit son apparition et serra des mains tendues, comme un type en tournée électorale. Le républicain blanc dans toute sa splendeur. Snake.T avait craché sur ce genre d'homme à longueur de chanson et maintenant il venait jouer de la zique à la con à son réveillon.

En mémoire du père Roland.

Il ne pourrait pas rester vivre ici. Ennatown allait lui sucer le sang, lui vider les couilles. Il fallait qu'il parte.

Il se tourna en entendant la voix rauque de Vince.

Vince était figé au milieu de l'élégant salon blanc et noir, face à une myriade de petits-fours et de bouteilles gérée par deux jeunes serveurs en veste blanche. Les trois quarts des hommes présents avaient participé à la battue et ils échangeaient des saluts joviaux et bourrus. Samuel McDaniel vint lui serrer la main et ne put s'empêcher de dire que Limonta père lui manquait.

– À moi aussi, il me manque, répondit Vince machinalement.

Son père lui manquait, oui, vieille douleur en arrière-plan. La vie nous élague comme un arbre, coupant un tas de branches sans pitié.

Côté femmes, il reconnut Mlle Hannah, l'antique prof de piano, lancée dans un pot-pourri de chants de Noël, Mme Chen, qui le salua si discrètement qu'on eût pu se croire dans un film d'espionnage, Kate Norton, échevelée comme si elle sortait des *Hauts de Hurlevent*, une pétasse blonde qui se faisait passer pour la cousine de Brad Pitt mais ressemblait plutôt à la mère de Paris Hilton, et…

Laura.

Elle ne l'avait pas encore vu. Elle passait de groupe en groupe, souriante, son éternel verre à demi plein à la main, évitant soigneusement le regard réprobateur de son mari. Elle était toujours aussi ravissante. Toujours aussi lointaine. Inaccessible alors même que vous vous enfonciez en elle et qu'elle vous encourageait avec des mots brûlants. Laura la nympho-pute-salope.

Terriblement séduisante.

L'alcool glissait en elle sans marquer encore ses traits délicats. Il l'observa, étonné de son émotion. Il avait quasi oublié cette femme et maintenant il se sentait troublé. *Rappelle-toi que tu as souffert à cause d'elle, Vince. D'accord, mais je m'en fous. Je me rappelle soudain pourquoi elle me plaisait tant.*

Et soudain elle était là, face à lui.

— Vince Limonta, laissa-t-elle tomber en le dévisageant. De retour au pays.

Vince chercha quelque chose de spirituel à répondre, ne trouva rien, se contenta d'un sourire niais. Elle le toisa, moqueuse.

— Toujours aussi beau parleur.

C'était leur jeu. « Toujours aussi drôle. » « Toujours aussi douce. » Il fut surpris qu'elle s'en souvienne. Ses lèvres ironiques, sa pose : elle l'avait souvent fait penser à une star hollywoodienne des années 40, délicieusement dure et suprêmement élégante. Et lui dans le rôle du privé-pochard-dur à cuire. Hum…

— Je peux t'offrir un verre ? reprit-elle en bonne maîtresse de maison.

Il aurait dû répondre « Soda », mais il s'entendit dire :

— Vodka. Sans glace.

— Toujours aussi direct. Suis-moi.

Elle l'entraîna jusqu'aux tréteaux surchargés de victuailles et lui servit elle-même un grand verre. Il fit la grimace. Elle leva un sourcil interrogateur.

— Tu préfères la polonaise ? Moi, je la trouve trop fruitée.

— J'essaie de ralentir. J'ai perdu mon boulot à cause de ça.

Il montra son verre.

– Et tu y tenais tant que ça, à ce boulot ?

– C'était toute ma vie.

– Il faut croire que non, sinon tu n'aurais pas fait le mauvais choix.

– Toujours aussi mordante.

– Oh, je me suis bien émoussée… Bob ! Tu connais Vince Limonta…

– On a fait la battue ensemble cette nuit.

– Ah oui ! Le grand vrai truc des grands vrais mecs ! Bob souffla :

– Je te rappelle qu'une gamine a été enlevée, Laura.

– Je me souviens que vous ne l'avez pas retrouvée, Bobby.

– Excusez-moi, on m'appelle. À plus, Limonta.

Bob s'éloigna, mécontent de sa femme.

Vince et Laura restèrent à se dévisager quelques secondes en silence. Regards en miroir. Sombres lacs et autres fadaises du même acabit. Mais c'était une réalité. Le courant passait. Lentes vibrations électrisantes, deux machines hors tension qui se reconnectent, deux primates qui se flairent et se reconnaissent comme étant de la même espèce.

– Tu te souviens quand j'étais pom pom girl ? dit-elle soudain.

– Oui, et que tu ne te tapais pas encore l'équipe de foot.

– Toujours aussi délicat. Ça te dirait de monter à l'étage ? ajouta-t-elle à voix basse.

Il ne s'y attendait pas, il était soufflé. Uppercut.

– Là ? Maintenant ?

Elle s'humecta les lèvres de vodka, le détailla de la tête aux pieds, et il faillit rentrer le ventre, gonfler les pectoraux.

– Pourquoi pas ? laissa-t-elle tomber de sa voix traînante. Tu es toujours beau gosse.

– Merde, Laura ! Pourquoi tu fais ça ? Tu traites les gens comme de la viande.

– Ça les gêne ? Ça te gêne ? C'est fou comme les hommes peuvent bander tout en se justifiant ! Alors ? Tu veux ?

Vince serra les dents. Il voulait dire non et son sexe disait oui. *Pas ici*, se dit-il, *tu cours à la catastrophe, Laura est comme le « Titanic », elle dérive vers les glaces fatales en dansant sur le pont et tu ne dois pas te laisser couler avec elle, pose ce verre, va parler à Snake.T.* Il s'entendit chuchoter :

– Ce ne sera pas très discret…

– Tss ! Toujours aussi timoré, Vince. Rejoins-moi dans dix minutes.

– Tu me méprises ? Tu nous méprises tous, c'est ça ?

– Tout à fait, mon joli petit flic. J'en ai absolument rien à foutre de toi, je veux juste que tu me baises.

Il voulut lui dire que ce n'était pas un jeu, qu'elle se brûlait les ailes, qu'elle allait se recroqueviller lentement, détruite, de plus en plus ivre, de plus en plus triste, mais elle était déjà partie, le laissant avec son putain de verre plein qu'il vida d'un coup, et il n'avait qu'une envie, grimper la baiser, monter la grimper, tout ce qu'elle voudrait, putain !

Mlle Hannah cessa de jouer et tout le monde applaudit. Elle fit signe à Snake.T de la rejoindre et ils se lancèrent dans un cake-walk endiablé. Les gens riaient et tapaient dans leurs mains. Vince tendit son verre au serveur, qui le lui remplit sans mot dire. La vodka était bonne, frappée et sans goût, comme il l'aimait. Bob Atkins, l'homme-moral-mais-sans-préjugés, faisait danser Mme Chen. Les sœurs Mellink exhibaient leurs nouveaux tatouages : papillons et roses. C'étaient d'authentiques veuves de guerre du Vietnam, des *flower children* dont le destin avait basculé en 1972 quand leurs époux avaient été abattus dans la même rizière. Elles, elles n'avaient jamais désarmé et continuaient à militer pour la paix dans le monde et les colombes face aux faucons. Vince les aimait bien. À l'époque, elles avaient commandé pour leurs maris deux belles stèles ornées de feuilles de cannabis que Joe Limonta avait aimablement sculptées sans savoir ce que c'était. Vince sourit à ce souvenir. Lucas Bradford passait de groupe en groupe, vêtu d'un costume gris plutôt classieux qu'il avait dû acheter en prévision du prix Pulitzer. Vince croisa soudain le regard de Kate Norton posé sur lui. Il lui sourit, leva son verre. Elle ne répondit pas et se détourna. Il se sentit furieux, comme un gosse injustement accusé. Ce n'était pas lui qui dévergondait Laura. C'était elle qui se suicidait à sa manière. *Tu es jalouse, Kate ? Tu voudrais que ce soit toi qu'on saute ?* Kate Norton la bonne copine.

Qui discutait à présent avec un brun poilu pendant que Jude Norton, son ennuyeux mari, écoutait un type quelconque raconter une blague quelconque et que le gars brun et poilu souriait poliment à Kate tout en essayant d'écouter lui aussi la blague.

Kate la rejetée qui compte pour du beurre. Laura la reine rouge qui tranche les cœurs. Les conversations baissèrent d'un cran puis reprirent, plus fortes. John Lawson venait d'entrer, escorté par Bert, et ça créait un malaise. Sa tête de chien battu proclamait que sa femme s'était fait la malle et que le passé ne cesserait jamais d'être présent. La vision du shérif Friedman toutes dents blanches dehors, étoile brillante et ceinturon astiqué, escorté de ses inénarrables officiers, poussa un peu plus Vince vers l'escalier. Il entrevit Snake.T qui lui faisait « non » de la tête, se renfonça dans l'ombre. Il ne pensait plus qu'à ça. Rejoindre Laura là-haut. Wayne Moore venait d'arriver à son tour, au bras d'une grande brune maigre vêtue d'un caftan pailleté, qui tendait un bouquet de fleurs à personne puisque Laura n'était pas là, mais si, elle surgissait, embrassait la femme de Moore, serrait la main de celui-ci, repartait vers la cuisine, et Vince se sentait comme un con au bas de l'escalier, le jean douloureusement tendu sur sa honte.

Elle s'était foutue de lui. Laura Atkins, espèce de salope ! Il se passa la main dans les cheveux, attendit quelques secondes pour recouvrer son calme, puis se rapprocha de Moore, qui lui présenta son épouse. Elle était secrétaire médicale chez un radiologue et adorait le jardinage. Vince opina poliment. La colère prenait le pas sur l'humiliation et il n'avait qu'une envie, c'était de plaquer Laura contre un mur et de…

Et de…

– Chers amis, nous sommes tous rassemblés ce soir pour célébrer Noël et la venue de Notre-Seigneur, et ce devrait être un grand moment de joie, mais quelqu'un nous manque cruellement, un membre, un pilier de notre communauté, et je voudrais que nous lui rendions hommage un bref instant…

Oh non ! Tout le monde s'était tu pour écouter pérorer Bob Atkins et Vince surprit Jude Norton à étouffer un bâillement tandis que Kate chuchotait avec Laura, que Melinda Moore détaillait les plantes vertes d'un air critique et que Snake.T se roulait un joint à l'abri du piano avec l'idée d'aller se le fumer dehors. Ben Friedman joignit sa voix de stentor à celle d'Atkins pour vanter les mérites du père Roland et fut rejoint à son tour par la voix geignarde du pasteur Meade et l'éloge funèbre se poursuivit, provoquant quelques larmes et d'irrépressibles envies de bibine. Patterson et Wallace se tenaient droits comme des I, mâchoires soudées, semblant regretter l'absence de drapeaux. Plusieurs de ces dames, les yeux embués, oscillaient imperceptiblement, quasi prêtes à allumer et à agiter leurs briquets. Lucas Bradford tapotait sur son smartphone, l'air efficace et intéressé, son compte rendu sortirait le lendemain matin, sans même avoir besoin de passer au correcteur d'orthographe. Il était comme ça, Bradford, excellent à exceller aux yeux d'autrui.

Vince, lui, s'était esquivé, la gorge serrée. Désireux de se retrouver seul, dans le calme et l'obscurité, il monta à l'étage.

Daddy serrait les mains tendues avec son expression habituelle. Sa femme lui avait pris la tête à propos de Schultz. Elle avait téléphoné à Eddie pour lui proposer de se joindre à eux et, n'obtenant pas de réponse, était allée sonner à sa porte, sans succès. « Et s'il a fait un malaise ? Sa voiture est devant chez lui, il n'est donc pas sorti. » Sur ce, Daddy s'était souvenu d'avoir vu un taxi passer devant chez eux, peut-être qu'Eddie était dedans et qu'il allait prendre le train pour se rendre chez sa sœur, dans le Maine. Il en avait parlé plusieurs fois, non ? Sa femme avait hoché la tête, peu convaincue, mais bon… elle savait que Daddy n'aimait pas qu'on fasse des histoires pour rien et il lui reprochait toujours de dramatiser et Eddie avait, c'est vrai, plusieurs fois évoqué la possibilité de passer les fêtes chez sa sœur.

Un problème momentanément réglé, se dit Daddy en acceptant un Coca light. Sans sa femme, les choses seraient évidemment plus simples, mais elle lui était utile, elle lui fournissait la caution d'une vie normale.

Elle ne saurait jamais combien son existence dépendait de cette utilité.

Amy avait patienté autant que possible, puis quand le flot des arrivants avait décru elle s'était glissée hors de la niche. Le froid l'avait saisie et elle avait failli retourner se blottir dans les couvertures poilues, mais non, et elle avait couru le long des murs de la maison illuminée, Grizzly sur les talons, cherchant par où entrer sans se faire voir. Et puis la porte d'entrée s'était ouverte et le monsieur marron aux béquilles était sorti, une grosse CIGARETTE-FUMER-TUE à la bouche, et il s'était dirigé vers un coin sombre, loin du Père Noël lumineux. La porte était restée entrouverte. Amy grelottait. Il lui tournait le dos. Elle s'était faufilée à l'intérieur, petite souris rose. Grizzly était resté sur le seuil, en chien bien élevé. Amy s'était tapie près du fouillis de manteaux et de bottes, dans le vestibule sombre.

Qui donnait sur une pièce brillamment éclairée. Où circulaient des tas d'invités. Des applaudissements éclatèrent. Puis de la musique. Du PIANO, comme dans le livre sonore des instruments. Des gens qui riaient et qui parlaient, il faisait chaud, si chaud, et sur les grandes tables il y avait plein à manger, et Amy avait faim, très faim, et soif, elle voyait les bouteilles, les verres, les gâteaux, les sandwichs, tout ça à portée de main, il suffisait qu'elle s'avance, qu'elle prenne quelques sandwichs et qu'elle attrape un monsieur ou une madame par la manche et qu'elle lui tende sa feuille de papier, et il y avait même des policiers en uniforme, quelle chance, et il y avait même…

Daddy.

Prête à s'élancer, Amy sentit ses jambes se dérober

sous elle et se recroquevilla sous un manteau de fourrure synthétique. Elle avait failli se jeter dans la gueule du loup. Daddy ! Au milieu de la pièce, aimable, discutant avec tout le monde. Que faire ? Il l'attraperait au passage, il l'emmènerait sans que personne intervienne en disant qu'elle devait aller se coucher ou autre chose et… Elle en avait mal à la tête, au ventre, elle luttait contre l'envie d'éclater en sanglots. Daddy serrait la main de ses amis policiers. Tout était perdu ! Soudain, la voix d'une madame âgée lança :

– Zut ! J'ai oublié ma sacoche à partitions dans l'entrée.

L'entrée. C'était sûrement par où elle était entrée. Là où elle se trouvait. Amy vit une grande silhouette avancer dans le couloir en disant « Ne bougez pas, j'y vais ». Lui, c'était lui ! Elle était fichue, secouée de frissons irrépressibles, prise de nausées. Au même instant la porte s'ouvrit en grand, bouffée d'air froid, et le jeune monsieur marron aux béquilles entra, masquant le vestiaire improvisé. Amy lança des regards de bête traquée de tous côtés avant de se précipiter dans l'escalier sombre et silencieux. Loin des yeux de feu de Daddy, de sa voix doucereuse, de ses mains aussi dures que des clous.

– Mlle Hannah a laissé ses partitions dans le coin, dit Daddy.

– Là, à vos pieds, répondit le jeune monsieur marron.

Daddy ramassa la sacoche, perplexe. Il avait cru voir… s'élancer vers l'étage… une ombre… Le chien ? Non, c'était clair. Pâle. Comme un enfant en pyjama. Ou en survêtement. Une petite fille en survêtement ? Impossible. Pourquoi se cacherait-elle là ? Ses yeux lui jouaient des tours, il voulait tellement la retrouver qu'il la voyait partout. Qu'avait-il vu, en fait ? Rien.

Une impression. Un éclair visuel coloré, à peine réel. Et pourtant…

– Vous avez l'air préoccupé, dit Snake.T.

– Bien vu ! Tenez (Daddy lui fourra la sacoche dans la main), il faut que j'aille aux toilettes.

Il fit un clin d'œil à Snake.T puis entreprit de monter l'escalier. Tout était calme à l'étage, en contraste avec l'écho de la fête. Pas encore de couple en train de se bécoter dans les coins. De toute façon ce n'était pas le genre de la soirée. Quoique, avec la maîtresse de maison…

Vince se rinça le visage à l'eau froide et, négligeant les petits carrés mauves pour invités, s'essuya dans le peignoir blanc qui sentait le talc. Le père Roland était mort, une enfant avait disparu, et lui il ne songeait qu'à s'envoyer en l'air avec Laura Atkins, une garce de première qui pressait les hommes comme des citrons pour en extirper littéralement le jus – inutile de se voiler la face. Comment était-il tombé si bas ? Pourquoi est-ce qu'elle le mettait dans cet état ? Quel reflet brouillé de lui-même voyait-il dans ses yeux gris aussi las que moqueurs ? Il ouvrit la fenêtre, inspira longuement l'air glacé de la nuit.

La poignée de la porte tourna.

– Un instant !

Il inhala encore une grande goulée d'air, fit craquer ses doigts, puis déverrouilla la porte.

– Déjà en train de vomir ? lança Daddy.

– Non, juste un coup de ma prostate.

– La mienne me joue le même tour.

– Rien de nouveau ?

– Hélas non.

Daddy entra dans la salle de bains, referma la porte.

Il fallait qu'il tombe sur Limonta ! Était-ce lui, l'ombre entrevue dans l'escalier ? Sa chemise blanche mal repassée ? Pas convaincant.

Black Dog se tenait près de la haie. Le Rintintin était venu lui flairer les pieds en remuant la queue. Black Dog s'était mis au garde-à-vous et lui avait ordonné « demi-tour », le Rintintin avait obéi. Army était là-dedans, dans cette maison, les petites empreintes le disaient, mais que faisait-elle là ? Pourquoi ne ressortait-elle pas ? Il serrerait le chariot contre lui, prêt à le lui tendre pour qu'elle s'y glisse. Ils s'amuseraient bien tous les deux, ils iraient jusqu'au Canada et ils verraient les oies sauvages et ils mangeraient des tas de bonnes choses. Si seulement il pouvait entrer la chercher.

Nan nan nan. Tout le monde arrêterait de danser et la police sortirait les menottes. Il ne pouvait pas frapper et dire : « Coucou c'est moi. » Va-t'en, tu pues. Black Dog n'avait rien à faire à la fête, non monsieur, il devait partir, s'éloigner, filer, allez, dégage !

La distribution d'*egg nog*, c'est à minuit. C'était quand, minuit ? Quand les cloches sonneraient. Mais il y avait déjà quelques zonards qui zonaient, regardant à l'intérieur des voitures s'il n'y avait pas quelque chose à piquer, et Black Dog resserra son capuchon et gratta la barbe grise sur ses joues, mission secrète mon commandant.

Mission secrète. Il fixait le Père Noël suspendu contre la façade. Black Dog ne pouvait pas entrer, pas comme ça tout noir et sale et assassin, alors que lui…

Kate leva la tête vers Laura. Ses yeux sombres brillaient.

– Ne me dis pas que tu veux remettre ça avec Vince Limonta !

– Mais je ne t'ai rien dit, laissa tomber Laura.

– Ne joue pas sur les mots, Laura Atkins. Je te connais !

– Tu crois ?

Kate décida que Laura plaisantait, comme d'habitude, et lui serra le coude, complice.

– Pourquoi lui ?

– Pourquoi pas ?

Oui, pourquoi lui ? Pourquoi ce soir ? Qu'en avait-elle à foutre, de Vince ? Ils avaient tiré un coup deux ou trois fois sur la banquette d'une bagnole, dans la chambre triste d'un motel. Après s'être évités toute leur scolarité. Ils avaient attendu qu'elle soit mariée. D'ailleurs, Laura n'avait jamais beaucoup couché avant son mariage. Et sûrement pas avec ce prétentieux arrogant de Vince. Alors ? Que se passait-il ? Quel coin du voile soulevait-il à son insu ? La corde de quelle putain de métaphore tirait-il, entraînant l'écroulement du décor ? Fin de la mascarade ?

Ressaisis-toi.

Elle se dégagea de Kate, de la sollicitude de Kate, de l'emprise de Kate, et se dirigea vers l'escalier.

Kate, un peu vexée, sans raison n'est-ce pas, pinça les lèvres et sourit, à personne à particulier. Où était passé Jude ? Aaron paradait devant une blonde inconnue mais pulpeuse. Lucas Bradford faisait du charme à une demi-douzaine de quadragénaires minces et bronzées, les groupies du club de fitness. Elle, Kate, se sentait aussi ringarde que Mlle Hannah, accrochée à son amitié avec Laura comme un mollusque à son rocher, comme si Laura était capable d'amour ou d'amitié. Elle se sentait terriblement seule. Parce qu'elle devait bien s'avouer qu'elle n'aimait ni son mari ni ses enfants. Du moins pas autant qu'elle aurait dû, pas inconditionnellement. S'enfuir de cette ville, tout quitter, comme Linda Lawson, recommencer ailleurs. Mais recommencer quoi ? En parlant des Lawson, John se traînait comme un chiot maltraité, quêtant des miettes de compassion, et Bert saluait le jeune rappeur infirme du bout des lèvres. Le beau et la bête.

Ne manquait plus que Lester Miles. Jude lui avait dit que Ben Friedman l'avait fait placer en cellule de dégrisement avant de le laisser partir dans la matinée, petit bonhomme pitoyable, broyé. Friedman était un homme sans pitié et sans bonté. Cependant, Kate préférait que Lester ne soit pas là ce soir, avec sa haine et son ressentiment, les éclaboussant tous de son désespoir. Il y avait assez à faire avec l'attitude étrange de Laura, le deuil national du père Roland, et ce lancinant désir de se mettre à hurler comme une sirène d'ambulance.

Daddy fit semblant de se soulager et tira la chasse d'eau. Il écouta un instant derrière la porte puis l'ouvrit. Et croisa Laura, très légèrement vacillante. Ils échangèrent un signe de tête.

Elle dépassa la salle de bains, se dirigeant vers les chambres, rendant toute investigation impossible. Furieux, il resta planté dans le couloir, hésitant. Puis aperçut Vince sur la première marche de l'escalier. Qu'est-ce qu'il foutait encore là ?

– J'ai oublié un truc dans la salle de bains, se justifia l'ex-flic.

Mensonge piteux. Daddy avait l'impression de jouer dans un de ces vaudevilles où les protagonistes se croisent et se recroisent au gré des quiproquos. Mais pourquoi Limonta voudrait-il traîner à l'étage ? Bordel ! À cause de Laura Atkins, bien sûr ! Ces deux-là n'avaient tout de même pas décidé de baiser ensemble ce soir ? Maintenant ? Écœurant !

Il hocha la tête et commença à descendre pour rejoindre la fête. Si jamais – mais non, impossible – Amy se trouvait là... Vince et Laura la verraient et la feraient descendre et lui, Daddy, il pourrait enfin intervenir. Encore que... Il serra les poings de dépit. Il aurait volontiers fouillé la baraque de fond en comble, mais il ne pouvait pas se permettre de donner l'alerte. Il ne pouvait pas modifier d'un iota son comportement habituel.

Trop beau ! Tout était trop beau ! Comme dans *La Maison de Susy*. Le lit, l'édredon bleu ciel, la coiffeuse, la moquette bleu marine, les oreillers rayés bleu et blanc, le tableau sur le mur avec le VOILIER...

Allongée sous le lit, Amy n'en revenait pas. C'était donc ça, une CHAMBRE. Chaude. Bien rangée. Toute propre. Avec cette drôle d'odeur de pas d'odeurs.

Du bruit.

Laura ferma la porte de la chambre d'amis à clé, envoya valser ses chaussures et se laissa tomber sur le lit. Lasse. Si lasse. Se reposer cinq minutes, loin du bruit et des invités.

Elle renifla. Grizzly ? Mais non, Grizzly n'était pas entré dans la maison. Pourtant, ça sentait le chien humide. Certes, elle s'en foutait, n'empêche, c'était curieux. Hallucinations olfactives dues à l'alcool ? Atteinte des nerfs ? Elle ricana. Soupira. Et se retrouva en train de pleurer, silencieusement, larmes chaudes sur joues brûlantes.

– Laura.

On chuchotait, on appuyait sur la poignée. Vince. Il l'avait suivie. Imprudent. On les avait vus. Elle ne pouvait pas humilier Bob à domicile. Il risquerait de faire un malaise, le Partenaire. De la répudier. Donc elle ne pouvait pas ouvrir à Vince. Parce qu'elle ne pourrait pas lui résister. Elle était trop perdue. Et, chose curieuse, elle n'avait pas envie que ça se passe comme ça avec lui. Elle voulait lui parler. Parler. C'était si difficile de parler avec un autre être humain.

Il répéta encore une fois son nom. Puis ce fut le silence. Elle espéra qu'il avait assez de jugeote pour redescendre. Pas d'esclandre, pas ce soir.

La voix de Kate, à présent :

– Laura ? Tu es là ? Ça va ?

Tous des sangsues accrochées à sa peau, des vampires se nourrissant des faiblesses de sa chair et de son âme, pour se donner l'illusion d'exister *a contrario*. Laura Atkins, le punching-ball humain qui vous fait vous sentir fort, puissant, vivant. Punching-ball volontaire – ce sont les meilleurs, les plus fiables.

– Laura ?

Kate avait haussé la voix. Laura résista à la tentation de se boucher les oreilles. Puis, avec un profond soupir, elle s'assit au bord du lit. Le moment était venu de réintégrer le cirque, de reprendre son numéro.

Où était passé son deuxième escarpin ? Elle se pencha, léger vertige, se laissa tomber à quatre pattes pour récupérer cette foutue godasse qui avait dû filer sous le lit et...

Ne cria pas. Pliée en deux, la main sur le talon aiguille, elle resta immobile, figée, de même que la petite fille. Des phrases s'entrechoquaient dans sa tête, « Comment tu t'appelles ? », « Qu'est-ce que tu fais là ? », « Qui es-tu ? », mais elle n'en prononça aucune, bouche ouverte, abasourdie.

La petite fille portait un jogging rose tout taché. Ses grands yeux bruns étaient rivés aux yeux gris de Laura. Elle non plus ne disait rien. Ne bougeait pas. Rigide comme une poupée. Puis Laura vit la veine qui battait à son cou, boum boum boum, à toute allure. La poitrine étroite qui se soulevait. La sueur sur son front. Peur. L'enfant avait peur. Elle était cachée. Chez elle, Laura. Pourquoi ? Qu'est-ce que… ?

– Laura ? Ça va ?

Nom de Dieu, Kate, va te faire foutre !

Laura serra compulsivement la cheville si fine de la petite fille, pour lui dire « Ne t'en fais pas, je reviens, ne bouge pas », se redressa et lança :

– Je suis là, j'arrive, tout va bien !

Elle ouvrit la porte et la referma à clé derrière elle.

– Tout le monde te cherche !

– J'étais montée m'étendre quelques minutes. Pas envie d'écouter le sermon sur le père Roland.

– Tu veux un verre d'eau ?

– Occupe-toi de ta propre hydratation, tu as l'air aussi desséchée que Mlle Hannah.

– Tu es méchante, Laura.

– Je suis fatiguée, j'en ai marre qu'on soit toujours sur mon dos…

Elle pouffa, vilaine fille.

– Excuse-moi, c'est juste une manière de parler… Je m'arrête à la salle de bains une seconde et j'arrive. Va les distraire !

Kate acquiesça et descendit, bon petit soldat malgré les rebuffades. Avait-elle le choix ?

Laura revint sur ses pas, réintégra la chambre d'amis et se pencha sous le lit. La petite n'y était plus !

Comment… ? L'armoire ! Elle l'ouvrit et la trouva recroquevillée entre les piles de draps propres, repassés par Matilda.

– Tu me comprends ?

L'enfant hocha la tête.

– Tu te caches ?

Oui oui.

– Tu veux que j'appelle les policiers ?

Non non !

La petite avait secoué la tête avec véhémence et la fixait, l'air désespérée. Que faire ?

– Je dois rejoindre les autres. Ne bouge pas d'ici. Je reviens dès que je peux. D'accord ?

Nouveau hochement de tête.

Laura lui caressa la joue impulsivement et vit que l'enfant avait rentré le cou dans les épaules, comme si elle s'attendait à être frappée. Ça voulait dire quoi, ça ?! Il fallait qu'elle dessaoule, remette de l'ordre dans ses pensées, prenne les bonnes décisions. Une petite fille toute maigre et sale cachée dans la chambre. Qui ne voulait pas qu'on prévienne la police.

Elle tourna la clé dans la serrure et regagna la réception, qui battait son plein. Snake.T et Mlle Hannah faisaient danser tout le monde sur des rythmes latinos endiablés. Bob pérorait devant un groupe de ses semblables. Le pasteur Meade débattait dans le vide du créationnisme et les convives l'évitaient avec souplesse. Melinda Moore fondit sur Laura pour lui prodiguer moult conseils de jardinage et elle résista à l'envie de la pousser sur le côté, se força à sourire. Wayne Moore rejoignit sa femme et lui ordonna gentiment de cesser d'enquiquiner tout le monde avec ses végétaux. Laura grimaça un autre sourire, répondit à des œillades, des signes de tête, des phrases creuses, des mains moites, puis se réfugia dans un angle, près du bar, où elle fit mine de s'occuper de l'approvisionnement, essayant de réfléchir, de prendre des décisions...

– Il faut qu'on parle.

Vince.

– Pas le moment, lâcha-t-elle.

– Deux minutes.

– Non. Fous-moi la paix, Vince.

– Toujours aussi charmante.

– Toujours aussi collant.

– Va te faire foutre, Laura !

– Oui, mais pas par toi.

Il haussa les épaules et s'éloigna. Bref répit. L'enfant. Là-haut. Qui se cache.

Pourquoi ? De qui ?

L'enfant qu'ils avaient tous cherchée cette nuit.

Ici ? Comment ?

Mal de tête. Lancinant. Envie de fuir, elle aussi, de se cacher, faire l'autruche, comme d'hab. Sortir respirer l'air frais. Glacial. Se transformer en statue de glace. Puis fondre et disparaître. *Stop ! La petite fille n'a pas besoin que tu t'apitoies sur ton sort. Elle a besoin d'aide.* D'où venait-elle ? Refusait-elle le secours de la police parce qu'elle s'était évadée d'un foyer pour enfants ? D'une garde malsaine imposée par un juge sourd et aveugle ? Et comment, comment s'était-elle retrouvée ici ?

Et Black Dog ? Quel était son rôle dans cette histoire ?

Elle devait en parler à quelqu'un ! Elle regarda Ben Friedman, le shérif athlétique, qui paradait. Bob, son époux, le mari si performant. Jude, le quadragénaire moderne. Wayne Moore, le membre émérite des minorités, Snake.T McDaniel, le membre disgracié des minorités, Kate, son amie, Kate qui n'aimait pas les enfants, Mlle Hannah qui n'en avait jamais voulu, les Lawson, père et fils, Luke Bradford et sa crinière plus flamboyante que son âme, les deux officiers de police au regard si délavé qu'il était effacé... elle regarda tour à tour chacun des invités et ne trouva personne digne de confiance. Sauf Vince. Mais Vince était ingérable. Et flic malgré tout.

Elle ne pouvait pas garder longtemps l'enfant enfermée dans cette pièce. *Mon Dieu, donnez-moi une bonne idée, une seule. N'est-ce pas encore l'heure de mettre tout le monde dehors ?* On toussa discrètement dans son dos. Le responsable des serveurs, avec sa tête de présentateur télé. Tout était fin prêt pour la distribution d'*egg nog*, les miséreux – mot à ne jamais utiliser – seraient servis d'ici dix minutes. Elle opina. Qu'ils se noient tous dans ce foutu lait de poule, qu'on la laisse seule.

La musique se répandit dans le jardin, dégoulinante de bons sentiments, Sinatra en mode sirop somnifère. Pas le choix : la maîtresse de maison devait faire son apparition, telle une évocation moderne de la Vierge à l'angle de l'étable. Jésus en jogging rose resterait caché là-haut le temps que le froid re-solidifie les neurones de la Vierge liquéfiés par la vodka.

Laura se retourna vers le hall d'entrée dans l'idée d'enfiler son manteau gris, mais la porte s'ouvrit, bouffée supplémentaire de Frank Sinatra, *White Christmas*, et le Père Noël entra sous les applaudissements.

Il s'immobilisa au seuil du salon et se mit à applaudir lui aussi, tout en tapant des pieds. Un certain nombre d'invités éméchés l'imitèrent et le vacarme s'amplifia, pendant que les bien-pensants – et sous cette vieille étiquette on retrouvait hélas un nombre impressionnant de citoyens modernes –, que les bien-pensants affichaient leur fameux sourire compréhensif et bienveillant de sinistres faux culs.

N'empêche, le Père Noël était bizarre. Elle ne savait pas trop si c'était à cause de sa hotte remplie de jouets factices en plastique, ou de son costume craqué aux coutures qui laissait voir un pantalon marronnasse, ou de sa fausse barbe blanche mal plaquée sur son visage noir, ou encore de la traînée scintillante de guirlandes lumineuses, c'était une sensation diffuse de ça-n'était-pas-net, et voilà Bob qui reniflait et remontait son pantalon, pire que John Wayne, ça allait chier dans les bottes du Père Noël, et Laura cria « Portons un toast ! », prenant tout le monde par surprise, hop hop, ruée sur les verres, elle en colla un dans la main gigantesque du Père Noël, qui le but d'un trait avant de se mettre à tousser, et Snake.T démarra « Il est né, le divin enfant » sur un tempo New Orleans que Mlle Hannah suivit avec enthousiasme.

Dans tout ce que Dieu avait créé, il fallait reconnaître que l'alcool tenait une place de choix. Le nombre de choses incroyables qu'il faisait admettre, tolérer, quasi approuver… Par exemple, Ben Friedman racontant à trois grenouilles de bénitier, dont la femme du pasteur Meade, une blague scatologique. Ou le pasteur Meade faisant du gringue à Mme Lee. Ou encore Jude Norton louchant en écoutant Melinda Moore évoquer la vie hasardeuse du chardon d'Écosse. Malheureusement, Wayne Moore, lui, ne buvait pas beaucoup et elle le vit observer le Père Noël avec acuité.

S'interposer, vite.

– Venez, venez par là.

(Ne pas rajouter « mon brave », trop connoté.) Entraîner le Père Noël lumineux à la cuisine, lui servir un grand verre du lait chaud qu'on utilisait pour l'*egg nog*.

– Merci, m'dame. J'aime bien le lait.

Cette voix, à la fois épaisse et enfantine. Moustaches de crème blanche sur peau noire. Laura hésitait à le faire descendre au sous-sol aménagé où se trouvaient la buanderie et l'atelier de bricolage de Bob. Mais non, il serait pris au piège.

– Vous devez partir. Tout de suite.

– J'ai rien fait d'mal. C'est lui qu'était mauvais !

– Partez, sinon ils vont vous attraper.

– Moi, j'veux pas qu'ils attrapent Army ! Faut pas.

– D'accord, mais partez maintenant, vite !

Il hésitait, immense Père Noël clignotant, jaune, vert, rouge, debout dans la cuisine immaculée, son verre de lait vide à la main.

Elle ouvrit la porte de service, désigna la remise à outils, souffla :

– Allez là-dedans, je viendrai vous chercher.

– Faut pas laisser Army.

– Laura, vous êtes là ? Bob vous réclame.

Wayne Moore. La cata ! Elle poussa fermement le Père Noël dehors, avec l'impression de toucher un cheval, même masse chaude et musculeuse, et referma la porte, bref éclat lumineux jaune, vert, rouge au coin de l'œil.

– Le Père Noël est déjà parti ?

– Il est trop saoul, je ne veux pas qu'il gâche la fête.

– Vous le connaissez ?

– Un des protégés du père Roland. Je n'arrive pas à réaliser que le pauvre homme est mort, soupira-t-elle.

– Oui, c'est difficile. Comment s'appelle-t-il ?

Interloquée, elle dévisagea Moore.

– Qui ça ?

– Votre Père Noël.

Il avait de la suite dans les idées, l'enfoiré. Elle fit la moue.

– Je ne me rappelle pas. Jack ou Mark… Allez, on y retourne, le public nous attend. C'est l'heure du lait de poule.

Wayne la considéra une seconde en silence. Affrontement muet. Maîtresse de maison blanche, mari bien placé. Officier de police amérindien, peu considéré par sa hiérarchie.

– Après vous, dit-il en la laissant passer.

Sauvée par le gong de la bienséance.

12

À la lueur intermittente des LED qui ornaient son costume d'emprunt, Black Dog clignait des yeux vers les outils accrochés aux murs. Jaune, vert, rouge. Pince, marteau, pelle. Pioche. La pioche dans le crâne du méchant gars blanc. Prendre le marteau et aller chercher Army. Pas de violence, mon garçon, pas de violence. Juste pour leur faire peur, qu'ils s'écartent de mon chemin, du balai, mais les policiers ont des flingues et ils tirent, bam bam. Sauf s'ils sont assommés avec le marteau… Aurait-il le temps ? Il fallait arriver vite et frapper fort, frapper d'abord !

Arriver en silence, comme un serpent d'eau, pfuiit, mortelle morsure. Black Dog avait déjà fait un nœud avec un serpent qui lui montrait ses crochets, non mais !

Jaune, vert, rouge. Pas très discret, mon garçon. On dirait un gyrophare.

Il chercha la prise, mais non il n'était pas branché, et se palpa lentement le corps, jusqu'à mettre la main sur le bouton magique qui éteignait les lumières.

Par la porte entrouverte, il contemple maintenant la façade. La musique résonne dans le jardin, de l'autre côté, brouhaha, voix, rires, odeur de rhum et de cannelle, Black Dog déteste le rhum, Mme Atkins l'a reconnu et lui a donné du lait, elle est gentille, il ouvre la main et regarde les boucles d'oreilles dans sa paume, elles traînaient près de la machine à café, toutes dorées avec une perle blanche, jolies, un petit trésor pour Army.

La façade. La fenêtre à l'étage. Entrouverte. Assez large pour laisser passer le Père Noël. Merci, Jésus. Oui mais ça va faire du bruit, mon garçon. Pas avec la musique si fort, mon commandant. Et si quelqu'un te voit ? Ah ah ! J'ai le marteau magique. Boum boum badaboum. Allez tous crever en enfer. Pas la nuit de Noël, pas ça, Jésus est amour, paix aux hommes de bonne volonté. Et ceux de mauvaise volonté alors ? Et puis c'est quoi la volonté ? « C'est quand tu veux quelque chose. » OK, Vicious, alors je veux entrer dans la maison chercher Army, alors paix à moi.

Il avait l'habitude de chaparder, de se faufiler dans les jardins, les ruelles, les cuisines. De grimper partout. Il avait été le meilleur grimpeur d'arbres de l'orphelinat. Vif et souple comme un boxeur malgré sa masse. Il s'était même sauvé de l'asile en se servant du grand chêne. « Faut pas faire ça, Douglas, c'est dangereux, tu comprends ? » Rester enfermé dans une petite pièce grise, c'est dangereux aussi. Les petites pièces grises vous mangent l'air, elles vous rendent tout creux et fripé. Black Dog a besoin de murs de vent et d'un toit d'azur.

Toute cette partie de la propriété était plongée dans l'obscurité. Les fêtards se concentraient vers la véranda et la soupière d'*egg nog* alcoolisé. La lune, occultée par des nuages, annonçait le retour de la neige. Il savait lire le visage de la lune, ses sourires et ses grimaces. Quand elle cligne de l'œil parce qu'il va pleuvoir. Ou quand elle sourit parce que c'est soleil. Il chercha le premier appui, près de la gouttière. *Jingle Bells*, *Jingle Bells*… Il avait envie de chanter, il adorait cette chanson, se força à fermer la bouche, fredonnant entre ses lèvres closes tout en grimpant rapidement, Père Noël araignée.

Tapi contre la gouttière, il dut attendre qu'une grosse dame ait fini de faire pipi, pas regarder, c'est malpoli, oui mais c'est drôle, et attendre encore qu'elle se lave les mains et tripote des objets avant de sortir enfin, mais oui, t'es belle, si elle avait su que Black Dog avait vu son gros derrière rose ! Il dut se tortiller pour passer par la fenêtre, pousser, de travers, congestionné. Salle de bains. Sent-bon et grandes serviettes moelleuses. Baignoire blanche et lisse entourée de marbre gris. Il s'y glissa, tira le grand rideau de douche bleu marine pour se cacher, tassé au fond, le temps de réfléchir. À quoi ? À tout ça si compliqué. À où était Army et comment repartir sans qu'on les attrape. Combien d'années qu'il n'avait pas pris de bain ? Pas le moment, mon garçon. Le bain moussant, c'est rigolo, même si ça fait un peu peur. Il déboucha un flacon, versa une noisette de liquide au creux de sa main, renifla. Parfum pomme de cabinet. Pour Army, décida-t-il en empochant le flacon. Les filles aimaient les parfums, même ceux qui sentaient faux. Vicious, lui, il sentait bon, la terre, les feuilles, la sueur, le tabac. Les taches de rousseur et le rire. Black Dog ferma les yeux, essayant de se rapprocher de l'absence de son ami.

C'était la pause. Pendant la distribution d'*egg nog*, Céline Dion et Tony Bennett prenaient le relais et Snake.T pouvait se vider deux ou trois gins et se faire un joint. Il dépassa un groupe de fumeurs de nicotine et, Grizzly sur ses talons, clopina jusqu'à un coin sombre, près de la remise à outils, et ralluma son stick. Assis à côté de lui, le chien contemplait la maison, la tête penchée sur le côté. Snake.T lui gratouilla le crâne.

– Ça va, mon vieux ? Tu sais que c'est de l'autre côté que ça se passe ?

Le chien continuait à fixer la façade.

– Qu'est-ce que t'as vu ? Un chat ? Une grenouille ? Le Père Noël ?

Le Père Noël. Les Atkins l'avaient bien choisi ! Un mec complètement bourré qui tapait des pieds comme un dingue, le costume de travers. Un Noir, pour leur faire honte à son père et à lui. *Quelle pensée idiote, Snake.T.* Quelle importance qu'un ivrogne soit noir ou blanc ? L'important, c'était qu'il était grand, très grand, et sacrément balèze. Le même genre de gabarit que le clochard qui s'était enfui avec la gamine. Combien de très grands Noirs costauds à Ennatown ? Voyons, sur 4 200 habitants, 0,27 % de Noirs. Ben, disons vite fait qu'ils étaient une quinzaine dans toute la ville. Pas très discret, ces taches noires dans ce beau paysage. Et donc, les Atkins avaient tout de même réussi à en recruter un pour faire le Père Noël. Si cela n'avait pas été insensé, Snake.T se serait avoué ce à quoi il songeait. Mais qui serait assez con pour venir se jeter dans la gueule du loup ?

Un débile léger.

Grizzly émit un tout petit « ouaf » et Snake.T leva la tête et repéra la fenêtre ouverte. Puis les grandes traces de pas dans la neige. Le Père Noël était-il en train de cambrioler la baraque ? Snake.T avait horreur de devoir prendre des décisions dans l'urgence, surtout quand il était à moitié défoncé. Il effaça les empreintes du bout de sa béquille. Il était temps de rentrer, on se caillait vraiment. Parler à Vince. Il se retourna et se cogna dans Melinda Moore. Sermon en perspective ! Et elle n'était pas bandante, en plus.

– Ce jardin n'a pas les bonnes vibrations, dit-elle en

resserrant les pans de son caftan autour de son corps osseux et sans grâce. Il faut que je dise à Laura Atkins de changer l'orientation de ses hortensias.

Snake.T hocha la tête, tout en cherchant ses gélules mentholées dans sa poche.

– Le cannabis est une plante très décorative. Personnellement je n'en consomme pas et Wayne non plus. Inhaler la fumée est très néfaste pour les poumons.

– *Egg nog* sans alcool !

Wayne venait de surgir, une tasse fumante à la main, qu'il tendit à sa femme.

– Qu'est-ce que vous faites tous les deux dans le noir ?

– On fume un joint, répliqua Snake.T.

Wayne esquissa un sourire pincé.

– Vince n'est pas avec vous ?

– Non.

Moore tourna les talons. Il devait trouver Vince et agir.

Vince regardait Bob Atkins présider à la distribution de boissons chaudes, le pasteur Meade et Aaron Eastman à ses côtés. Les Rois mages pénétrés de leur importance. Kate Norton, l'air revêche, discutait avec Bert Lawson. Le jeune éphèbe prenait des poses et Kate ne cessait de lancer de brefs coups d'œil autour d'elle, comme un oiseau de proie. L'amie de Laura n'avait pas l'air heureuse, rongée par l'amertume. À croire que les fantômes des serpents d'eau d'Ennatown se faufilaient dans l'océan trouble des consciences, déversant leur venin sans relâche.

– Vince, chuchota une voix dans son dos.

Laura. Il resta immobile, tendu.

– Ne te retourne pas. Ne bouge pas. Ne dis rien. Écoute-moi. La petite fille… je sais où elle est.

« Quoi ? » faillit hurler Vince, mais il se maîtrisa.

– Rejoins-moi en haut d'ici cinq minutes, reprit Laura.

Il but une gorgée de son verre en souriant dans le vide tandis que Laura s'éclipsait.

Il chercha Snake.T des yeux, ne le vit pas. Friedman et les autres échangeaient souvenirs et congratulations, affichant une mine réjouie et bienveillante. Kate Norton souriait à son mari. Même les zonards s'efforçaient d'avoir l'air aimable et reconnaissant.

L'esprit de Noël. « Un jour de fête, de charité, de joie. Allumons la flambée, sortons les dindes, le gibier… Mangeons, dansons, rions ! Une fois n'est pas coutume[1]. »

Il aperçut Moore en grande conversation avec sa collègue blonde. Pas le temps de lui parler. Discrètement, il regagna la maison, esquiva Mlle Hannah, occupée à fouiller dans sa sacoche de partitions, et grimpa à l'étage sur la pointe des pieds.

Wayne Moore avait perdu du temps à se dépêtrer de Cynthia. Elle était saoule, larmoyante, envahissante, et il avait dû l'assurer de sa sympathie pour qu'elle le lâche enfin. Il hésita à informer Friedman de ses soupçons. Il ne voulait pas se ridiculiser. Pourtant… ce Père Noël… Laura Atkins lui avait menti, il en était sûr. Mais pourquoi couvrirait-elle un meurtrier en fuite ? Ce n'était pas son amant, tout de même ?!

Il déboula dans la maison et se cogna à son tour dans Mlle Hannah, qui en lâcha sa sacoche. Il dut l'aider à

---

1. Extrait de *A Christmas Carol*, de Charles Dickens, 1843.

ramasser les partitions qui avaient volé en tous sens, crétine de vieille bique !

Il avait l'impression de se retrouver dans *Les Habits neufs de l'empereur*, le conte d'Andersen où seul un petit garçon ose dire que le roi est nu. Le seul à voir derrière les masques. Foutu héritage indien ?

En bas de l'escalier, il stoppa net. Vince le redescendait, Laura sur les talons. Ces deux-là… Incroyable !

– Décidément, l'alcool joue sur la vessie ! lança Wayne pour dire quelque chose. Je peux vous parler deux minutes, Vince ?

– Juste un instant, mon vieux ! Je reviens.

Il sortit rapidement, suivi par la jeune femme, et Wayne se retrouva planté en bas des marches. Il hésita puis monta. Toutes les portes étaient ouvertes et il eut un aperçu de la chambre conjugale, tons intimistes beige et jaune safran, couette impeccablement bordée, RAS. Il passa à la chambre d'amis, dans les tons de bleu, et plissa les paupières : quelqu'un s'était récemment allongé sur le lit. Un adulte. Fragrance de parfum. Une femme. Laura ? Il renifla, percevant une autre odeur. La pièce immaculée sentait le chien mouillé. Leur vieux Grizzly, sans doute. Il se baissa, regarda sous le lit. Puis ouvrit l'armoire.

Laura avait entraîné Vince jusqu'à la cachette, entre-bâillé la porte en acajou et reculé, stupéfaite.

L'armoire était vide.

Vince avait soulevé les piles de draps, puis s'était mis à plat ventre : rien nulle part dans cette pièce. Ils étaient ressortis à toute allure, avaient fouillé sommairement le reste de l'étage, évitant l'agitation qui régnait dans le bureau de Bob où la télé rugissait, à cause de l'ouverture de la saison de basket. Maison lisse et sans âme, peu d'endroits où se cacher. Ils étaient redescendus en courant et étaient tombés sur Moore. Mauvais *timing*. Pas le moment.

Le sous-sol ? La gamine n'avait pas pu y descendre : il fallait passer par la cuisine et un plongeur basané y rinçait les verres et les couverts tandis qu'un autre commençait à rassembler les poubelles.

Excédé, Vince plaqua Laura contre le séchoir à linge de la buanderie.

– À quoi tu joues, à la fin ?

– Toujours aussi brutal ! Je te dis qu'elle était là.

– Laura, c'est sérieux…

– Pourquoi je te mentirais, Vince ? J'en ai rien à foutre de mentir.

– De dire la vérité non plus.

– C'est vrai, admit-elle. Quel dialogue à la con !

– Répète-moi ce que tu as vu.

– Une petite fille en survêtement rose, sale comme un peigne, tremblante. Je lui ai proposé d'appeler la police et elle a fait non avec la tête, plusieurs fois, comme ça : « non, non non » !

– Elle n'a pas parlé ?

– Pas un mot !

– Une petite étrangère ?

– Elle comprenait très bien ce que je lui disais.

Elle ne pouvait pas lui avouer que le Père Noël l'avait appelée « Army », parce qu'elle n'osait même pas imaginer la fureur de Vince s'il apprenait qu'elle avait aidé celui-ci à s'enfuir… D'un autre côté…

– Il faut prévenir le shérif, décida Vince.

– Elle ne veut pas ! protesta Laura.

– Elle est seule, dans la nuit, il fait un froid de loup… On ne sait pas ce qui peut passer par la tête de ce Black Dog s'il la retrouve. S'il lui arrive quelque chose, ce sera notre faute, Laura.

– Toujours aussi raisonnable ! persifla-t-elle. Elle m'a fait confiance, Vince.

– Tu parles ! Elle s'est tirée !

Daddy avait voulu en avoir le cœur net. Ce Père Noël… L'ombre dans l'escalier tout à l'heure et ensuite ce Père Noël… Il espérait que la voie serait libre pour inspecter les lieux, mais on se serait cru sur l'autoroute un jour de pointe. Des éclats de voix mâles parvenaient du bureau d'Atkins tout au bout, après les chambres : NBA TV. La saison démarrait en fanfare le jour de Noël, avec pas moins de cinq matchs, le premier voyant s'affronter les Golden State Warriors et les LA Clippers, et la chaîne offrait une « Nuit spéciale » à la hauteur de l'événement. Du coup, les invités mâles ne cessaient d'entrer et de sortir du bureau seigneurial pour jeter un coup d'œil aux interviews, commentaires et pronostics. Il réussit à pénétrer furtivement dans une chambre, puis dans l'autre, avant d'en ressortir quelques secondes plus tard avec l'impression que sa peau le tirait sur les tempes. Ce n'était pas le vieux chien qui s'était couché dans l'armoire, oh non ! C'était elle. Et elle était peut-être encore dans les parages.

Incroyable, le nombre de personnes qui défilaient pour pisser, surtout les femmes ! De vraies vessies sur pattes. Il pénétra enfin à son tour dans la salle de bains. Il faisait froid à cause de la fenêtre ouverte. Il s'avança pour la refermer et vit l'empreinte. Une grande empreinte grisâtre. Une grande main sale s'était posée là. Un des invités pris d'une subite envie d'air frais ? Il se retourna.

Les traces humides sur le carrelage grège. Il tira le

rideau de douche d'un geste rapide, une main sur la crosse du flingue qui ne le quittait jamais.

Personne. Juste un peu de mousse au fond de la baignoire. Des marques de semelle. La même empreinte sale sur un rebord.

Quelqu'un s'était caché dans cette baignoire.

Boucle d'Or. « Quelqu'un a mangé dans mon assiette… » Daddy fit rouler sa nuque pour détendre ses muscles crispés. Il n'avait aucune envie de jouer à Papa Ours. Ce soir, il se sentait plutôt d'humeur Père Fouettard. Susan pouvait en témoigner. Si du moins elle était encore capable de parler, ce dont il doutait.

Black Dog était entré ici. Pour quoi faire sinon venir chercher Amy ? Nom de Dieu, il avait été à deux doigts de la choper ! Où étaient-ils maintenant ? Il éprouvait un si violent désir de refermer ses mains sur le cou de l'enfant qu'il en serrait les mâchoires. Perdu dans ses pensées, il se cogna à deux dames d'âge mûr qui lui sourirent gentiment en babillant. Sales connes !

Le Père Noël avait retrouvé sa place sur le toit. Il ne brillait plus de tous ses LED mais il se tenait tout près de la cheminée, sa hotte sur le dos. Les invités en contrebas ne lui avaient jeté qu'un bref coup d'œil. La ville était pleine de foutus Père Noël grimpant vers de foutues cheminées, et par ici le lait de poule au rhum ! L'heure était aux règlements de comptes discrets et sournois, les « Si tu veux que je te dise, franchement… », les « Comment, tu ne sais pas que… » et autres « Ce n'est pas un secret… ». Tout en bavassant, on échangeait des sourires et des saluts perfides. Mme Meade était très forte à ce jeu. Trente ans de pasteur Meade l'avait menée lentement mais

293

sûrement sur la voie damnée du commérage envenimé. Ça la défoulait.

Et donc le Père Noël progressait centimètre par centimètre sur le toit verglacé, ses doigts épais accrochés aux – fausses – tuiles d'ardoise. De l'autre côté du toit, c'était la route. La liberté. La fuite en avant, toute !

Installée dans la hotte, les joues rouges, les yeux fiévreux, Army suçait son pouce. La belle madame blonde voulait l'aider, mais Black Dog était revenu la chercher, la sauver de Daddy. S'éloigner de cette maison où paradait Daddy. Amy préférait vivre pour toujours dans la forêt, en HAILLONS, telle une PAUVRESSE, que se retrouver dans la chambre sombre.

Sa gorge la piquait fort, comme quand la large main de Daddy lui enserrait le cou.

Elle se reprochait amèrement de ne pas avoir tendu le message de sa maman à la madame Laura, mais elle avait eu si peur après avoir aperçu Daddy, elle avait paniqué. Ensuite, elle avait longuement hésité à le laisser dans l'armoire. Si la madame Laura le trouvait, Amy aurait mené sa mission à bien. Mais si c'était Daddy ? Maman serait très-très morte.

Que faire ? Amy avait affreusement chaud à la tête. De sa main gauche, elle avait roulé le papier en boule et, lorsqu'ils étaient ressortis par la fenêtre, elle l'avait laissé tomber dans le jardin. Le vent déciderait. Amy ne pouvait pas. Les larmes brûlaient ses joues. Elle venait peut-être de faire sa première très-grave-bêtise.

Une boule de papier, pas plus grosse qu'une noix. Posée sur une haie enneigée. Le vent la fait osciller.

Nuit de Noël étoilée. La lune sur un toit glacé.

Un homme ivre bascule contre la haie.

La boule de papier glisse et tombe. Roule dans la neige piétinée.

Grizzly la ramasse délicatement dans sa gueule et va la déposer dans sa niche.

Bing Crosby chante *White Christmas*.

13

Wayne avait ouvert l'armoire et observé, incrédule, la marque en creux au milieu des draps bien repassés. Une personne de petite taille s'était blottie là, et on distinguait avec netteté l'empreinte de deux semelles de pointure enfantine sur une taie d'oreiller saumon. Elle s'était cachée là, sous leur nez ! Il explora la salle de bains et ressortit convaincu. Il devait parler à Vince, même si cet imbécile ne souhaitait que faire mumuse avec Laura Atkins. Il se faufila entre des types excités parlant basket, croisa l'officier Patterson, et ils se saluèrent avec froideur. Ils n'avaient jamais pu se blairer. Il ne put éviter Jude Norton, qui contemplait une reproduction d'un autoportrait de Francis Bacon au-dessus d'une console en marqueterie en marmonnant « Vraiment de la merde, si on veut mon avis… », redescendit en courant et faillit se cogner dans Bob Atkins, qui portait un plateau chargé de bols vides.

– Je cherche Vince Limonta, lança-t-il.

– Cherchez ma femme, lui renvoya l'autre sans sourire.

Wayne se retrouva dans le jardin, éclairé *a giorno* par les farandoles de guirlandes scintillantes. Ça buvait, ça chantait, ça gueulait, ça gerbait. Un réveillon tra-

296

ditionnel. Il n'osait même pas imaginer les fêtes des ados, entre sexe, came et bibine à donfe. Il avisa sa femme, en grande conversation avec une malheureuse inconnue, et se détourna pronto. Elle était gentille mais franchement rasoir.

Daddy pensait la même chose. Les gens étaient ennuyeux. Ils parlaient, s'agitaient, jouets mécaniques dont les piles ne s'arrêtaient qu'à la mort. Si seulement il avait pu leur hurler à tous de la fermer, de se casser, pour qu'il puisse fouiller la baraque et les alentours à sa guise. Retrouver le venimeux petit serpent d'eau et lui écraser la tête sous le talon, comme on faisait pour les bestioles répugnantes. Les vilaines petites filles ne méritaient pas plus de vivre que les vilaines femmes. Mais il était coincé dans cette gaieté artificielle, cette débauche dégoulinante de faux bons sentiments, cette putain de merde de nuit de Noël !

Les mots avaient failli s'échapper d'entre ses lèvres serrées. Malgré lui, il rentra les épaules, comme si la truie pouvait encore l'entendre. Comme si elle allait se pencher vers lui, sa grosse bouche entrouverte, son haleine malodorante de gin et d'aigreurs d'estomac lui balayant le visage, comme si elle pouvait encore le saisir entre ses bras et murmurer « Qu'est-ce que j'ai entendu, mon petit bonhomme ? », et alors il gigoterait et se débattrait, mais elle le tiendrait bien, lui enfonçant la tête entre ses énormes mamelles flasques et ballottantes, ou l'obligeant à ouvrir la bouche, y fourrant sa grosse langue, et les doigts, les doigts durs qui tripotaient et fouillaient et faisaient mal, mais il n'avait pas le droit de gémir, pas le droit de la repousser, sinon elle le punissait encore plus avec le manche du balai. Ou le couteau de cuisine. Il ne pouvait pas penser au couteau sans que son cœur s'emballe. Quand la truie le posait contre son petit sexe mou et disait qu'elle allait le trancher. Quand la lame glissait le long de ses côtes, laissant de longues zébrures rosées. Le balai faisait mal, très mal, mais le couteau faisait peur, très peur. Daddy en avait encore la bouche desséchée et les mains tremblantes. La sale grosse truie.

Combien il avait rêvé de l'empaler avec le balai, de voir le manche entrer d'un côté de son corps et lui ressortir entre les dents. Mais il n'était pas si bête. Il ne voulait pas finir dans une prison pour mineurs. Il avait attendu, patiemment. Qu'ils soient seuls, dans les bois. Elle l'emmenait toujours cueillir les champignons. Il ne savait pas si c'était l'idée de bouffer encore une fois une omelette aux champignons ou de devoir subir ses répugnantes étreintes qui l'avait soudain décidé. Il n'était plus le petit garçon souffreteux. Il avait 13 ans, était devenu grand. Et fort. Il avait ramassé la branche, une bonne branche noueuse, et l'avait dévisagée. Yeux dans les yeux pour la première fois, sans les baisser. Il avait lu la peur, vite voilée par la colère. Un pur moment de délice. « Pose ça. Pose ça, je t'ai dit, t'es sourd ? Tu sais ce que tu vas prendre, mon petit bonhomme ? Tu le sais ? »

Et toi, grosse truie, tu sais ce que tu vas prendre ?

Il avait abattu la branche sur sa trogne furieuse, et elle s'était écroulée, en hurlant des menaces, agitant les pattes comme un cafard renversé sur le dos. Il avait de nouveau levé la branche, visant la tempe, et avait frappé de toutes ses forces. Craaac. Silence. Du sang coulait le long de ses bajoues rosies par le froid. Petits yeux porcins vides. Grosses lèvres ouvertes sur sa langue de limace. Il avait résisté à l'envie de lui écrabouiller la gueule à coups de talon. Pour son jeune âge, il s'était montré héroïque de savoir résister à la tentation de la défigurer, de la réduire en bouillie. Il s'était efforcé de respirer profondément, son souffle faisait de la buée dans l'humidité du sous-bois. Pas elle. Pas de vapeur s'échappant du trou puant de sa bouche. Fini. C'était fini. Elle ne lui ferait plus de mal.

Debout au-dessus d'elle, il avait lentement pris conscience qu'elle était morte, pas inconsciente, non, morte, vraiment et totalement morte. Alors, pour assouvir sa rage frustrée, il avait lentement ouvert sa braguette et lui avait pissé sur le visage, longuement, et l'urine chaude fumait elle aussi, se mêlait au sang et à la morve, exhalant une douce odeur de vengeance. Ensuite, il l'avait poussée du pied, hop hop, dans les côtes, de plus en plus fort, jusqu'à ce qu'elle bascule dans la rivière en crue. C'était bon de lui flanquer des coups de pied, de sentir la pointe de ses bottes s'enfoncer dans les gros bourrelets, les cuisses variqueuses. Crève, sale pute. Crève !

Il avait couru appeler les secours.

Un regrettable incident, avait conclu le coroner quand on avait retrouvé le corps démantibulé par la violence du courant six kilomètres plus bas. Pourquoi fallait-il que les gens aillent se balader sur des pentes escarpées et glissantes après les orages, hein ? Enfin… paix à son âme.

L'âme de Daddy, elle, n'avait jamais été en paix.

Vince s'efforçait de penser, de penser utilement, au lieu de mouliner à vide. Qui était cette enfant ? Pourquoi craignait-elle la police ? Pourquoi s'enfuir à nouveau alors qu'elle avait trouvé refuge chez Laura ? Et qui fuyait-elle ? Un prédateur ? Quelqu'un qui lui avait fait du mal au point qu'elle n'ait plus confiance en personne ? Il en avait connu, des gosses dans ce genre, si mal en point que le moindre geste de tendresse était ressenti comme un coup supplémentaire. Des gamins, filles et garçons, au corps abîmé par leurs tourmenteurs, dévorés par la dope et la peur, plus craintifs que des chats errants, plus farouches que des rats.

Était-elle ce genre de petite fille ? Une petite fille perdue ? Éjectée de l'enfance à coups de viols, de tortures, de haine ?

Mais elle faisait confiance à Black Dog. Elle riait avec lui. Elle l'avait choisi, se dit-il. Elle avait choisi le grand débile comme ami. C'était eux qu'elle fuyait, eux, les « normaux ».

Cela signifiait-il que le prédateur se trouvait parmi eux ?

Si insensé que cela paraisse, pouvait-elle avoir échappé au Noyeur ? Le tueur fantôme, la légende urbaine à l'aspect de croquemitaine, était-il en fait toujours à l'œuvre ?

Il se tourna, cherchant Laura des yeux, et aperçut Snake.T qui s'avançait vers lui, l'air aussi excité qu'embêté, ses piercings brillant dans la nuit.

– Putain, où t'étais passé, mec ? T'as raté les poules et le lait chaud !

– Dis-moi ce que tu as à dire, Snake.T.

– Oh, hé, cool, *man* ! Qu'est-ce que je devrais vouloir te dire ?

– La raison pour laquelle tu ressembles à Iago en train de tripoter le mouchoir de Desdémone.

– Moi y en a pas connaître Shakespeare, missié, moi juste connaître vieux Noir déguisé Pèwe Noël.

– Bordel !

– Vous avez le sens de la concision, lieutenant.

À l'instant où Snake.T avait évoqué le Père Noël, Vince avait su. C'était évident. Black Dog, là, sous leurs yeux, à leur nez et à leur barbe, dans la gueule du loup ! S'il n'avait pas été branché sur Laura à la manière d'une onde électromagnétique cherchant son antenne…

– Comment j'ai pu être aussi con ! maugréa-t-il.

Snake.T lui tapa sur l'épaule, avec une feinte commisération.

– C'est ta nature, mon pote. T'y peux rien. Il n'est pas venu ici pour rien, ajouta-t-il. Le Père Noël. Il est venu chez saint Atkins parce qu'il savait y trouver le petit Jésus. Il est venu le chercher, c'est ça ?

Vince enfonça ses mains dans ses poches.

– Et Jésus se serait laissé emmener sans rien dire ?

– Jésus l'aime, mon frère, Jésus a trouvé un disciple. Je me trompe ?

– Non, répondit Vince.

– Reste à savoir pourquoi Jésus préfère un grand tueur noir à une douce maison blanche.

Ils en étaient donc arrivés aux mêmes conclusions, qu'ils partagèrent à voix basse. La petite fille fuyait quelqu'un. Quelqu'un qu'elle pouvait penser trouver là. Parmi eux. Or aucune des personnes présentes n'avait signalé d'enfant enlevé. Ce qui impliquait que la petite fille aux cheveux noirs – ne pas oublier qu'ils étaient noirs – avait peur d'un homme qui lui avait fait du mal ou représentait une terrible menace et avec qui elle n'avait pas de lien de parenté. Un pédophile… Le Noyeur, encore et toujours ? En tout cas, elle avait volontairement suivi Black Dog, Vince en était persuadé.

– Oui, elle est partie avec lui ! conclut-il.

– Un drame passionnel en cours ? fit une voix de serpent juvénile dans leur dos.

Bradford les dévisageait, sourire ostentatoire, mains virtuelles tendues, calumet de la paix fumant.

– Il n'y a plus de vieilles à draguer ? demanda Snake.T avec nonchalance. On se rabat sur la jeune chair noire ?

– Désolé, mais les rappeurs, c'est démodé, répliqua Bradford. Et puis je crois que, même en bon état, tu n'aurais pas été mon genre.

Les deux garçons se dévisageaient en souriant, conscients de leur profonde antipathie réciproque. C'est la fête, n'est-ce pas, claques dans le dos, salut mon pote, *cool man*, quand ils ne veulent pas se battre les chiens se couchent sur le dos, les hommes montrent les dents dans une parodie de sourire.

Bradford s'éloigna en quête d'infos. Rêver de scoops fumants au réveillon des Atkins témoignait de sa farouche volonté d'arriver, se dit Vince. Un jour, il écrirait dans le *New York Times* et ses chroniques féroces ridiculiseraient ces pauvres bouseux déguisés en bobos, se dit Bradford.

– Ah, vous êtes là !

Wayne Moore les apostrophait, l'air inquiet et énervé.

– Ce Père Noël… commença-t-il.

– Je sais, coupa Vince. On s'est fait posséder.

– C'est Laura Atkins qui l'a aidé à s'enfuir ! accusa Wayne.

– Peu importe.

Peu importe, mon œil, songea Wayne. *On protège sa petite chérie…*

Vince cherchait à évaluer si Wayne avait deviné que la gosse s'était trouvée dans la maison. Il ne voulait pas accabler Laura.

— Il y a autre chose, reprit Wayne, coupant court à ses atermoiements. La petite fille… elle était ici !

Vince soupira : plus la peine de biaiser.

— Je sais, admit-il.

— Vous êtes au courant ? Vous avez aidé à dissimuler une enfant recherchée par la police ? Vous n'avez prévenu personne ?

— Je n'ai pas eu le temps ! Je viens à peine de m'en rendre compte.

— Ah oui ? Et vous restez là à bavarder ?

Il les engloba d'un regard suspicieux.

— Et vous, vous en avez parlé à Friedman ? contre-attaqua Vince.

— Pas encore, admit Moore. Je voulais vous en parler à vous, d'abord. Friedman va rameuter la cavalerie, sans se préoccuper d'autre chose.

— C'est-à-dire ?

— La gamine. Lancer une meute de flics aux trousses de Black Dog, c'est le meilleur moyen de se retrouver avec un cadavre de petite fille sur les bras.

Du coin de l'œil, Vince vit Bradford qui rôdait dans leur sillage, tel un requin rouquin attiré par les vibrations d'excitation contenue qu'ils dégageaient. Ce garçon était une vraie tête à claques mais il avait du flair.

Il entraîna Wayne et Snake.T dans le coin opposé, profitant de ce qu'on valsait à présent sous le ciel momentanément dégagé. Le piano de Mlle Hannah s'échappait par les baies vitrées grandes ouvertes, c'était si classe de danser dans la neige sous la lune – avait-il neigé à Bethléem ? –, quelle soirée, vraiment trop réussie !

– Nous devons prévenir le shérif, dit Vince. Vous n'allez pas vous lancer tout seul à la poursuite de Black Dog ! Moi, je n'en ai pas le droit et Snake.T ne peut pas. Friedman est un connard mais on est obligés d'en passer par lui.

Moore fronça les sourcils.

– Il y a toujours une alternative. Par exemple, vous et Snake.T pourriez avoir envie de rentrer. Je pourrais vous ramener dans mon pick-up.

– Et puis partir en chasse et revenir avec la carcasse de Black Dog étalée sur le capot, comme un daim ? Désolé, Wayne, ça le fait pas. Je ne veux pas prendre le risque de tout faire capoter.

Pas encore une fois. Pas de nouvelle bavure en voulant jouer les justiciers. Plus jamais. Si ça tournait mal et que la petite fille… par sa faute à lui…

– Allez parler à Friedman. Faites-lui part de vos soupçons, reprit-il.

Wayne soupira, façon « Je vous prenais pour quelqu'un d'autre, de plus couillu », et s'éloigna. Snake.T sortit un paquet de clopes d'une de ses poches, en proposa une à Vince.

– Moore a quand même raison, le shérif et ses hommes ne vont pas la jouer en finesse.

– Je m'en fous, je n'y serai pas.

– OK, mec, OK. Où est Laura ? demanda soudain le jeune rappeur.

– Son mari avait besoin d'elle, sans doute pour compter les petites cuillères.

– Vous n'avez pas vu le mien, de mari ?

C'était Melinda Moore, qui dégageait une odeur de cannelle.

– Je voudrais qu'il aille jusqu'à la voiture, voir si la chienne va bien. On n'a pas pu la faire descendre à cause de Grizzly, ils ne peuvent pas se saquer. Elle a sa couverture et son os, mais quand même…

Quand cette femme commençait à parler, c'était comme si on ouvrait un robinet d'eau tiède, se dit Vince.

– Je vais y aller, si vous voulez.

– Oh, c'est gentil ! C'est que j'ai la flemme d'aller remettre mes bottillons… (Elle montra ses mocassins usés mais vernis.) Ce n'est pas pratique pour patauger dans la gadoue. C'est le pick-up vert au bout de l'allée.

Vince s'éloigna à grands pas. Moore se tenait près de Patterson, de Kepler et de Wallace, attendant visiblement de parler à Friedman. Mauvaise décision ? Il confiait la vie d'une enfant à une bande d'imbéciles. Mais que faire ? Il soupira, exaspéré. La sensation de la crosse dans sa paume lui manquait. Le poids de l'arme. Le goût du danger. Chasser. Traquer. Débusquer. L'adrénaline était la dope la plus puissante au monde. Et en même temps pour toujours associée à présent à un cri de petit garçon.

La promiscuité des corps dans le jardin masquait la vivacité du froid, mais là, dans la ruelle, il en sentit brusquement la morsure. Le givre craquait sous ses pas. Un type dégueulait dans un coin, relents aigres d'alcool. Il longea les véhicules de patrouille, les 4 × 4, les berlines, sagement alignés, prolongements indissociables de leurs maîtres – les parias n'ont pas de bagnoles –, et eut soudain la certitude qu'on ne les retrouverait pas.

Black Dog et l'enfant. Ils s'étaient évanouis dans la nuit scintillante, deux étoiles de plus dans la Voie lactée.

Arrête tes conneries. Ce vieux clodo va peut-être la sodomiser et l'étrangler.

Mais tu n'y crois pas. Tu sens dans tes tripes que c'est faux. Le danger est derrière elle, pas devant.

Pourquoi est-elle venue se cacher chez Laura ?

La question le frappa soudain. Une enfant jaillie de n'importe où et qui se retrouvait précisément là. Dans une grande maison avec un sous-sol et un chien. Et si… ?

Et si elle s'était échappée de *leur* cave ?

Mais non, elle ne serait pas revenue se réfugier là. Bob Atkins n'était pas le Noyeur. Au moins un point d'acquis.

À moins que… Et si elle s'était retrouvée hors de la maison sans savoir que c'était dans *cette* maison qu'elle avait été détenue ? Le genre de film où la fille échappe au tueur fou, court en rond dans la nuit, voit une maison, sonne et…

Ce n'était pas toujours de la fiction. Il se souvenait d'une joggeuse française assassinée dans des conditions similaires. Kidnappée, attachée à un arbre, elle avait réussi à s'enfuir, avait couru jusqu'à la route, fait du stop et…

Il repéra le pick-up de Wayne. La chienne se mit à aboyer, la truffe collée à la vitre. Son os mâchouillé gisait sur la banquette, près d'un bol de croquettes. Il lui adressa bêtement un petit signe alors qu'elle lui montrait les dents et repartit presque en courant. Il devait visiter le sous-sol de la maison.

De combien de temps Daddy disposait-il ? C'était ça, la bonne question. Celle à laquelle il n'avait pas la bonne réponse. OK, il ne devait pas être trop difficile de repérer un Père Noël en vadrouille sur les toits. Mais même un idiot comme Black Dog avait dû se débarrasser de l'encombrant costume. La

306

seule solution pour le retrouver était de déclencher les recherches : blocage des routes, patrouilles, etc. Mais si les flics lui mettaient la main dessus, ils choperaient du même coup Amy. Et Daddy risquait fort de passer les trente prochaines années dans une cellule assez semblable à celle d'où la gamine s'était évadée.

Il s'énervait à ressasser ainsi, comme si le disque dur de son cerveau était bloqué. Il devait affûter le diamant de sa pensée pour découper proprement la vitre le séparant de la délivrance.

Solution 1 : descendre Black Dog et Amy du même coup. Il pourrait toujours prétendre que le clochard meurtrier avait représenté une menace. Il avait tiré par réflexe. Légitime défense. Hum… Black Dog était-il armé ? Personne n'en savait rien.

Pas très crédible, la thèse de la menace, si lui-même avait un flingue. Et puis personne ne comprendrait qu'il ait pris le risque de toucher la gamine en même temps. Sans compter que tuer les deux ensemble relèverait de l'exploit. À abandonner.

Solution 2 : les écraser. Voilà. Les repérer, accélérer, renverser… Hum… Pas 100 % fiable.

Solution 3 : les faire monter dans sa bagnole et les emmener très loin, au pays des Bisounours vampires. Les descendre et larguer les corps dans une rivière quelconque, d'ici le dégel il aurait le temps de voir pour la suite.

Solution 4 : faire croire que Black Dog avait tué Amy. *Oui*. Lui, le valeureux Daddy, découvre le corps sans vie de la pauvre petite Amy, un Black Dog menaçant encore penché sur elle telle la créature de Frankenstein, et il l'abat. Justice est faite.

Bien. Retenir la solution 4. Prévoir une arme pour

Black Dog. Il avait quelques armes de poing non déclarées chez lui, dans son repaire. Il suffirait d'en choisir une.

Mais tout cela ne résolvait pas la première partie du problème. Les retrouver. Lancer la chasse ou pas ?

Il pourrait toujours prétendre qu'il les avait aperçus par hasard. Ce qui ne serait pas un mensonge s'il était seul à les chercher.

Mécontent de ses atermoiements, il se donna cinq minutes pour choisir une option définitive. Et se retourna vers ses interlocuteurs, l'air attentif.

Vince se faufilait entre les groupes, en essayant de passer inaperçu. Il aurait tout donné pour la satanée cape d'invisibilité de Harry Potter. C'était ça qui faisait le plus mal quand on grandissait. C'était de perdre la magie. De comprendre que sous les jolies pierres tombales qu'avait gravées papa ne se trouvaient plus que des ossements épars, des chairs desséchées. Toutes les petites filles ne devenaient pas des princesses R'n'B. Certaines épousaient la mort. Triste célébrité posthume.

Il passa tout près de Daddy, dissimulé dans l'ombre de sa dualité. Limonta semblait très remonté. Un jouet mécanique remuant par saccades.

Bob Atkins était entouré de sa cour de fidèles. Vince fit un signe discret à Laura, qui affrontait les pleurnicheries de son amie Kate. Chercha Snake.T du regard. Le trouva en train de pianoter tout seul, dans le salon à demi vide. *Caravan*, de Duke Ellington. Un de ses morceaux préférés. Nostalgie.

Action. Vince avait peu de temps pour vérifier sa nouvelle théorie. Il traversa la cuisine, salua les deux serveurs d'un signe de tête. Porte de la buanderie. Porte du placard à produits ménagers. Porte qui donnait sur un escalier. Voilà. Il ne tourna pas le commutateur mais se servit de son smartphone pour s'éclairer.

Une volée de marches en ciment. Il déboucha dans une pièce d'environ trois mètres sur trois, sans fenêtres ni vasistas. Peinte en blanc, toute propre. Contre le mur du fond, une planche de travail, un haut tabouret d'architecte, des outils bien rangés sur l'établi mural. Sur le côté, des étagères sans poussière, des piles de cartons soigneusement étiquetés. On devait pouvoir retrouver sans problèmes la déco de Noël 1992. Il promena le faisceau de l'écran sur les murs sans déceler une seule trace de retouche dans la peinture ou d'un renflement révélateur d'une porte dissimulée.

Le panneau métallique supportant les outils ? Il essaya de glisser la main à l'arrière : il ne se détacha pas, ne coulissa pas. Le sous-sol avait l'air de n'être qu'un sous-sol. Il s'accroupit pour examiner le revêtement en lino gris foncé, passa la main tout le long, lentement. Pas de bosse, pas de creux.

– Je peux vous aider ?

Vince sursauta, se releva d'un bond. Atkins le dévisageait, les mains sur les hanches. L'air un peu plus que contrarié.

– Je…

– Dégagez de chez moi, Limonta. Maintenant.

– Je vais vous expliquer…

– Vos explications de poivrot m'indiffèrent. Tirez-vous.

– Je n'ai pas tant bu que ça, répliqua Vince en vacillant de son mieux, se raccrochant au personnage d'ivrogne que venait d'évoquer son vis-à-vis.

309

– Vous raconterez ça à Laura, elle adore les chiens malades.

– Grizzly est malade ? bafouilla Vince.

Atkins soupira, excédé, saisit Vince par le col et serra, lui coupant la respiration. Il sentait le lait de poule et l'after-shave. Ni la transpiration ni la cigarette. Ses yeux se rivèrent dans ceux de Vince, qui papillotaient.

– Je pourrais vous démolir, là, maintenant. J'en ai très envie, à vrai dire. Mais je vais me retenir parce que c'est Noël. Et vous, vous allez disparaître. Allez cuver votre cuite loin de mon foyer.

– Bob ? Tu es là ? Le pasteur Meade s'en va.

Laura jouant la cavalerie. Manquait plus que Rintintin !

Tout en continuant à étrangler Vince, Atkins prit sur lui pour répondre à sa femme :

– Oui, j'arrive !

Il rejeta violemment Vince en arrière et le regarda perdre l'équilibre et s'étaler, la tête cognant le sol.

– Vous êtes prévenu ! souffla-t-il avant de remonter.

Vince se releva en se frottant le crâne. Costaud, le Bob. Bon, pour le coup, inutile de se montrer discret. Il alluma la lumière et continua rapidement son inspection, tout en vérifiant par-dessus son épaule qu'Atkins ne revenait pas le flinguer. À Ennatown, les hommes sédentaires aimaient jouer les cow-boys.

Il remonta, déçu. Il s'était planté. Pas trace de planque secrète. Atkins n'était pas le Noyeur. Mais il ne parvenait pas à s'enlever de l'idée qu'Amy ne s'était pas trouvée dans le coin par hasard. Ce n'était tout de même pas Black Dog qui lui avait dit de se cacher dans cette maison !

Tout en se frottant l'occiput, il passa devant un Atkins courroucé, obligé de faire des politesses au pasteur, à sa vénérable épouse et aux sœurs Mellink. L'épouse de Patterson, une jolie jeune assistante vétérinaire aux cheveux blonds et aux dents saines, tout droit sortie d'une publicité pour Coca-Cola, attendait patiemment, son petit sac de soirée à la main. Snake.T discutait avec Laura, pendant que les serveurs en veste blanche offraient une dernière tournée. Les invités les plus âgés avaient déjà pris congé. Samuel McDaniel vint informer son fils qu'il rentrait et Snake.T lui dit qu'il se ferait raccompagner. Vince attendit que McDaniel se soit éloigné.

— Ton mari est furieux contre moi, annonça-t-il à Laura.

— Ça lui passera. Qu'est-ce qu'on va faire à présent ?

— J'ai conseillé à Moore de prévenir Friedman. Tout con qu'il soit, c'est le shérif.

— Plan trop nul, laissa tomber Snake.T. Moore est parti, de toute façon. Il avait l'air contrarié. Je ne crois pas qu'il ait dit quoi que ce soit à Friedman. Il a lâché qu'il avait besoin de réfléchir et qu'il t'appellerait. Comme si on avait le temps de réfléchir ! Putain, si j'avais une paire de jambes de sept lieues, je serais déjà en train de survoler la campagne pour retrouver cette môme.

— Comme c'est poétique ! Toute cette histoire dérape. C'est la gosse, la clé du problème, pas Black Dog. Elle nous ramène à un sale truc.

— Le Noyeur, lâcha Snake.T. Elle fuit le Noyeur, ça, on a compris.

Vince opina et leur fit part de sa théorie à voix basse.

— C'est pour ça que tu es descendu dans mon sous-sol ! s'exclama Laura. Comment as-tu pu imaginer que Bob… ? Toujours aussi cynique !

– Elle ne voulait pas qu'on prévienne la police, lança soudain Snake.T. C'est ce que vous avez dit, Laura.

– Exact.

– Le Noyeur est un flic.

Vince et Laura se tournèrent vers lui.

– Je suis en état d'arrestation ? demanda Vince en tendant les poignets.

– C'est pas vraiment marrant, mec. Réfléchissez, c'est la seule raison pour laquelle la gosse a pu refuser l'aide des flics. Parce que ça aurait signifié la fin pour elle.

Ce n'était pas si loin de la théorie de Vince. La victime s'enfuyait et retombait sur son bourreau. Et Black Dog ? Le preux chevalier d'ébène sur son blanc chariot pourri ? Black Dog connaissait-il l'identité du Noyeur ? Fuyait-il avec l'enfant à cause de ça, de ce secret encombrant et dangereux ?

Ombre portée. On parlait du loup et c'était Patterson, rutilant dans son uniforme amidonné, badge astiqué, bottes cirées, un drapeau étoilé dans chaque œil, des cantiques dans la gorge, accompagné de sa tendre et discrète moitié, qui venait prendre congé de Laura, sans un regard pour Snake.T ou Vince. Il s'éloigna de son pas martial, force vive de la nation.

– Ce type pourrait foutre les jetons à un fondamentaliste, murmura Snake.T. Je suis sûr qu'il connaît la date de la création du monde.

– Quel âge a-t-il ? Depuis combien de temps est-il à Ennatown ?

– Il doit avoir dans les 35 ans, répondit Laura. Et ça fait au moins quinze ans que je le vois en ville.

Elle n'avait pas couché avec lui. Elle ne couchait pas avec les hommes qui sentaient l'ordre.

– Au début, il était à la circulation, faire traverser les enfants, tout ça…

Faire traverser les enfants…

– Il faut qu'on retrouve Black Dog, décida Vince. Nous. Avant tout le monde.

– Mais tu as dit à Moore…

– J'avais tort. Tu peux nous prêter ta voiture, Laura ?

– Oui. Ça fera plaisir à Bob : la grande famille de Noël… Les clés sont dans la boîte à gants.

– Sage précaution !

– Qui veux-tu qui la vole ? Il y a le logo de la médiathèque sur les portières. Je voudrais tellement pouvoir vous accompagner…

– Et si jamais la gamine revenait ? Au moins tu seras là.

– Toujours persuasif.

– Toujours sur la défensive.

Ils se dévisagèrent un bref instant, et, oui, c'était toujours là. Vibrant. Intense. Entre eux. Puis Vince s'arracha à sa fascination.

La Toyota Yaris grise de Laura était garée dans l'allée, près du container à ordures, que remplissait un jeune homme blond. Pianotant sur le volant, Vince dut attendre que Snake.T ait pris place et posé ses béquilles sur la banquette arrière. Puis il démarra lentement. Inutile de faire du bruit et d'attirer l'attention.

L'épouse de Daddy bâilla.

– Tu es vraiment obligé d'y retourner ?

Il haussa les épaules sans répondre et elle se tut. Il avait sa tête d'huître. Il freina devant chez eux et attendit qu'elle descende avec impatience. Le temps avait encore changé. Le vent s'était renforcé et il s'était remis à neiger. La radio diffusait une alerte météo au blizzard, comme souvent l'hiver. D'ici deux heures les routes seraient impraticables sans équipement. Il alluma ses pleins phares et se mit en chasse.

Il neigeait de nouveau. Les flocons s'agglutinaient sur le pare-brise, tourbillonnaient sur la route. Vince conduisait lentement. Snake.T, penché en avant, observait les alentours, gêné par la visibilité restreinte.

– Explique-moi encore pourquoi Black Dog est censé emprunter les rues, dit-il.

– Parce qu'il y a trop de neige sur les bas-côtés et dans les jardins. Pas pratique pour avancer en portant une petite fille.

– Ce type vit dehors depuis plus de vingt ans, objecta Snake.T.

– Justement, la route fait le tour du parc. Ferme-la et concentre-toi.

– Oui, missié.

Black Dog traînait la patte à cause de sa cheville. Il serrait la hotte contre sa large poitrine. Il avait jeté le joli costume de Père Noël avec regret, surtout à cause des guirlandes. Mais bon, quand il faut, il faut, mon garçon, en avant, toute !

Marcher. Avancer. Retourner dans les bois ? Oui. Trouver une bonne cachette. Les cachettes, il connaissait bien. Essoufflé, la jambe en feu, il arriva au carrefour. À gauche, la patinoire, à droite, le parc. Enfin ! Mais. Un « mais » rouge clignotant.

C'est le premier endroit où ils vont te chercher, mon garçon ! Qu'est-ce que je dois faire, mon commandant ? Qu'est-ce que je dois faire, Vicious ?

Te barrer de ce bled de merde, voilà ce que tu dois faire. Casse-toi !

Le car ?

Oui ! Le car ! Fous le camp. Pas le parc, pas les cachettes, ils te trouveront, ils te tueront. Va-t'en. Vite !

Mais, mon commandant, je sais pas où aller !

N'importe où, mon gars, n'importe où. Ce qui compte, c'est le voyage.

Il reprit son souffle, hésita une fraction de seconde. Et se sentit épinglé dans des phares, comme un crétin de chat.

Daddy n'en croyait pas ses yeux. Black Dog ! Là, devant lui, au rond-point ! Merci, mon Dieu, merci, Noël ! Dans la lumière aveuglante de ses pleins feux, il voyait le visage hagard du clochard, son expression traquée, les yeux qui roulaient dans les orbites, comme dans un film muet en noir et blanc.

Noir, rouge et blanc, corrigea-t-il en empoignant son arme. Il ouvrit sa portière et mit pied à terre, sans se précipiter.

– Essaie de joindre Moore, dit Vince à Snake.T.

– C'est sa boîte vocale. Je laisse un message ?

– Dis-lui de te rappeler dès que possible.

Snake.T s'exécuta.

– Elle est marrante, sa femme, dit-il.

– Elle n'a pas vraiment l'air. De quoi vous avez parlé ?

– De plantes, de shit et de cicatrices.

– De cicatrices ?

– Des miennes, des siennes.

– Elle a des cicatrices ?

– Mais non, pas elle ! Lui !

– Quel genre ?

– Qu'est-ce que ça peut foutre, mec ?

– Ça m'aide à me concentrer. Les discussions idiotes.

– Cicatrices tribales. Tu sais, les traditions à la con, tout ça… Elle voulait savoir si c'était mon cas aussi. Les marques dans mon cou.

– Elle croit que t'es né en Afrique ?

– Elle confond sans doute tribu et gang, comme pas mal de gens. Je lui ai dit que oui, pour lui faire plaisir, moi y en a méchant cannibale…

– Tu as scanné les carnets de Blankett ? coupa Vince, qui venait de penser à un détail.

– Évidemment. Du moins les parties intéressantes.

– Est-ce que le nom de Patterson apparaît parfois ?

Snake.T se plongea dans son smartphone dernier cri pendant plusieurs minutes.

– Deux fois, finit-il par dire. C'est lui qui était de faction devant l'école le jour de la disparition de Loïs Carmelo.

– Dommage qu'on n'ait pas de gyrophare. J'ai un mauvais pressentiment.

L'officier de police aperçut le véhicule stationné en plein milieu du rond-point et freina. La couche de neige était déjà épaisse et le véhicule chassa légèrement. Il reconnut la voiture de son collègue et fronça les sourcils. Une panne ? Dans le silence ouaté de la tempête, il mit son clignotant et se gara un peu en arrière, pour ne pas gêner. Et vit l'homme debout sur le terre-plein. Immense, noir, hagard. Une hotte serrée contre sa poitrine. Par le nom du Seigneur ! Le suspect ! Et son collègue qui le tenait en joue ! Il se rapprocha aussi vite que le sol glissant le permettait, la neige étouffant ses pas.

– Je préviens le chef ! cria-t-il, la main sur sa radio.

Son collègue pivota instantanément et la dernière

chose que vit l'officier de police fut le flingue braqué sur lui.

Daddy avait tiré. C'était stupide. Une seconde d'affolement. Un réflexe. L'autre avait surgi dans son dos sans faire de bruit. Pas très malin, non ? Et Black Dog qui en profitait pour se mettre à courir ! Il boitait et s'efforçait de filer vers les bois. Ridicule. Son arme encore chaude à la main, Daddy tira de nouveau, au jugé. Black Dog s'effondra sans lâcher la hotte.

— Tu as quelque chose qui m'appartient, énonça posément Daddy en se dirigeant vers le SDF à terre. Et je viens le récupérer.

Amy sentit son cœur battre entre ses lèvres, comme si elle allait vomir. Daddy était revenu. C'était fini. Pour de vrai. Elle se tapit au fond de la hotte, les mains sur la tête, les yeux fermés, et attendit la mort. Ni douce ni clémente. Juste la souffrance et la mort. À 5 ans, elle avait assez vécu.

Le sang coulait de la cuisse de Black Dog. Sang bien rouge d'homme trop noir sur neige si blanche de sale ville blanche. Il s'efforça de s'asseoir, de se redresser. Le gars avec le chapeau enfoncé sur les yeux venait le tuer et prendre Army. Il émanait de lui des vibrations mauvaises, comme les chocs électriques à l'hôpital. Il puait la méchanceté. Black Dog connaissait bien cette odeur : il l'avait toujours reniflée. Il réussit à se mettre à genoux avant que le vilain bonhomme soit sur lui. Et il vit son visage. Ses yeux à demi fermés. La main qui tenait l'arme. Ferme. Pas le moindre tremblement.

Il connaissait ce visage. Ces yeux. Combien de fois s'étaient-ils salués de la tête ?

L'homme n'était qu'un mannequin, mon commandant, un loup déguisé en agneau, et à cause de toi, stupide vieux nègre, Army va être toute morte !

– Ils n'arrivent pas à joindre Patterson, dit Snake.T. Il n'est pas de service ce soir.

– Merde !

Vince résista à la tentation d'accélérer.

Le GPS se mit à couiner. Avertissant de la présence d'un obstacle sur la chaussée. Après le tournant. À moins de deux cents mètres de là. Il accéléra.

Emmitouflés dans leurs parkas, Laura et Bob se tenaient sur le trottoir, saluant les invités de la main. On se dépêchait à cause du mauvais temps, les portières claquaient, les bons citoyens filaient vers leurs douillettes demeures, les zonards regagnaient le foyer social ou leurs minables piaules d'Old Town, dans le genre de celle où Lester Miles était plongé dans un coma éthylique, une photo de Vera dans la main.

La fête était finie, c'était l'heure du bol de lait chaud de Grizzly et de son os à moelle, chaque année il y avait droit. Et il le savait.

Il sortit en jappant de sa niche, puis se rappela sa nouvelle baballe et la prit dans sa gueule.

– Qu'est-ce que tu as trouvé ? dit sa maîtresse à la voix d'or. Donne !

Grizzly remua la queue. Il était tout content. On allait jouer. Son maître soupira. Il était toujours grognon. Mais Grizzly s'en fichait. Hop hop, il remuait l'arrière-train et grognait, la baballe entre les dents, attrape, maîtresse, attrape.

– Arrête de faire le fou ! Pas avec ce temps ! Je vais chercher ton lait.

Non, non ! Attends ! On joue encore ! Patte droite arrière, dribble patte gauche, double saut sur le côté, ouaf ouaf, langue pendante, la baballe tombe, Grizzly se rue dessus mais sa maîtresse est plus rapide et saisit le bout de papier détrempé.

– Qu'est-ce que… ?

Puis elle devient toute blanche et ne dit plus rien pendant que le maître bavarde encore un peu avec les voisins et la maîtresse caresse machinalement la truffe de Grizzly et court vers la maison. Il attend son lait en battant de la queue. Et même Kate Norton lui assure qu'il est un bon chienchien.

Laura attrape son téléphone et compose le numéro de Vince. Elle est blême et se mord les lèvres. Les mots dansent devant ses yeux. « Je m'appelle Amy. Je suis la fille de Susan Lawson. Elle est vivante. Elle est prisonnière. Il faut prévenir la police. Aidez-nous. Vite. »

Amy. L'enfant s'appelle Amy, pas Army. C'est la fille de Susan Lawson… Susan Lawson. Est-ce possible ? La Susan Lawson qui a disparu il y a treize ans ?

Réponds, Vince, réponds, par pitié.

La pitié n'est pas vraiment le sentiment dominant au rond-point entre la patinoire et le parc. La colère prédomine. Talonnée par la peur. Vince pile net en voyant les deux bagnoles garées l'une derrière l'autre et les deux silhouettes qui se font face sur le terreplein. L'une est debout, l'autre agenouillée. La neige se dépose sur elles comme sur des statues. Une arme fume. Un troisième homme est couché en travers de la route, parsemé de flocons. Il porte un uniforme. Sans même couper le moteur, Vince ouvre sa portière. Son téléphone sonne. Laura. Il le lance à Snake.T et jaillit de la voiture, sans arme.

Snake.T répond. Laura hurle. Snake.T raccroche. Il voit Vince avancer d'un pas rapide vers l'homme qui lui tourne le dos. L'homme qui conduit un pick-up vert. Et dont le chien dodeline de la tête sur la banquette arrière.

Snake.T ouvre à son tour sa portière et hurle sous la neige :

– Vince ! C'est lui ! Attention !

Vince a marqué un temps d'arrêt près du corps étendu. Il neige dans les yeux et dans la bouche de l'officier Patterson. Il entend la voix de son ami. Il ne doute pas un instant de Snake.T et plonge sur le corps encore tiède, sur l'arme à demi dégainée. L'homme un peu plus loin se retourne. Plus de masque amical. Plus de masque du tout. La nudité d'un visage sans expression.

– Tout le monde vient me faire chier, ce soir, dit le Noyeur avec calme.

Il pointe son arme vers Vince, qui a eu le temps de saisir celle de Patterson. Ils se font face. Duel à l'ancienne.

– J'ai trouvé Black Dog, laisse tomber le sergent Moore. Il a abattu Patterson. Il tient la petite.

– C'est débile, réplique Vince.

– Ça se tient très bien. Il va vous abattre aussi. Mais heureusement, et pour finir, je vais le descendre.

– Et la gosse ?

– Elle s'appelle Amy ! hurle Snake.T, qui avance péniblement vers eux avec ses béquilles. C'est la fille de Susan Lawson ! Amy ! Susan est vivante !

Vince encaisse le choc sans ciller. Il ne peut pas se permettre de dévier le canon de son arme d'un millimètre.

Recroquevillée contre le ventre de son Père Noël, Amy écoute de toutes ses oreilles. Elle a reconnu la voix du jeune monsieur marron estropié. Il a parlé de sa maman. Quelqu'un a trouvé son message. Ils vont sauver Maman ! Mais les coups de feu ? Est-ce que Black Dog a un vilain trou dans le corps ? Est-ce que quelqu'un veut bien tuer Daddy, s'il vous plaît ?

Black Dog entend les hommes blancs parler. Mots sans suite. Sans importance. Partir. Il se redresse encore un peu plus.

– Où est-elle ? Susan, où est-elle ? demande Vince d'une voix pressante, tendue, sa voix de flic sur les nerfs.

Le Noyeur et lui se tiennent en joue comme des gamins dans la cour de l'école ou les membres d'un gang dans un quartier chaud. Duel à Ennatown Corral.

– Susan n'est plus qu'un souvenir, rétorque Moore. Comme vous.

Vince ne peut pas appuyer sur la détente, parce que sinon le Noyeur emportera son secret dans sa tombe et Susan Lawson mourra de faim dans sa prison, quelle qu'elle soit. Wayne Moore, lui, peut se servir de son arme et c'est ce qu'il fait.

Il tire.

Désespérant de les rejoindre assez vite, Snake.T a lancé sa béquille droit devant lui, de toutes ses forces. Les muscles hyper développés de son torse et de ses bras se sont tendus et le tube de métal inoxydable est parti comme un javelot, frappant Moore au flanc gauche, ce qui le déséquilibre. C'est pourquoi la balle s'enfonce dans l'épaule droite de Vince au lieu de lui perforer la boîte crânienne. Moore, furieux, fait feu de nouveau et touche Snake.T en pleine poitrine. Vince n'a plus le choix. Avant de ne plus sentir sa main, il tire à son tour. C'est peut-être son karma, après tout.

Moore encaisse le choc quelque part entre l'aine et le nombril et tombe lentement à genoux, l'air furieux, oui, vraiment furieux, comme si on lui faisait une sale blague. Il lâche son arme et presse ses mains gantées contre son ventre.

Une sirène déchire la nuit. Ça sent le générique de fin. Le sang dégouline le long du bras de Vince, qui a lui aussi lâché son arme et se précipite vers Snake.T, lui prend la main.

D'épais flocons duveteux se posent sur le visage d'ébène.

– Putain, je dois avoir l'air d'un dalmatien ! balbutie Snake.T.

Des bulles roses sortent de sa bouche. Du sang jaillit de sa blessure, sang artériel, très mauvais pronostic, très mauvais. Vince serre ses doigts glacés.

– L'ambulance arrive. Tiens bon, mec.

Vince en a mal au ventre d'angoisse. Pas juste, pas juste, pas juste ! Le regard de Snake.T se voile, le sang asperge Vince, gouttelettes pourpres sur fond blême.

– Je veux pas crever, murmure Snake.T. Je veux pas crever, répète-t-il encore.

Et les mots flottent sur ses lèvres alors même qu'il a cessé de respirer.

Snake.T est mort et Vince a envie de hurler à la lune.

La voiture de police freine, le gyrophare lance ses éclats rouges et bleus, Vince pleure, Friedman crie « Mais c'est quoi ce bordel, bon Dieu ! », Laura court vers Vince, le serre contre elle, il ne lâche pas la main de Snake.T.

– La ville des enfants perdus, dit-il.

– Je t'ai retrouvé, murmure-t-elle pour elle-même, je t'ai retrouvé.

Quand l'ambulance emporte le cadavre de Michael McDaniel, Vince et Laura lèvent les yeux. Wayne Moore est allongé sur un brancard et Friedman penché sur lui gueule dans son talkie-walkie « Préviens la police d'État, et fonce chez Moore… » et…

Black Dog et Amy ont disparu.

À travers ses larmes, Vince aperçoit le car au loin qui s'éloigne, le Greyhound qui traverse tout le pays.

Épilogue

Orlando, Floride. Le Disneyworld ne désemplit jamais. Les enfants adorent les personnages déguisés qui arpentent les rues, surtout le grand Mickey qui a une grosse voix.

Le grand Mickey qui a une grosse voix occupe un modeste deux-pièces avec sa petite-fille dans le petit immeuble en stuc rose où logent la plupart des employés permanents du parc. Personne ne s'intéresse à eux et ils ne s'intéressent à personne. La petite fille blanche ne parle pas, c'est pour cela qu'elle ne va pas à l'école. Souvent, le soir, ils se promènent dans le parc désert et son grand-père noir lui raconte des histoires avec des princesses, des jardiniers-policiers et des mamans qui vont bientôt venir, et lui joue de l'harmonica.

Un jour le car s'arrête, comme tous les jours, mais c'est ce matin-là de ce jour-là, et une très jeune femme en descend. Elle est toute maigre et pas bien grande, avec des cheveux blonds coupés très court, des lunettes de soleil et la peau très pâle. Ses dents sont trop blanches et trop bien alignées pour être vraies. Ses bras et son fin visage sont marqués de vilaines cicatrices et elle boite.

Elle se dirige vers l'immeuble rose et sonne à la porte du deux-pièces.

La petite fille ouvre la porte. La jeune femme lui ouvre ses bras.

Il est temps de refermer le livre.

DU MÊME AUTEUR

Les Quatre Fils du Dr March
Seuil, 1992
et « Points », n° P617

La Rose de fer
Seuil, 1993
et « Points », n° P104

Ténèbres sur Jacksonville
Seuil, 1994
et « Points », n° P267

La Mort des bois
Grand Prix de littérature policière
Seuil, 1996
et « Points », n° P532

Requiem Caraïbe
Seuil, 1997
et « Points », n° P571

Transfixions
Seuil, 1998
et « Points », n° P647

La Morsure des ténèbres
Seuil, 1999
et « Points », n° P727

Le Couturier de la mort
« Points », n° P733, 2000 et 2010

La Mort des neiges
Seuil, 2000
et « Points », n° P875

Éloge de la phobie
Éditions du Masque, 2000
« Points », n° P976

Descentes d'organes
« Points », n° P862, 2001

Rapports brefs et étranges avec l'ombre d'un ange
Flammarion, 2002
et « J'ai lu », n° 6842

Funérarium
Seuil, 2002
et « Points », n° P1110

Le Chant des sables
Seuil, 2005
et « Points », n° P1972

Nuits noires
Fayard, 2005

Une âme de trop
Seuil, 2006
et « Points », n° P1828

Reflets de sang
Seuil, 2008
et « Points », n° P2064

Le Miroir des ombres
10/18, « Grands détectives », n° 4155, 2008

La Danse des illusions
10/18, « Grands détectives », n° 4156, 2008

Projections macabres
10/18, « Grands détectives », n° 4229, 2009

Vampyres
(avec Caryl Férey, Thierry Jonquet et al.)
« J'ai lu », n° 8466, 2009

Le Souffle de l'Ogre
Fayard, 2010

Le Secret de l'abbaye
10/18, « Grands détectives », n° 4377, 2010

Freaky Fridays
La Branche, 2012

POUR LA JEUNESSE

Avec Gisèle Cavali

Ranko Tango
Seuil, 1999

Passagère sans retour
Albin Michel, 1999

Le Baiser de la reine
Hachette, 2001

Cauchemar dans la crypte
Magnard, 2001

Témoins sur vidéo
Magnard, 2002

L'assassin habite en face
Magnard, 2002

Panique aux urgences
Rageot, 2004

La Mort sous contrat
Magnard, 2004

Le Maléfice d'Isora
Magnard, 2005

Seules dans la nuit
Rageot, 2006

Les Cavaliers des lumières
vol. 1 : Le Règne de la barbarie
vol. 2 : La Voie des chimères
Plon, 2008

Vague de panique
Gallimard, 2009

*

Scènes de crime
Thierry Magnier, 2007

Totale Angoisse
Thierry Magnier, 2009

RÉALISATION : NORD COMPO À VILLENEUVE-D'ASCQ
IMPRESSION : CPI BRODARD ET TAUPIN À LA FLÈCHE
DÉPÔT LÉGAL : SEPTEMBRE 2013. N° 112361 (73315)
IMPRIMÉ EN FRANCE

La Ronde des innocents
Valentin Musso

Raphaël est assassiné dans les montagnes pyrénéennes : on le retrouve torturé, les mains liées, au bord d'un sentier. Son frère Vincent reçoit peu de temps après une mystérieuse vidéo et découvre, stupéfait, que l'ancien rebelle, apparemment assagi, cachait une épouse et un fils. La voix de Raphaël, inquiète et oppressée, donne un éclat étrange à ces images. Il supplie : « Protège-les. »

« Un premier roman haletant, qui allie les techniques des grands maîtres du genre et une plume formidable. »

Madame Figaro

Écorces de sang
Tana French

Trois enfants ne ressortent pas des bois où ils ont passé l'après-midi. La police retrouve un seul garçon. Il ne se rappelle rien : les deux autres ne réapparaîtront jamais. Vingt ans plus tard, Rob, l'unique rescapé, est devenu inspecteur de police. Quand une fillette est tuée dans ces mêmes bois, il est chargé de l'enquête et doit affronter les secrets d'un passé qui le hante.

« *Happé par un meurtre sordide et une plume implacable, même le plus blasé des amateurs de thriller adorera ces bois ténébreux.* »

The New York Times